장편소설

주피터

미군은 1945년 9월 8일 이 땅에 들어왔다

이동권 지음

민중의소리

주피터

초판 발행 2022년 1월 1일

지은이 이동권

펴낸이 윤원석
펴낸곳 민중의소리
편집 정웅재
경영지원 김대영
전화 02-723-4260
팩스 02-723-5869
주소 서울시 종로구 삼일대로 469 서원빌딩 11층
등록번호 제101-81-90731호
출판등록 2003년 1월 1일

값 13,000원

일러두기

이 책은 역사적 사실을 바탕으로 썼습니다.
이 책에 등장하는 장소는 특정 지역이 아니라 작가가 만든 상상의 공간입니다.
이 책은 코로나19 바이러스 감염 상황을 반영하지 않았습니다.

JUPITR

Joint United States Forces Korea Portal and Integrated Threat Recognition

민중의소리

소설을 내며

주피터는 한국전쟁 당시 벌어진 민간인 학살사건 생존자의 증언과 역사적 사실을 바탕으로 창작한 픽션이다. 말하고 싶지 않은 아픈 이야기를 기꺼이 들려주신 분들께 진심으로 감사드린다.

한국전쟁이라는 민족상잔의 비극과 국가권력의 부당한 폭력으로 인간의 존엄성을 철저하게 파괴당한 분들에게 깊은 슬픔과 애도의 마음을 전한다.

넓은 아량과 두터운 믿음으로 작가의 진정성을 이해하고 발간에 힘써준 〈민중의소리〉와 소설 속 인물들의 모티브가 된 지인들에게 고마움을 전한다. 나에겐 모두 근사하고 친절한 가족이자 삶의 평화와 안정을 기원해주는 영육의 후견인이다. 어떤 말로도 감사의 마음을 다 표현할 수 없다.

이동권

사실

미군은 한국전쟁이 발발하자 1950년 10월 13일 미8군 법무과 내에 전쟁범죄조사단을 설치했다. 조사단은 북한군과 중국군이 저지른 전쟁범죄를 조사해 1,956개 사건을 정리했다. 전쟁범죄의 증거는 주로 거제도에 수감된 포로 심문과 포로 교환 작전 귀환자의 진술로 수집됐다. 그러나 전범재판은 열리지 않았다. 미국은 북한과 중국을 국제재판소에 제소하지 않았고, 포로로 잡힌 북한군의 전범도 혐의없음으로 공표했다. 미국 스스로 전쟁범죄 혐의에서 자유롭지 못한 상황이었다. 1952년 국제민주법률가협회International Association of Democratic Lawyers는 미군이 저지른 살해, 대량학살, 잔혹행위 등을 조사해 '한국에서의 미군 범죄에 관한 보고서'를 작성했다. 보고서는 미군 범죄 생존자와 유가족의 증언과 현장조사로 작성됐다.

해방 후 이북은 마르크스주의와 기독교가 충돌했다. 좌익 세력은 급진적인 토지개혁을 단행하며 기독교 부르주아 우익 세력을 압박했다. 우익 세력은 반공구국동지회, 구국기독동맹 같은 지하조직을 결성해 저항했다. 일부는 이남으로 내려가 서북청년회를 창단하고 좌익 척결에 나섰다. 서북청년회는 전국 곳곳에 결사대를 파견해 백색테러를 저질렀다. 살인도 서슴지 않았다. 남로당 당원으로 활동하던 검찰청 정수복 검사와 공산당 기관지 〈조선신문〉 사장을 사살했다. 김구를 암살한 안두희도 서북청년회 간부였다. 서북청년회는 대한민국 국군과 경찰이 창설될 때 대규모로 참여했으며, 1948년 4.3항쟁 당시 토벌대로 나서 무고한 제주도민을 폭행, 강간, 고문, 살인, 집단학살했다. 2014년 서북청년회가 재등장했다. 이명박과 박근혜를 지지하는 보수집회에서 '서북청년단' 깃발이 휘날렸다.

프롤로그

조지프 니덤은 휠체어에서 눈을 떴다.

오한과 통증이 잠을 깨웠다. 연이어 구역증이 치밀었다. 진통제 과다 복용이 부른 후유증이었다.

'인생 말기는 끔찍한 형극이야.'

선잠을 길게 잔 것처럼 몸이 무거웠다. 구부정한 허리를 쭉 폈다. 찌릿한 통증이 다리를 타고 올라왔다. 잠이 완전히 달아났다. 니덤은 얼굴을 찡그리며 손바닥으로 허벅다리를 내리쳤다. 피부에 다닥다닥 들러붙은 부스럼이 진물을 쭉 내뱉었다. 그의 입가에 미소가 번졌다. 아프기보다는 시원한 표정이었다. 딱지가 엉겨 붙을 때까지 가려움을 참았던 분풀이었다.

채광창으로 햇빛이 내리비쳤다. 눈이 몹시 부셨다. 니덤은 눈을 가늘게 뜨고 고개를 돌렸다. 탁상 위에 18세기 중국 청나라풍 소반이 덩그러니 놓여 있었다. 집안일을 돌봐주는 늙은 중국인 가정부가 갖다 놓은 것이었다. 소반 위에는 말린 과일을 넣고 보름달 모양으로 둥글게 빚어 구운 월병이 놓여 있었다.

'도대체 이게 뭐지.'

소반 옆에 노끈으로 꼭꼭 동여맨 페덱스 상자가 눈에 띄었다. 니덤은 상자 겉면에 붙은 송장을 확인했다. 한국 신문사에서 보낸 소포였다. 머릿속 안개가 서서히 걷혔다. 작년 중국과학사 학회에서 자신을 따라다니며 괴롭히던 기자가 생각났다.

중국 관료와 기자들이 모인 학회에서 의기양양하게 발표를 마치고 집으로 가는 길이었다. 한국 기자 한 명이 따라붙어 인터뷰를 요청했다. 니덤은 손사래를 치며 거절 의사를 표했다.

기자는 의기 충만한 열혈남아였다. 막무가내로 앞길을 가로막고 니덤의 옷소매를 잡아당기며 소리치듯 말했다.

"증명할 만한 충분한 근거가 있나요?"

니덤은 학회에서 '앙부일구仰釜日晷는 중국이 만들어 조선에 보낸 것'이라고 주장했다. 기자는 그 주장의 근거를 거친 어투로 캐물었다. 인터뷰를 빙자해 니덤의 주장을 거짓이라고 힐난했다.

니덤은 아무런 대꾸 없이 휙 돌아서서 웃어버렸다.

반론의 여지가 없었다. 기자의 얘기가 맞았다. 앙부일구는 가마솥처럼 오목한 시계판이 하늘을 우러러보는 모양의 해시계였다. 세종 16년

장영실이 이천, 김조 등과 함께 만든 것이었다. 그러나 니덤에게는 학자의 양심보다 중요한 게 있었다. 중국 정부가 사회과학원 종신 명예교수로 자신을 추대한 것에 대한 보은이었다.

조지프 니덤은 영국의 유복한 가문에서 태어난 금수저였다. 13살 때 아버지와 떠난 프랑스 여행에서 철도 기관사들이 사는 오두막에 머물다 노동계급 사람들의 삶을 보고 충격을 받았다. 이후 노동계급의 아이들과 어울리며 새로운 세상을 꿈꿨다. 그는 케임브리지 대학에서 의학을 공부했지만 프레더릭 홉킨스의 영향을 받아 의사가 아닌 생화학자의 길을 걸었고, 사회주의자로 미국과 영국을 오가며 활동했다. 중국과는 영국왕립학회 대표로 중국사회과학원 강의를 맡으면서 인연을 맺었다. 그는 한국전쟁 당시 미군의 세균폭탄 투하를 폭로한 '니덤보고서'를 작성했다. 그러나 미국은 니덤보고서를 중국의 증거조작, 프로파간다에 의한 정보로 결론짓고 그를 공산주의자로 매도했다. 심지어 미국 CIA는 그를 블랙리스트로 올려 비자조차 발급하지 않았다. 니덤은 케임브리지 자연과학부 교수와 인문학계의 최고 영예인 영국아카데미 회원으로 활동했지만 매카시즘에 질려 말년에 중국으로 건너갔다.

'개자식.'

니덤은 부지중에 한숨을 내쉬었다. 드라큘라처럼 머리카락을 올백으로 넘긴 사내가 생각나 머리를 흔들었다. 자신과 이름이 같아 더 재수 없었던 조지프 매카시였다. 매카시는 1951년 5월 미 의회 청문회에서 니덤을 공산주의자, 중국 스파이라고 지껄였다. 니덤은 끝내 강경 기독교 보수주의 세력에 이적행위 혐의로 기소돼 추방됐고, 다시는 미국에 들어갈 수 없었다.

휠체어 바퀴를 손으로 밀어 탁상 앞으로 다가갔다. 탁상 상판이 햇볕에 반사되면서 뻔득 빛났다. 중국 사회과학원에서 존중의 증표로 선물한 가구였다. 니덤은 오늘따라 유난히 탁상이 마음에 들어 검지로 모서리를 스쳤다. 손끝에 번질번질 윤을 내는 옻칠의 질감이 전해졌다. 탁상은 신와저리로 불리는 가구였다. 신와저리는 견고한 구조와 화려한 장식, 미려한 외관으로 가구가 아니라 예술품 취급을 받았다. 겉모양은 루이 15세 시대의 디자인이었지만 상판은 중국화와 칠기로 치장됐다.

니덤은 탁상 위에 놓인 라디오 전원 스위치를 켰다. 아나운서가 방금 들어온 한국 관련 뉴스를 보도했다.

'한국이 중국에 무역사무소를 개소합니다……'

아나운서는 동북아 지역 냉전의 벽을 허물고 한국과 소련이 수교한 동정을 전하면서 한국이 다른 공산주의 국가들과도 잇따라 수교에 들어갈 것으로 전망했다.

니덤은 벽에 걸린 달력으로 눈을 돌렸다. 거대한 중국 대륙을 장류하는 양쯔강 그림을 배경으로 만든 달력이었다.

'1990년 9월 30일이라. 나흘 후면……'

니덤의 표정이 싸늘히 굳었다. 독일은 거대한 변화의 바람이 불었다. 나흘 후면 동독의 다섯 주가 서독에 편입돼 하나의 나라로 통일됐다. 반대로 한반도는 남북 갈등이 고조되고 있었다. 변화의 바람은 고사하고 이념 분열의 시대로 퇴행한 듯했다. 빨갱이 망령이 떠돌고 간첩 조작이 기승이었다.

며칠 전 휴먼라이츠가드 한국 서울 지부에서 편지가 왔다. 재일 공작 지도원의 지시를 받고 간첩활동을 한 혐의로 옥에 갇힌 김양기 씨의 가석방을 위해 글을 써달라는 청탁이었다. 김 씨는 검찰에 송치될 때부터 조작사건이라고, 보안사의 구타와 고문에 의한 허위 자백이라고 호소했지만 사법부는 받아들이지 않았다. 니덤은 편지를 받고 마음이 한량없이 무거웠다. 남의 일 같지 않아 차마 거절할 수 없었다.

니덤이 휴먼라이츠가드와 처음 관계를 맺은 것은 1988년 사상의 굴레에 갇힌 월북 문인을 주제로 글을 기고하면서다. 그의 기고 때문인지, 월북 문인의 작품들은 다행스럽게도 서울올림픽을 두 달 앞두고 해금 조처됐다.

'서울올림픽이 엊그제 같은데, 벌써 2년이 지났구나.'

니덤은 무상함을 느꼈다. 세월은 사람을 기다려주지 않았다. 그는 따뜻한 보이차를 마시며 마음을 달랬다. 젊었을 때는 몰랐다. 나이가 들어 삶의 허무를 자각하면 마음이 여간 쓸쓸한 게 아니었다.

니덤은 의심스러운 표정으로 페덱스 상자를 열었다. 필시 자신을 못살게 들볶거나 뭔가를 부탁하는 서류가 틀림없었다.

상자 안에는 문서 한 뭉치와 사탕 한 봉지가 들어 있었다. 문서는 최근 니덤이 발표한 논문의 근거를 묻는 인터뷰 질문지와 논문의 잘못된 부분을 정리한 보고서였다.

'쯧쯧, 궁금하기도 했겠지.'

니덤은 혀를 차다 웃어버렸다. 예상했던 일이었지만 당혹스러웠다. 그는 근래 앙부일구는 '중국이 만들어 조선에 보낸 해시계'라는 주장과 다소 상반된 논문을 발표했다. 조선의 과학기술이 동아시아에서 매우 뛰어났다는 내용의 논문이었다. 이번에 한국 기자는 그걸 또 꼬투리 잡아 니덤을 괴롭혔다.

'당근과 채찍인가?'

니덤은 문서와 함께 배달된 사탕을 손에 들고 장난스럽게 쳐다봤다.

'배려라고 해야겠지.'

니덤은 사탕을 입에 넣었다. 달콤한 침이 입안 가득 고였다. 심박수가 증가하며 아드레날린이 솟구쳤다. 기분이 한결 좋아졌다. 걱정되고 힘에 부칠 때 단 것만큼 좋은 게 없었다.

단맛이 입안에서 채 가시기 전이었다. 니덤은 행복에 잠긴 얼굴로 캐비닛에서 두툼한 서류 봉투 두 개를 꺼냈다. 봉투는 노란 종이로 완전히 봉합돼 있었다. 그는 봉투를 검은색 보드상자에 담아 정성스럽게 포장했다. 모서리 부분이 벌어지지 않게 꼼꼼하게 밀봉했다. 함부로 손대거나 봐서는 안 되는 물건처럼 비밀스럽게 다뤘다.

창밖으로 꽃밭에 물을 주는 가정부가 보였다. 니덤은 목에 걸린 호루라기를 후루루 불었다. 가정부는 니덤의 안위를 걱정하는 눈빛으로 급하게 달려왔다.

"이 상자를 이 주소로 보내줘요."

니덤은 가정부에게 종이 쪼가리를 건네며 말했다. 가정부는 말없이 고개를 끄덕이며 두 손으로 니덤의 뺨을 어루만졌다. 그녀의 주름진 눈가에 눈물이 촉촉하게 고였다.

니덤의 얼굴에 암울스러운 죽음의 그림자가 드리웠다. 죽음과 싸우려는 의지는 보이지 않았다. 자신의 마지막을 순순히 받아들이려는 듯 평온한 얼굴이었다.

1장 사탕

사탕은 군인들에게 지급되는 전투식량이었다.
칼로리를 극심하게 소모하고
스트레스를 과도하게 유발하는 전쟁터에서
꼭 필요한 음식이었다.

1

바람이 불 때마다 웃자란 풀이 머리채처럼 치렁댔다.

'도대체 풀은 죽지 않아.'

민호는 바지를 바짝 추켜올리고 좁은 밭둑에 앉았다. 심드렁한 얼굴로 호주머니에서 불알만한 사탕을 억지스럽게 꺼냈다. 사탕이 바싹거리며 쑥 빠졌다. 그는 사탕을 감싼 비닐을 천천히 벗겨 입에 넣었다. 딱딱한 사탕을 혀 위에서 천천히 녹여 먹다 볼 쪽으로 밀었다. 뺨이 미어지게 튀어나왔다. 손바닥으로 툭 불거진 볼을 장난스럽게 매만지며 살살 굴렸다.

대글대글 돌아가는 사탕의 촉감은 야릇하고 묘했다. 살과 살이 맞닿는 따스함이 느껴졌다. 보드라운 손길이 능숙하게 전신을 마사지하는 것처럼 기이하고 짜릿한 관능이 몸을 옥좼다.

'사탕은 영혼을 농단하는 마약이야.'

민호는 사탕을 단숨에 어적어적 깨물었다. 산더미처럼 쌓인 일 앞에 불쑥 찾아온 자극은 달갑지 않았다.

산산이 부서진 사탕은 순식간에 녹았다. 먹물이 화선지에 빨려 들어가듯 입안에 고인 침과 뒤범벅돼 목구멍으로 넘어갔다.

사탕의 형체는 사라졌지만 단맛과 향은 혀끝과 코끝에서 계속 감돌며 민호를 희롱했다. 민호는 헛기침을 하며 목에 걸린 수건을 잡아 빼 땀을 닦았다. 수건 가운데에는 '사랑과 정성으로 모시겠습니다. 정인건설'이라는 글귀가 적혀 있었다. 그의 입가에서 피식 비웃음이 새어 나왔다. 죽음 앞에선 모두 매일반인데 선과 악, 천국과 지옥, 자유주의와 공산주의를 이분하지 못해 안달 난 수구 꼴통 목사의 설교를 듣는 듯했다.

'정성으로와 모시겠습니다 사이에 돈을이 빠졌어. 돈을이.'

민호는 낙향하기 전 건설현장을 전전했다. 배움이 부족하고 별다른 기술이 없어 일용직 잡부로 현장을 나돌았다. 그래도 괜찮았다. 큰돈은 필요치 않았다. 약간의 휴식과 식사, 적당한 노동이면 족했다. 분개할 일만 생기지 않으면 얌전하게 살다 잘 죽고 싶었다.

일용직 잡부 생활은 녹록지 않았다. 앞날을 기약하기 어려웠다. 생활비와 가끔 마시는 술값을 제외하면 반창고 하나 살 여윳돈조차 모이지 않았다. 좋지 않은 날씨가 이어지거나 몸이 아프기라도 하면 거리에 나앉을 판이었다.

피를 빨리는 일도 부지기수였다. 정당한 노동의 대가를 기대하기 어려웠다. 초과 수당은 고사하고 정해진 임금마저 삭감하거나 며칠씩 미뤘다. 돈으로 새끼를 치려고 일부러 임금을 늦게 지급했다. 항의하면 그때뿐이었다. 사장들은 하나같이 비열했다. 일이 생기면 회유와 협박으로 노동자들을 분열시키기에 바빴다.

불안하고 초조했다. 입안이 바싹바싹 말랐다. 민호는 그럴 때마다 혹독한 노동으로 육체를 내몰며 어지러운 머릿속을 정리했다. 애드벌룬처럼 둥둥 떠오르는 삶의 헛헛함에 함몰되지 않으려고 일에 몰두했다. 속사정을 모르는 현장소장은 군소리 없이 일만 하는 민호를 편애했다. 현장을 옮길 때마다 잡부가 필요하면 항상 민호를 불러 머릿수를 채웠다. 정작 민호는 현장소장의 애정이 마땅찮았다. 군사독재정권 시절 군대 후임병 다루듯 잡부를 부리는 행태를 수긍할 수 없었다. 현장소장은 잡부들이 조금이라도 신경에 거슬리면 거칠게 욕지거리를 퍼부으며 멱살잡이를 해댔다. 생김새도 해적처럼 억세고 험한 데다 이죽거리는 태도가 온몸에 배어 거부감이 들었다.

생활은 나아지지 않았다. 심신은 불안정했다. 이성은 불쑥불쑥 머릿속을 쑤셔대는 사념에 희롱당했고, 육체는 괴상한 욕망에 붙들려 일탈로 내몰렸다. 민호는 다람쥐 쳇바퀴 돌 듯 불안이 반복되면서 어느 순간 한계에 봉착했다. 아무리 열심히 일해도 인간답게 살기 어렵다고 결론

지었다. 꿈, 사랑, 희망 같은 단어는 그저 부질없는 자위일 뿐이었다.

마음속에 응고된 분노가 터진 건 잡부 생활 8년 만이었다. 민호는 베트남에서 온 청년, 따이가 추락사하면서 분개하고 말았다.

따이는 정인건설 하청업체 노동자로 일하다 4m 높이 비계에서 떨어졌다. 힘없이 축 늘어진 따이는 짐짝 취급을 당했다. 현장소장은 119 구급대원이 오기 전까지 어떤 응급조치도 하지 않았다. 곤혹스러운 표정으로 혀를 끌끌 차며 흙바닥에 쓰러져 있는 따이를 쳐다보기만 했다. 정인건설은 한술 더 떠 추락사고의 원인을 따이의 과실로 몰아갔다. 따이가 안전한 통로가 아니라 제멋대로 수직 사다리를 오가다 사고가 났다고 주장했다.

CCTV는 없었다. 따이의 죽음을 목격한 사람들은 모른 척했다. 해고당할까 봐 두려워 입을 다물었다. 민호는 참을 수 없었다. 진실을 말하지 않으면 자신을 혐오하게 될 것 같았다. 산업재해가 발생할 때마다 기업 편을 드는 정부 당국이 못마땅하기도 했다. 산업재해를 줄이는 해법은 간단했다. 안전관리 의무를 다하도록 근로감독을 강화하고, 기업이 법을 위반하거나 위법 상황에서 노동자가 죽으면 막대한 배상액과 형사상 책임을 부과하면 됐다.

민호는 따이 재판의 증인으로 나섰다.

"추락 당시 상황은 어땠나요?"

검사는 날카롭고 권위적인 어투로 민호를 추궁했다.

"안저꼬리……."

민호의 목소리가 갈라지며 허공에 퍼졌다. 눈을 치뜨고 쳐다보는 검사의 태도에 당황해 목소리가 제대로 나오지 않았다.

"안전고리도, 그물망도 없이 일하다 참변을 당했습니다."

민호는 마음을 가라앉히고 다시 또박또박 말했다.

사고 발생 1년 6개월 만에 열린 1심 선고 공판은 채 1분도 걸리지 않았다. 검찰과 노동청은 원청의 주장을 비중 있게 받아들여 정인건설 측에 벌금 1천만원을 부과했다. 또 현장 관계자 3명에 금고 4개월을 선고했고, 그마저도 모두 형 집행을 유예했다. 유가족 측은 즉각 항소했지만 결과는 뒤집히지 않았다.

노동은 신성하다고 했다. 노동은 신이 인간에게 내린 신성한 의무라고 했다. 민호는 잡부를 하면서 노동의 신성성을 부정했다. 노동은 고결하지도, 즐겁지도, 평등하지도 않았다. 노동의 양과 삶의 수준은 절대로 정비례하지 않았다. 노동에 갖다 붙이는 온갖 미사여구는 흡혈귀처럼 노동력을 착취하는 자본가들과 땀 흘려본 적 없는 위선자들이 나불대는 말장난에 불과했다.

'사탕은 너무 달콤했어.'

민호는 단맛이 잊히질 않아 입맛을 쩝쩝 다셨다. 달콤한 그 맛이 아니, 볼 사이를 굴러다니는 사탕의 감촉이 자꾸 생각났다. 불현듯 가랑이 사이로 울혈이 솟구쳤다. 마음속에서 참고 싶고, 풀고 싶은 상반된 욕망이 동시에 치받쳤다. 그는 사타구니에 손을 집어넣었다. 이른 새벽 엉겁결에 몽정하는 것 같은 자극이 아랫도리에서 번졌다.

'젠장.'

민호는 고개를 떨궜다. 아니라고 머리를 흔들어도 소용없었다. 틀림없는 조물주의 잔인한 장난이었다. 생사여탈을 좌지우지할 정도의 절대적인 에너지가 아니고서는 설명할 수 없었다. 절정의 쾌락이 주는 심리적 안정은 죽음에 대한 두려움까지 잊게 했다.

휴식이 필요했다. 머릿속이 어지러울 땐 하던 일을 멈추고 활력을 재충전해주는 게 좋았다. 민호는 나무 그늘 아래에 앉아 흙투성이 신발을 벗고 바지에 묻은 흙을 툭툭 털었다.

민호의 얼굴이 순식간에 굳었다. 온몸에 소름이 쫙 끼쳤다.

잠자리가 처참한 모습으로 죽어 있었다. 날개는 갈가리 찢겨 형체조차 남지 않았고, 배에서는 알집이 터져 쭈르르 흘러내렸다. 끝부분이 잘린 꼬리에는 길쭉한 검은색 막대가 박혀 있었다. 자세히 보니 부러진 연필심이었다. 분교 아이들 짓이 분명했다.

　마음속에 휴식 대신 절망이 찾아왔다. 묵직한 허탈감과 공황이 질풍처럼 밀어닥쳤다.

　'인간의 천성은 악한 것일까?'

　민호는 생각했다.

　'뱀이 개구리를. 사자가 들소를 죽이는 건 생존이다. 신경을 마비시켜 산 채로 집어삼키고, 신선한 고기를 먹으려고 천천히 숨통을 끊는 것은 흉측하게 보일지라도 악이라 할 수 없다. 아이들이 잠자리를 훼손하며 즐기는 행위 역시 천성이 악해서가 아니다. 다른 생명체의 아픔을 공감하지 못하고, 하고 싶은 대로 쾌락을 좇는 미성숙이 부른 행위다. 배우면 된다. 후천적으로 교정이 가능하다.

　그러나 같은 종족을 해치는 건 악이다. 인간이 인간의 목숨을 뺏는 건 천성이 악해야 할 수 있다. 인간은 개인이나 집단의 이익, 사소한 분풀이, 공격적 본능, 쾌락에 도취해 살인을 일삼았다. 생각이 다르거나 대척점에 선 사람을 적으로 간주하고, 그들을 인간이 아닌 열등하고 죽여야 할 존재로 합리화하면서 내적 갈등 없이 동족을 죽여왔다. 그래 인간은 천성이 악하다.'

2

초여름이라고 하기엔 날씨가 너무 더웠다. 삼십 도를 훌쩍 넘는 날씨가 며칠째 이어졌다. 장마철인데도 비 소식은 없었다. 한 달 가까이 비가 내리지 않아 고루 복토한 밭에 몹쓸 풀만 무성했다. 감자 캔 자리에 줄줄이 심어놓은 붉은팥은 잎사귀 끄트머리마저 보이지 않았다. 오밀조밀 둥지를 튼 한해살이 댕댕이덩굴과 강아지풀에 묻혔다.

여름 농사의 강적은 잡초였다. 잡초는 생명력이 강해 며칠만 일손을 놓아도 어느새 자라 모피처럼 펼쳐졌다. 흙 밟히는 소리가 사악대는 메마른 땅에서도 질기게 성장했다.

민호는 땡볕 아래에서 풀뿌리를 잡아 뜯었다. 손아귀로 풀을 한 움큼 휘어잡고 미친 듯이 흔들었다. 웃자란 풀은 좀처럼 뽑히지 않았다. 제 딴은 살아보려고 가뭄을 대비해 땅속 깊숙이 뿌리를 내렸다.

'네가 이기나 내가 이기나 해보자.'

콩죽 같은 땀이 흙바닥에 두두둑 떨어졌다. 그제서야 커다란 풀뿌리가 사탕만한 크기의 동그란 돌멩이를 매달고 나왔다. 민호는 풀을 움켜쥐고 땅바닥에 내려쳤다. 풀뿌리 사이에 박힌 돌멩이가 흙바닥에 떨어져 때굴때굴 굴렀다.

'그때 그 사탕.'

갑자기 종아리가 후들거렸다. 관자놀이에 핏줄이 불쑥 솟으며 욱신거렸다. 민호는 바닥에 주저앉아 손가락으로 양쪽 관자놀이를 눌렀다.

초등학교 5학년 때였다. 민호는 수업 중에 딴생각하다 뺨따귀가 날아갔다. 존경심이라곤 털끝만큼도 들지 않았던 담임선생이 손등으로 뺨을 내리쳤다. 민호는 퉁퉁 부은 볼을 두 손으로 감싼 채 눈물을 흘렸다. 놀라고 아파서 흘린 눈물이 아니었다. 쾌락의 제물이 될 자신을 다독이는 눈물이었다.

담임선생은 가학적 쾌감으로 아이들을 괴롭히는 정신병자였다. 쾌락 앞에서는 부끄러움도 모르는 철면피였다. 별의별 이유를 들어 젖꼭지를 꼬집고, 귀밑머리를 잡아당겼다. 회초리를 들 때는 바지를 내려 엉덩이를 까게 했다. 흠씬 두들긴 다음 선명하게 솟아오른 회초리 자국을 보면서 흐뭇한 표정으로 사탕을 내밀었다. 미안한 마음에 주는 사탕이 아니었다. 성적 흥분을 얻기 위해서였다. 담임선생은 커다란 사탕을 입에 넣고 눈물을 흘리며 우물거리는 아이를 보면서 전율했다. 단말마의 신음소리를 내며 사지를 오그렸다 폈다. 그 모습은 마치 한 마리 독사가 꼿꼿이 서서 반질반질한 대머리를 앞뒤로 흔드는 것 같았다. 파괴로 자신의 존재를 증명하려는 창조자처럼 학대로 자신의 생령을 확인하려는 사디스트의 이상성욕이었다.

담임선생은 전쟁고아였다. 한국전쟁 때 중공군에 밀려 후퇴하던 미군에 발견돼 겨우 목숨을 건졌다. 미군은 화마가 휩쓸고 간 폐허에서 울고 있는 그에게 사탕을 줬다. 담임선생은 그때 다디단 사탕의 맛에 반했다. 거적에 둘둘 말린 시체들이 부패하는 냄새마저 느끼지 못할 정도로 행복감에 젖었다. 그는 어른이 돼서도 그 짜릿한 느낌을 잊지 못해 사탕을 숭배했고, 울고 있는 아이들이 사탕을 먹는 모습을 보면서 쾌락을 만끽했다.

민호의 예상은 틀리지 않았다. 담임선생은 울고 있는 민호의 손에 단내 도는 오렌지향 사탕을 쥐여 줬다. 민호는 누런 이를 드러내고 씩 웃는 선생의 얼굴에 사탕을 집어 던졌다. 사탕은 때굴때굴 굴러 청소함 밑으로 사라졌다. 담임선생은 민호를 뚫어지게 노려봤다. 민호는 기죽지 않았다. 눈을 뒤집어 까고 담임선생을 주먹으로 때리다 못해 발길질하며 악다구니를 부렸다.

민호는 시뻘건 피를 토하며 정신을 잃었다. 끌어오른 울화를 참지 못하고 지른 비명에 목울대가 터져버렸다.

담임선생의 난행은 민호의 발악 뒤 횟수가 줄었다. 민호에게 사탕을 주는 일도 없었다. 민호는 그때부터 마음속에 갇힌 악마를 밖으로 끄집어냈다. 화가 나지 않아도 억지로 분노를 쏟아 냈다. 싸움질을 일삼으며 존재감을 드러내려고 애썼다. 폭력만이 자신을 지키고 대변하는 무기라고 확신했다.

친구들은 민호를 '바람의 파이터'라고 불렀다. 수틀리면 주먹부터 나간다고 붙여준 별명이었다. 민호는 자신의 별명이 자랑스러웠다. 또래 집단에서 서열이 제법 높다고 의기양양했다.

실상은 달랐다. 친구들은 민호 뒤에서 무관심과 방임으로 일관했다. 막무가내로 덤비는 게 더럽고 치사해 민호의 비위를 맞출 뿐이었다. 싸움 좀 한다는 일진들은 민호를 거들떠보지 않았다. 상대를 가리지 않고 싸움을 거는 그를 '돌아이' 취급하며 멀리했다.

민호의 폭력성은 전조가 있었다. 대개 아이들은 부모가 야단치면 심리적으로 위축됐다. 스스로 반성의 시간을 가지면서 부모 품에 안겨 자기를 계속 사랑해 달라고 요구했다. 민호는 그런 게 없었다. 혼을 내면 밥그릇, 크레용, 가릴 것 없이 손에 잡히는 대로 던졌다. 민호 아버지는 별다르게 대응하지 않았다. 아이들이 곧잘 부리는 생떼와 차원이 달랐지만 큰소리 한 번 내지 않았다. 민호의 폭력성이 절대적인 사랑의 대상이었던 어머니와 형의 부재, 난데없이 나타난 새어머니 때문이라는 것을 알고 있었다. 그는 숙고 끝에 민호를 절에 보냈다.

민호 아버지는 민호에게 거는 기대가 없었다. 공부시킬 생각도 없었다. 글은 읽을 줄 알아야 하고, 셈은 할 줄 알아야 하니 중학교나 졸업해 농사나 지으며 살길 바랐다. 바라는 것은 오로지 건강이었다.

아버지는 민호가 중학교 3학년 때 죽었다. 새어머니는 갑작스러운 남편의 죽음에 충격을 받고 몇 달을 앓아누웠다. 전쟁 통에 몰살 당했던 가족들의 처참한 모습이 떠올랐는지 악몽을 꾸며 견뎌 내질 못했다. 민호는 죽음의 공포에서 금방 빠져나왔다. 죽음은 겁낼 일이 아니었다. 어린 나이에도 삶은 완전한 무로 돌아가기 위한 여정일 뿐이라고 생각했다.

새어머니는 살림은 해도 생계를 꾸릴 만한 머리가 없었다. 지능이 약간 떨어졌다. 민호는 절에서 나와 정부에서 지급한 기초생활비와 장애수당으로 근근이 생계를 연명하며 새어머니를 챙겼다. 오랫동안 아버지 병시중을 들었던 노고에 대한 최소한의 예의였다.

민호의 폭력성은 고등학교에 진학하면서 점점 잦아들었다. 배곯은 제자들을 위해 매일매일 도시락을 준비하는 담임선생의 영향이 컸다.

담임선생은 도시락을 싸 오지 못한 제자들을 교무실로 불러 자기 도시락을 나눠 먹었다. 민호도 가끔 교무실로 불려갔다. 담임선생의 경제 사정도 어려웠다. 다 떨어진 구두에 낡은 양복을 입고 다닐 정도로 형편이 좋지 않았다. 그래도 넉넉한 웃음을 잃지 않았다. 삼 년 내내 제자들과 도시락 나눠 먹으며 아이들에게 힘이 돼려고 노력했다. 어떤 어려움이 닥치더라도 사랑과 용기를 잃지 말라는 따뜻한 가르침을 몸소 실천했다.

민호는 그때 선생에게도 계급이 있다는 걸 처음 알았다. 선생 중에는 돈 걱정 없이 취미 생활처럼 일하는 부자 선생도 있었고, 대가족의 생계를 책임져야 하는 가난한 선생도 있었다.

민호의 폭력성은 군대에 들어가면서 완전히 사라졌다. 군대는 제어와 통제라는 명분 아래 인간을 폭력의 대상으로 삼았고, 인간성의 적나라한 양상이 다양한 폭력으로 나타나는 곳이었다. 폭력의 상처는 또 다른 폭력으로 덮여졌고, 해가 바뀌고 계절이 순환하듯이 아래로 아래로 이어졌다.

민호는 군대라는 계급사회에 적응하면서 폭력의 유해성을 정확하게 깨달았다. 폭력은 어떤 명분을 갖다 붙여도 야만이었고, 자신을 진정으로 움직이게 하지 못했다.

3

늙은 여자가 미친 듯이 마을을 가로질러 산으로 향했다. 가슴에 조그마한 보따리를 품고, 등에 메밀껍데기로 속을 채운 베개를 지고 반달음질로 오르막길을 올랐다. 다리가 휘어 제대로 걷는 것조차 힘들어 보이는 몸으로 부지런히 길을 재촉했다. 얼이 반쯤 나가 보이는 민호 새어머니였다.

새어머니는 산 중턱에 있는 서낭당에 다다르자 헐떡거리는 숨을 골랐다. 나뭇등걸에 걸터앉아 불어오는 바람에 땀을 식히며 조심스럽게 산아래를 내려다봤다. 검은 눈동자 외엔 아무것도 움직이지 않았다.

멀리서 미군 지프 차량 두 대가 연달아 지나갔다. 새어머니는 미간을 찌푸렸다. 주위에 사람이 있는지 없는지 둘러보면서 미군 차량의 동태를 살폈다. 손바닥을 이마에 대고 하늘을 쳐다보기도 했고, 저회하는 비행기를 피하는 것처럼 숨죽이며 은밀히 몸을 낮추기도 했다.

새어머니의 행동은 이상한 게 아니었다. 동북쪽 우뚝 솟은 산꼭대기에 올라가면 서남쪽 평지에 펼쳐진 미 공군 활주로가 보였다. 미군 전투기들은 하루에 적어도 서너 번씩 격납고에서 나와 활주로를 내달려 날아올랐다.

가쁘게 씩씩 몰아쉬던 숨이 안정됐다. 새어머니는 서낭당 뒷길을 돌아 다시 산 위로 허정허정 올라갔다. 산길은 좁고 구불구불했다. 바위가 많고 경사가 매우 가팔라 험했다. 사람들이 다니는 등산로가 아니었다. 심마니가 산삼을 캐려고 망태를 지고 오르내릴 만한 비탈길이었다.

있는 듯 없는 듯 난 길을 30여 분 걸었다. 새어머니의 눈앞에 동굴이 나타났다. 마을 사람들이 전투기 폭격을 피해 숨어들었던 대피소였다. 대피소로 사용된 동굴은 여기 말고도 산골짜기에 몇 군데 더 있었다.

동굴 입구는 쉽게 눈에 띄지 않았다. 입구 전체가 고목과 수숫대로 엮은 멍석으로 은폐돼 있었다.

새어머니는 멍석을 들추고 동굴로 들어갔다. 동굴 안은 입구에 비해 굉장히 넓었다. 천장도 높아 걸을 때마다 바짓가랑이가 비벼지며 서걱대는 작은 소리까지 낮게 울렸다. 온도는 한낮인데도 덥지 않았다. 겨울에는 꽤 따뜻할 듯싶었다.

천장에는 석회석이 녹아내려 만들어진 종유석 수십 개가 매달렸고, 차갑고 신선한 석수가 종유석을 타고 방울져 떨어졌다. 물방울이 떨어지는 소리는 일률적이었다. 숙련된 타악기 악사가 정박으로 연주하는 듯했다. 종유석 아래에는 손잡이 부분이 떨어져 나간 플라스틱 컵이 여러 개가 놓였다.

동굴은 어두웠다. 한 치 앞도 분간할 수 없을 정도로 깜깜했다. 동굴 입구를 가린 멍석이 들떠 벌어진 틈으로 한 줄기 빛이 들어와 음산한 분위기까지 연출했다. 새어머니는 아랑곳하지 않았다. 한두 번 들른 게 아닌 것처럼 능숙하게 너럭바위에 앉아 무릎 위에 보따리를 놓고 풀었다. 보따리 안에는 감자, 옥수수, 방울토마토, 사탕 같은 먹을거리가 들어 있었다. 전쟁을 대비해 준비한 비상식량 같았다. 새어머니는 선반처럼 높게 솟아오른 바위 위에 음식을 올려 놓고 잠시 서서 천장을 유심히 살피다 동굴에서 나갔다.

무거운 침묵이 흘렀다. 동굴 끝 깊숙한 곳에서 누더기를 걸친 남자가 기어나왔다. 천장이 매우 낮아 몸 돌리기조차 어려운 통로를 익숙하게 통과했다. 남자는 두 팔을 활짝 벌려 기지개를 켰다. 윗몸을 뒤로 재쳐 뻣뻣하게 굳은 허리를 풀었다. 쿨럭쿨럭. 가래 끓는 소리가 섞인 기침이 터져 나왔다. 경직된 몸이 일으킨 거부 반응이었다. 그는 평평한 바위에 다리를 펴고 앉아 심호흡했다.

남자가 기어나왔던 낮은 천장 너머의 세계는 한국전쟁 이후 그 누구도 들어가지 않은 미지의 공간이었다.

4

땀이 송골송골 맺힌 이마를 옷소매로 문지르며 허리를 폈다. 오리걸음으로 밭 두 고랑을 돌았더니 다리가 지르르 저렸다. 민호는 호미 손잡이로 허벅지를 툭툭 쳤다. 손아귀에 잔뜩 힘을 주고 종아리를 주물렀다. 발끝에서부터 피가 돌기 시작하더니 척추가 펴졌다.

따가운 햇볕이 목덜미를 파고들었다. 뜨겁게 달아오른 공기가 후두부를 짓누르며 불쾌지수를 높였다. 숨쉬기 답답할 정도로 목구멍이 훗훗했다. 내쉬는 숨결마다 코를 찌르는 단내가 풍겼다. 몸이 피곤해선지 나른함도 몰려왔다. 민호는 강에서 불어오는 시원한 바람이 생각났다. 고개를 들어 강나루 너머 하늘을 올려다봤다. 사방은 무덤처럼 조용했다. 바람은커녕 새 한 마리 나는 미동조차 느껴지지 않았다. 온 대지가 극심한 가뭄으로 목마름에 떨고 있었다.

민호는 농사가 걱정됐다. 단비가 언제 내리려나 싶어 한숨이 저절로 나왔다. 호주머니에서 알록달록한 색깔의 사탕을 꺼내 입에 넣었다. 혀 밑에 침이 돌았다. 그는 사탕을 힘껏 감빨며 인스턴트 향과 당분, 사탕

표면의 촉감을 탐닉했다. 금세 기분이 좋아졌다.

'새어머니가 수저로 듬뿍 떠먹는 감자 샐러드, 이런 느낌일까?'

민호는 십 년 전 낙향했다. 고향 풍경은 어렸을 때와 많이 달랐다. 십시일반으로 보를 막아 물을 대고, 돌아가며 두레질하던 모습은 사라진 지 오래였다. 마을과 어울리지 않은 현대식 별장과 펜션까지 들어서 예전의 아늑하고 편안한 풍광은 깡그리 사라졌다. 그 많던 논도 대부분 없어졌다. 마을 사람들은 쌀시장이 개방된 뒤 정부 지원금을 받아 논을 밭으로 개간하고 쌀 대신 소득원을 대체할 작물을 키웠다. 민호도 낙향한 그해 벼농사 대신 하우스를 치고 자주색 콜라비를 심어 짭짤한 재미를 봤다. 콜라비는 다이어트와 변비 개선에 좋아 도시인들에게 상당한 인기를 끌었다.

민호는 삼백 평 남짓한 뒤꼍 언덕배기 돌밭에 농사를 지었다. 자갈을 추려내고 복토해 그럴싸한 밭을 만들었다. 시장에 내놓을만한 작물을 출하해 먹고살려면 가지고 있는 땅이 너무 작았다. 부족한 땅은 마을 이장에게 빌려 소작했다.

봄에는 감자를 파종했다. 새어머니가 찐 감자를 으깨 만든 샐러드를 좋아해 일부러 푸석푸석한 품종을 골라 심었다. 집에서 먹는 감자는 상품 가치 없는 못난이 감자였다. 알이 작거나, 상처가 나거나, 모양이 일그러진 감자를 쪄 샐러드를 만들었다. 알이 큼지막하고 잘생긴 놈은 산지 공판장에 내다 팔았다.

여름에는 작물을 가리지 않고 심었다. 배추, 당근, 상추, 시금치, 무, 쪽파 같은 채소류 씨앗을 내키는 대로 뿌렸다.

이장에게 소작하는 밭에는 간식용 옥수수를 이모작했다. 옥수수는 냉동 저장 기술이 발달하고 직거래가 활성화되면서 안정적으로 수익을 보장했다. 씨앗을 뿌리고 수확하는 기간이 빨라 단위면적당 소득이 다른 작물보다 유리했다. 키우기도 용이했다. 손이 많이 가지 않아 혼자서도 재배가 가능했다.

땅은 노동을 하찮게 여기지 않았다. 애정을 쏟은 만큼 수확량으로 보답했다. 열심히 일하면 백 개가 돌아왔고, 등한시했다 싶으면 여지없이 육십 개만 줬다.

돈이 되는 문제는 또 달랐다. 수확량이 많다고 수입이 늘진 않았다. 재작년에는 긴 장마와 두 번의 태풍이 이어지면서 애써 키운 무와 양배추 작황이 형편없었다. 대신 도매가격이 높아 키운 보람이 컸다. 작년에는 풍년이 들어 목돈을 만져보나 했다. 그러나 값싼 중국산 농작물이 대량 수입되면서 생산비조차 건지기 힘들었다.

5년 전에는 밭 1천평에 파종한 배추 1천2백 포기를 갈아엎었다. 날씨가 좋고 병충해가 적어 수확량이 크게 늘었다. 풍년이 들어 좋아하는 것은 순간이었다. 배추가 팔리지 않았다. 대부분 식당이 재료비를 아끼려고 중국산 김치를 구매하면서 소비자 가격이 절반 아래로 폭락했다. 수매 시세가 한 평당 1천원도 되지 않았다. 최소한 5천원을 받아야 비료값, 기름값, 인건비 부담이 가능했다.

농협과 계약 재배한 대농들은 그나마 다행이었다. 정부가 진행하는 산지 폐기사업에 참여해 한 평당 1천5백원을 받았다. 민호 같은 중소농들은 이러지도 저러지도 못해 누렇게 말라가는 배추만 바라보다 사비를 들여 트랙터를 불렀다. 하루라도 빨리 밭을 갈아엎고 다른 작물을 심어야 손실을 만회할 수 있었다.

강렬한 햇볕이 내리쬐었다. 이마를 타고 흘러내린 땀이 눈가에 스며들어 눈꺼풀이 자꾸 삼빡거렸다. 민호의 시야에 들어온 여자도 스냅사진처럼 순간순간 정지돼 보였다.

일 년 전 마을에 서울여자가 귀촌했다. 민호는 한마을에 살면서 눈인사 한 번 건네지 않고 모른 척 시치미를 떼는 서울여자가 재수 없었다. 덜 익은 단감을 먹은 것처럼 혓바닥이 떨떠름했다. 반쯤 녹은 사탕을 침을 뱉듯 툭 내뱉었다. 그러나 민호의 눈언저리는 불그레했다. 어깨는 풀기가 없이 축 처져 있었다.

5

샛노란 물방울무늬 실크 원피스가 바람에 살랑살랑 나부꼈다. 어깨까지 내려온 긴 파마머리는 얼마나 쌀쌀 빗어 내렸는지 반질거렸고, 머릿결은 걸을 때마다 보폭에 맞춰 차랑거렸다. 얼굴은 실제 나이보다 열 살은 젊어 보였다. 풍파에 찌들지 않아 굵은 주름이 없었다. 피부는 희어서 언뜻 보면 연약해 보였지만 볼에 생기가 가득했다. 고운 피부를 돋보이게 하려고 일부러 화장하지 않은 것처럼 윤이 났다. 종아리는 미끈하고 반듯했다. 신코가 매끄럽게 빠진 갈색 하이힐은 또각또각 앙칼진 소리를 냈다.

민호는 서울여자가 왠지 모르게 눈에 거슬렸다. 머리는 이유 없이 사람을 미워하지 말라고 하는데 어찌된 일인지 서울여자를 보면 살살 밸이 꼬였다. 별장을 짓고 귀촌해 호사를 누리며 사는 모습이 밉상이었다. 어렵사리 낙향해 매일매일 몸을 놀려 먹고사는 자신과 비교됐다.

'시골에서 하이힐이라니.'

민호는 혀를 끌끌 차며 다시 호미를 들었다.

서울여자는 겉모습만 보면 연예인이었다. 최첨단 유행을 선도하는 한류스타 같았다. 민호는 잊을 만하면 티브이에서 나오는 한류 소식이 싫었다. 한류는 온갖 미사여구로 분칠해 정치적으로 이용하는 대국민 홍보물 같았다. 자신 같은 계급의 사람에게는 1천원짜리 한 장 쥐여 주지 않은 허울일 뿐이었다. 그러나 언론은 한류를 한국이 선진국 대열에 들어선 것과 동일시하는 경향이 있었다. 언젠가부터 주머니를 두둑하게 채워 줄 대상으로 한류를 포장했다. 한국 사회를 들여다보면 한류는 화려한 말잔치에 불과했다. 한국은 부의 편중과 사회적 불평등이 심했다. 고복지 사회를 지향하지도 않았다. 뛰어난 과학기술을 축적하지도, 정치사상과 표현의 자유를 인정하지도 않았다. 여전히 말 한마디 잘못 놀리면 보안법을 씌워 잡아 가두는 후진국이었고, 권력과 돈을 가진 자들의 카르텔과 부정부패가 만연한 사회였다.

턱턱. 둔탁한 소리에 흠칫 놀라 발밑으로 눈길을 돌렸다. 서울여자 생각에 정신 팔려 호미 끝이 밭이랑을 벗어나 돌멩이와 부딪치는 줄 몰랐다. 민호는 주먹만한 돌멩이를 번쩍 들어 던졌다. 돌멩이 밑에 지렁이가 말라 죽어 있었다. 제 딴에는 살아보려고 발버둥질하다 죽은 것 같았다. 민호는 눈물이 핑 돌았다. 지렁이나 자기나 도긴개긴이었다.

"빨리 달려와. 늦게 오는 사람 선착순 퇴출."

멀리서 잡부들을 부르는 호령이 떨어졌다. 현장소장이 잡부 관리를 맡긴 선임의 목소리였다. 민호는 뭣 빠지게 달려와 차렷 자세로 섰다. 선임의 갑질은 원청 말단직원보다 더했다. 아무것도 하지 않고 손가락으로 지시만 했다. 무시와 냉대. 욕도 서슴지 않았다. 회식도 강요했고 술값마저 내라고 종용했다. 민호는 선임을 볼 때마다 우리에 갇힌 짐승 같다는 생각이 들었다. 귀신보다 사람이 무섭고, 아는 사람이 도둑놈이라는 옛말이 맞는 듯했다.

잡부는 공사 현장에서 매우 중요한 역할을 했다. 누구도 하지 않으려는 자질구레한 일을 도맡았다. 무거운 자재를 나르고, 쓰다만 도구를 정리하고, 못 쓰게 된 폐기물을 청소했다. 잡부 없이 돌아가는 현장은 없지만 그것을 아는 현명한 사람은 드물었다. 지렁이도 똑같았다. 지렁이가 없었다면 인류의 농경은 크게 발전하지 못했다. 지렁이는 먹이 사슬 최하위에서 가장 깨끗하고 안전한 분변토를 생산해 식물을 키웠다. 그러나 화학비료가 등장하면서 흉측한 생명체로 전락했다. 적어도 자웅동체라는 원시적인 형태, 밟아 죽이고 싶은 충동을 유발하는 겉모양이 아니었다면 그렇게까지 보잘것없는 생명체로 추락하진 않았다.

서울여자가 발걸음을 멈추고 사탕 서너 개를 한꺼번에 입에 넣었다. 핸드백에서 물티슈를 꺼내 빨개진 목덜미와 송골송골 땀이 돋은 이마

를 닦았다. 한여름에 사탕을 급하게 먹는 사람은 당뇨 환자밖에 없었
다. 땀으로 당이 빠져나가면 손발이 저리고 몸에 기운이 떨어졌다. 제
때 혈당을 보충하지 않으면 쓰러져 영영 일어나지 못할 수 있었다.

'그늘에서 좀 쉬어야 할 텐데.'

민호는 측은한 마음이 들었다. 자신도 황달기가 있어 안색이 약간 노
랬다. 당뇨를 앓은 어머니에게 태어난 아이들이 흔히 앓는 증상이었다.

주위가 갑자기 캄캄했다. 금방이라도 비가 쏟아질 듯 검은 구름이 하
늘을 휘감았다. 산은 이미 구름에 덮여 형체를 가늠할 수 없었다. 민호
는 가뭄을 해갈할 만한 비가 내리길 바라며 하늘을 뚫어지게 쳐다봤다.

검은 구름 사이로 서울여자의 하얀 얼굴이 어슴푸레 나타났다. 민호
는 서울여자를 처음 봤을 때 알 수 없는 기운에 이끌려 한동안 말을 잃
었다. 서울여자의 얼굴이 검은색 옷을 즐겨 입고 꽃을 좋아했던 어머니
의 얼굴과 겹쳐 보였다.

서울여자가 마을에 이사오는 날이었다. 그녀는 머리끝에서 발끝까
지 모두 검은색이었다. 단순한 디자인의 검은색 정장을 입었고, 검은색
구두를 신었다. 블라우스는 목을 절반 이상 덮은 검은색 블라우스였다.
서울여자는 검은색이 잘 어울렸다. 첫눈에도 도회지물을 먹은 세련된
여자로 보였다. 초롱초롱한 눈빛만큼 이재도 밝아 보였고, 재운도 좋아

부모에게 물려받은 재산도 상당할 듯했다. 아이처럼 천진난만한 구석도 있는 듯했다. 고양이와 꽃에 애정이 많았다. 서울여자는 한 손에 하트 무늬가 수놓인 고양이 캐리어를 들고 뒤뚱거렸다. 애지중지하는 고양이를 이삿짐센터 직원에게 맡길 수 없다는 표정이었다. 다른 한 손에는 백합을 흰 데이지로 빙 둘러 묶은 꽃다발을 들었다. 고양이 때문에 힘들어하는 와중에도 꿋꿋하게 꽃다발을 챙겼다.

고양이와 꽃다발은 무사태평했던 그녀의 과거와 취향을 느끼게 했다. 세상 물정 모르고 자기 하고 싶은 대로 살았을 호시절이 보였다. 민호는 신경쓰지 않았다. 고양이와 꽃에 대한 애착은 비난할 대상이 아니었다. 풍요가 준 삶의 여유일 뿐이었다. 그보다는 돈에 애착하는 유지들이 문제였다. 유지들은 대부분 지주와 건물주였다. 갖고 있는 재물로 충분히 즐기며 살만했지만 헛된 욕심을 부렸다. 농사를 짓지 않으면서 농지를 사들였고, 농사직불금을 신청해 타 먹었다. 농사직불금은 땅 주인이 아니라 농사를 짓는 농민이 받아야 할 정부보조금이었다.

돈은 소금물과 같았다. 짠물을 마시면 계속 갈증이 나듯이 돈에 대한 욕심은 애착에서 집착으로, 그러다가 삶까지 송두리째 잡아먹었다.

벌건 태양이 검은 구름을 헤가르고 얼굴을 내밀었다. 한낮의 검은 구름 쇼는 소나기는커녕 가랑비조차 없이 허망하게 끝났다.

6

호미로 굳은 땅을 푹푹 찍어 긁었다. 퍼석퍼석한 흙먼지가 코에 스며들었다. 흙은 말랐지만 고왔다. 밭갈이 없이 호미로 대충 밭을 엎고 씨를 뿌려도 농사가 잘될 흙이었다.

민호는 뿌듯했다. 마음속에서 자부심이 뭉글뭉글 솟았다. 제초제를 뿌리지 않은 자신이 대견했다. 옛날에는 농약보다 몸에 더 해로운 게 제초제였다. 마스크를 쓰지 않고 제초제를 뿌리다 다이옥신에 중독돼 죽는 농민들이 많았다. 다이옥신은 청산가리보다 독성이 1만배나 강했다. 요즘에는 과립형 제초제까지 등장해 건강을 해칠 정도는 아니었다. 그래도 민호는 일일이 호미로 사이갈이하며 풀을 뽑았다.

귓가에 익숙한 노래소리가 들렸다. 휴대전화 벨소리로 설정해 놓은 로비 윌리엄스Robbie Williams의 노래 캔디Candy였다. 민호는 이 노래를 좋아했다. 찰랑거리는 붉은 천을 향해 돌격하는 투우처럼 멜로디 진행이 아무지고 시원해 즐겨 들었다. 특히 이 대목을 좋아했다.

'Liberate your sons and daughters자식들을 자유롭게 하라'

민호가 생각하는 자유는 방임이 아니라 믿음이었다. 믿어주면 믿어주는 것만큼 잘하게 되고, 자기주관과 독립심이 강한 어른이 됐다.

민호는 휴대전화에서 발신인을 확인했다. 고교 동창이었다. 평소 연락 없던 동창의 연락은 집안 대소사가 분명했다.

예상은 빗나가지 않았다. 맏딸 혼사 소식이었다. 그는 밝은 목소리로 축하인사를 남기고 서둘러 전화를 끊었다. 숨 돌릴 겨를도 없이 문자로 청첩장이 도착했다.

친구 아들딸들이 결혼 적령기에 다다랐다. 올해 들어 세 번째 결혼식이었다. 민호는 통장잔고를 떠올렸다. 돈 나갈 걱정에 목덜미가 당겼다. 외상으로 들인 비료 잔금도 치르지 못했다. 동창이라는 굴레였다. 같은 학교를 나온 동갑내기 지인은 소중한 친구 대접을 해줘야 했다. 보고 싶지 않아도, 마음이 통하지 않아도, 함부로 말하고 예의 없이 굴어도 동창이라는 이유로 수긍해야 했다.

민호는 결혼식에 가지 않기로 했다. 가식적인 표정의 사람들로 와글거리는 결혼식장이 통째로 화려한 쇼윈도 같았다. 게다가 동창은 계좌로 돈만 보내주는 걸 더 좋아할 구두쇠였다. 하객들에게 나눠 주는 식권마저 아까워하는 자린고비였다. 모임 때마다 돈이 없다고 죽는소리를 했지만 아는 사람은 다 아는 자산가였다.

"개새끼."

입에서 욕이 툭 튀어나왔다. 민호는 나눌 줄 모르는 인색한 수전노에게는 팔뚝을 걷어붙이고 욕지거리를 해도 된다고 생각했다. 돈을 쓰지 않고 모으는 것에만 급급한 사람은 사랑할 줄 몰랐다. 돈이 사랑보다 소중한 사람이었다. 돈이 귀중한 것을 모르는 사람은 세상 어디에도 없었다. 그렇기에 돈은 타인을 위해 지불해야 가치가 있었다.

민호는 결혼식 같은 가족행사를 좋아하지 않았다. 결혼도 하지 않았고, 자식에도 관심이 없었다. 난마처럼 얽힌 가족사 때문이었다.

"할아버지의 억울한 죽음을 풀지 못했구나."

민호 아버지가 죽기 전 통분에 찬 목소리로 남긴 일성이었다. 민호는 안타깝고 답답했다. '할아버지의 억울한 죽음'이라는 게 무엇인지 매우 궁금했다.

헛된 궁금증이었다. 민호는 마음을 바로 고쳐먹었다. 속세의 연에 불과한 일이었다. 친척들이 모두 죽어 어차피 풀 수도 없었다.

민호 어머니는 아버지가 죽기 전 집을 나갔다. 민호가 잠이 들었을 때 목에 황동목걸이를 걸어 놓고 사라졌다. 민호는 어머니가 미워 몇 번이나 목걸이를 강에 던져버리려고 했다. 그러나 차마 그렇게 하지 못했다. 마음속에 어머니를 만나고 싶은 미련이 남아 있었다.

아버지는 어머니가 집을 나가자 병간호를 빌미로 여자를 들였다. 새어머니는 엄밀히 말하자면 혈육은 아니었다. 아버지와 혼인신고도 하지 않은 남이었다. 새어머니는 민호를 친아들처럼 아꼈고, 민호도 새어머니를 잘 보살폈다.

유일한 형제였던 형은 깜깜무소식이었다. 형의 이름은 민식이었다. 민호와 나이 차가 스무 살 가까이 났다. 민식은 민호를 아들처럼 아꼈고, 민호는 민식에게 부정을 느꼈다.

민호에게 형의 부재에 관해 설명해주는 사람은 없었다. 아버지도 형을 찾지 않고 잊었다. 다만 민호가 목격한 건 이랬다. 어느날 신문사에서 기자로 일했던 형이 집에 왔다. 얼굴은 빨갛게 상기됐고, 숨소리는 쌔근쌔근 가빴다. 아버지는 슬픔과 절망이 엇섞인 눈물을 흘렸고, 반나절이 조금 지나자 중절모를 쓴 남자들이 들이닥쳐 형을 데려갔다. 형은 일주일 뒤 집에 돌아왔다. 얼마나 얻어터졌는지 전신에 피멍이 들었고, 한쪽 다리는 절뚝거렸다. 심한 충격을 받았는지 실어증까지 앓았다. 형은 방문을 굳게 잠그고 삼 일을 두문불출하다 역마살이 든 사람처럼 어리숙한 얼굴로 마을을 싸돌아다녔다. 할머니는 무당을 불러 굿판을 벌였다. 금쪽같은 손자에게 씌운 급화를 몰아내기 위해 두 손이 닳도록 빌었다.

형은 끝내 안정을 찾지 못했다. 사람의 시선을 거부하는 강박으로 고생하다 어느 날 갑자기 마당에 사탕 그림을 그려 놓고 사라졌다.

▷○◁

가족들끼리 위급 상황을 공유하려고 만든 그림 암호 메시지였다.

형이 사라진 날 마을에 설명하기 어려운 사고가 있었다. 미군 부대에서 군무원으로 일하던 철준이 싸늘하게 식어 강물 위로 떠올랐다. 무릎이 조금 까진 것 외에는 외상이 전혀 없어 익사 처리 됐다. 철준은 안하무인으로 우쭐대기 좋아해 마을에서 평판이 좋지 않았다.

민호는 형이 행방불명되고 아버지가 죽자 친척들과 연락이 끊겼다. 서로 정이 없고 교류가 없어 서서히 멀어졌다. 살가운 친척이라곤 사촌 동생 민자가 유일했다. 민자는 민호와 한마을에서 태어나고 자랐다. 한 번도 마을을 떠나지 않고 고향을 지켰다. 그녀는 가끔 민호 집에 들러 새어머니를 챙겼고, 김치나 밑반찬을 아들 손에 들려 보내기도 했다.

민호가 딱히 친하게 지내는 사람는 없었다. 가끔 적적함을 느낄 때 외로움을 달래줄 벗이 생기길 바랐다. 민호는 선량하고 관습에 얽매이지 않으며 꾸미지 않아도 고매한 인품이 은은하게 풍기는 사람이 좋았다. 지나치게 형식을 중요시하거나 외모를 가꾸는 사람은 별로였다. 고상하게 삶을 분식하는 것처럼 보였다.

7

가랑이에 달라붙은 마른풀을 투덕투덕 털어내다 서울여자와 눈이 마주쳤다. 민호는 반사적으로 고개를 돌려 가래침을 칵 뱉었다. 싫은 건 아니었다. 왠지 모르게 편하지 않았다.

긴 머리카락이 햇빛에 반사되며 흩날렸다. 큼지막한 금귀고리와 하얀 진주목걸이가 여간 사치스러운 게 아니었다. 사치하는 사람은 대부분 교만했지만 서울여자는 딱히 꼬집어 비난할 만한 구석이 없었다. 탐욕이나 권세를 다투는 게 눈빛에서 보이지 않았다. 민호의 머릿속에서 오만 가지 생각이 부스럭거렸다.

'서울여자는 교만하기보다는 나태한 거 같아.'

'돈 걱정 없는 집안에서 태어났다면 내 운명도 달라졌을까?'

민호는 언제나 자신만 보고 살았다. 전국 방방곡곡에서 민주화 요구가 빗발치고, 국민의 인권을 무참히 짓밟는 암울한 시대상이 펼쳐질 때도 나서지 않았다. 부모 형제 도움 없이 고단하게 자란 자신의 처지만 보였고, 각축장 같은 세상에서 어떻게든 살아남으려고 애썼다. 마음속에서는 다른 생각도 꿈틀거렸다. 터무니없는 부정과 편법이 활개치는 세상을 뒤엎고 싶었다. 가난하고 못 배운 자들의 생존을 억압하고 저해하는 근본이 모두 거기에 있었다.

현실을 부정할 수 없다면 바꿔야 했다. 사회문제는 잘 몰랐고, 어떤 미래를 그려야 하는지 불분명했지만 변혁의 주체가 되길 갈망했다. 돈과 권력에 굴복하고 아부해서 민중을 괴롭히는 지식인이 아니라 역사의 정의로운 진보를 위해 고뇌하는 운동가가 되고 싶었다. 말할 수 있는 사람, 자신의 말에 대중이 귀 기울이도록 할 수 있는 사람이 되고 싶었다. 배우고 가진 사람이 몸을 사리면 더 나은 사회는 요원했다. 그들이 제 역할을 하지 못하고 자기 안에 갇혀 살면 졸속과 편견, 자기애에 휩싸여 타인의 행복을 갉아먹고 사회의 부조리를 부추겼다. 민호가 티브이에서 보는 지식인들은 대부분 그런 인간이었다.

민호는 손으로 가슴을 툭툭 치며 마음을 가라앉혔다. 이젠 나이 들어 너그러워질 요량만 남았다. 부끄럽지 않게 살아온 벗들에게 적절한 칭찬을 준비하면서 편안하게 눈감는 날을 기다리면 충분했다. 그러나 자아는 자꾸 늦지 않았다고 말했다. 사람은 꼭 가진 대로, 타고난 대로 살지 않는다고, 스스로 운명을 개척할 수 있는 존재가 바로 인간이라고 외쳤다.

'노력하고, 배우고, 기다려도 평화가 찾아오질 않으면 어쩔 수 없다. 외로움이 찾아오고, 비웃음이 번지고, 험난한 고난이 엄습할 때는 받아들이면서 버티면 된다. 선택은 내 몫이다.'

"어이 민호."

이장이 양복을 말끔하게 차려입은 사내와 함께 나타났다. 사내는 민호에게 꾸벅 인사를 하더니 반듯하게 접힌 광고지를 건넸다. 광고지에는 과일맛 사탕 두 개와 명함이 들어 있는 작은 비닐봉지가 붙어 있었다. 사내는 종묘회사 유노스팜의 영업사원이었다.

광고지에는 커다란 옥수수 사진 밑에 '고소득 보장하는 새로운 옥수수, 이노콘'이라는 글씨가 적혀 있었다.

"죄송한데, 이미 종자를 예약했어요."

민호는 앓는 소리를 냈다. 다른 종자를 심는 건 모험이었다. 그는 작년에 마이플랜트보라 찰옥수수를 심어 그나마 엉망이었던 가계 수지를 맞췄다. 올여름에도 똑같은 종자를 심어 안정적인 수입을 기대하고 있었다.

"아주 좋은 기회야. 홍보 삼아 신품종을 저렴하게 대준다네. 대기업에서 쓰는 선심인데 받아야지."

이장은 목소리를 깔고 설득하듯 간곡하게 말했다.

민호의 생각은 쉽게 변하지 않았다. 경험에서 우러난 판단이었다. 세상에 공짜는 없었다. 대기업이 나서서 농민들의 수익을 보장해줄 리 없었다.

민호는 5년 전 오이농사를 실패했다. 영일종묘에서 판매한 펄라이트 용토가 불량해 모종이 제대로 자라지 못했다. 그는 마을 사람들과 함께 종묘회사에 항의했지만 외면당했다. 농민들이 농사를 잘못 지은 탓이지 용토는 최상급이라는 말만 되돌아왔다. 민호는 분을 삭이며 물러설 수밖에 없었다. 불량 용토를 증명할 방법이 없었다. 영일종묘는 마을 사람들에게 영양제 한 포대씩 나눠주고 입을 닦았다.

"믿고 심어보세요. 손해 보면 저희가 책임지겠습니다."

영업사원이 의기양양하게 말했다.

민호는 눈살을 찌푸렸다. 농사를 망치면 책임지겠다고 계약서에 쓰고 도장을 찍어도 믿을까 말까 했다. 종묘회사는 흉년이 들면 분명 어떤 방법을 동원해서라도 농민들에게 책임을 전가하고도 남았다.

"날 믿고 해봐. 나도 이번에 이노콘을 심을 거야."

"이장님도요?"

민호는 완곡한 이장의 어투에 마음이 흔들렸다. 더 거절하는 건 훗날을 위해서도 좋지 않았다. 민호는 다시 한번 광고지를 들여다봤다.

'짧은 생장과 산당 수확량 최고 보장.'

"그래요."

민호는 쾌히 승낙했다. 이왕 할 거라면 흔쾌히 들어주는 게 나았다.

이장은 대농이었다. 농사 규모가 민호의 30배를 넘었다. 일찍 인터넷 사업을 시작해 소비자 판매망이 넓었다. 이장과 같은 종자를 심으면 옥수수를 출하할 때 숟가락을 얹기가 가능했다. 결정적으로 민호가 빌려쓰는 농지는 이장 소유였다. 민호는 되도록 이장의 비위를 맞추고 싶었다. 이장은 민호에게 감사의 손 인사를 건네고 영업사원과 함께 이웃집으로 향했다.

민호는 영업사원의 전화번호를 저장하려고 주머니에서 휴대전화를 꺼냈다. 휴대전화 액정에 민호의 얼굴이 반사됐다. 활달하고 패기 넘치던 과거의 민호가 아니었다. 갈색 눈동자는 흐릿하게 풀렸고 ,갸름한 턱엔 거뭇거뭇 수염이 돋았다. 눈가에는 주름살이 무성했고, 창백한 뺨은 기미로 얼룩졌다. 힘 있는 사람들의 입김에 휩쓸려 살아가는 지친 남자였다.

'넌 누구냐?'

8

땀방울이 관자놀이를 타고 주르륵 흘렀다. 목덜미와 가슴통에도 땀이 흘러 셔츠 앞섶이 흥건했다. 민호는 하늘을 쳐다봤다. 불그레한 햇살이 공기 중에서 이글거렸다. 미지근한 보리차를 꿀꺽꿀꺽 단숨에 마셨다. 여름철에는 두세 시간만 일해도 현기증이 일고 속이 울렁거렸다. 어깨뼈와 무릎 관절이 으스러지는 느낌도 들었다. 탈수 증세였다.

가뭄이 극성이었다. 땅바닥이 쩍쩍 갈라졌다. 이대로 비가 계속 오지 않으면 이장이 구름 뒤에서 잠자는 도깨비신을 깨우겠다고 돈을 걷으러 다닐 판이었다. 이장은 하지가 지나도록 비가 오지 않을 때마다 기우제를 지냈다. 서울에서 공부깨나 했지만 마음대로 마을의 전통을 무시할 수 없었다. 되레 적세에 걸쳐 내려온 전통을 영속하는 것이 이장의 권위와 체신을 지키는데 현명하다고 생각했다.

기우제에 사용되는 돈은 주머니 사정이 나은 유지들이 충당했다. 유지 중 일부는 진심으로 마을을 걱정해 쌈짓돈을 꺼냈지만 대부분 마을 내에서 자신의 영향력을 인정받는 데 급급해 억지로 돈을 냈다. 가난한 사람들은 유지들에게 머리를 조아렸다. 억지로라도 존경심을 보여 돈을 내도록 유도했다.

민호는 기우제를 지낼 때 꼭 돈을 냈다. 기우제를 지낸다고 비가 오지 않았다. 한 푼 한 푼이 아쉬워 손을 떨며 살았다. 그래도 아깝지 않았다. 농사는 사람이 아니라 하늘이 짓는다고 믿었다. 기우제 비용을 내지 않아 마음이 찜찜한 것보다 나았다.

마을 사람들은 제사상에 떡이며 과일을 고임새 해서 올렸다. 산적과 돼지머리, 어탕, 식혜도 손수 준비해 진설했다. 술은 체에 걸러 낸 맑은 동동주만 따랐다. 민호는 음식 대신 여러 종류의 사탕과 캐러멜을 잔뜩 준비했다. 무당은 사탕과 캐러멜을 작은 봉지에 나눠 담아 마을 어르신들에게 나눠 줬다.

기우제는 늘 열리는 제사가 아니었다. 고정적으로 열리는 제사는 가을 추수가 끝난 뒤 지내는 서낭제와 위령제였다.

서낭제는 돈 있는 사람이나 돈 없는 사람이나 조금이라도 제사비용을 각출했다. 한 해 동안 별 탈 없이 지낸 것을 감사하고 다음 해 풍년이 들기를 비는 마음에는 한 사람도 빠질 수 없었다. 민호는 서낭제가 열리면 서울여자에게 제사비용을 내지 말라고 할 작정이었다. 서울영화가 마을 행사에 끼는 게 내심 껄끄러웠다. 그는 동제답에서 풀 한 포기 뽑지 않은 사람이 서낭제에 참석하는 것을 용납할 수 없었다. 동제답은 마을 사람들이 공동으로 소유한 논이었다. 마을 사람들은 제사 경비를 보태려고 동제답을 함께 돌봤다. 서낭제에서 모시는 양규장군 도깨비신도 이 고을에서 농사짓고 강에서 물고기 잡는 사람에게만 축복을 내리는 수호신이었다.

위령제는 마을에서 가장 큰 행사였다. 마을 사람들은 한국전쟁 때 목숨을 잃은 이들의 영혼을 달래려고 성대하게 제사를 지냈다. 횃불을 밝혀 들고 마을을 순례하며 망자의 혼을 위로했다. 로마 가톨릭 신자들이 베드로 대성당을 향해 걷는 사순절 행사와 비슷했다.

마을 사람들은 대대로 우애가 깊었다. 이웃이 콩마당질을 벌이면 식솔까지 동원해 힘을 보탰다. 벼농사 지을 때는 품앗이 가락이 끊이지 않았고, 가래질을 부탁할 때면 거나하게 지짐과 술을 대접했다. 모심기가 끝나는 날에는 마을 사람들이 함께 모여 들돌들기 놀이를 하며 잔치를 벌였다.

마을 사람들의 우애는 돈 때문에 일순간에 깨졌다. 사람들은 지자체가 강가 인근에 캠핑 단지 조성사업 계획을 발표하면서 이전투구했다. 자신의 땅을 캠핑 부지로 내놓겠다고 앞다퉈 로비했다. 놀던 임야나 밭뙈기에 위락 시설을 세우고 임대료를 주겠다고 하니 모두 욕심을 냈다.

부자나 빈자나 땅을 조금이라도 가진 사람이라면 다 그랬다. 캠핑 부지는 몇몇 유지의 땅으로 결정됐다. 이 과정에서 돈이 오갔느니, 공무원과 친척이라느니, 뒷거래가 있었다느니 말이 많았다.

마을 사람들은 등졌다. 서로 생채기를 냈다. 도둑 공방이 오가다 마을 곳곳에 CCTV가 설치됐고, 누군가 마을 우물에 음식물쓰레기를 버려 피붙이처럼 정을 나누던 마을 사람들끼리 의심하는 일이 발생했다. 오랫동안 돼지를 키우던 노인은 오폐수와 악취로 고발당했다. 노인은 마을 사람들과 삿대질하며 싸우다 외지인에게 땅을 팔고 도시로 떠났다. 해괴망측한 사건사고도 일어났다. 효자로 소문난 노총각이 논두렁 아래로 굴러 식물인간이 되거나 버스가 뒤집혀 부녀자들이 반병신이 됐다.

마을 사람들이 완전히 등을 돌린 건 보수당 국회의원의 막말 때문이었다. 마을 사람들은 누가 국회의원이 되든지 크게 신경 쓰지 않았다. 후보들 모두 동향이었고, 한때 형, 동생 하면서 지내던 이웃이었다. 하지만 배춧값 폭락으로 빚에 쪼들리던 사십 대 농부가 스스로 목을 매는 일이 발생하면서 갈등은 점화됐다. 국회의원은 장례식장에 나타나 살찐 손으로 머리를 쓸어 올리며 상소리를 지껄였다. 농부의 자살을 개인의 책임으로 몰아붙이며 살살 비꼬았다.

"지지리도 못나게 왜 자살하느냐."

"농산물 수입을 늘릴 수밖에 없는 정부의 입장을 이해해라."

"배춧값이 폭락하면 무를 심어라. 그게 애국이다."

마을 청년들은 분노했다. 농민회를 중심으로 장례위원회를 구성하고 막말을 내뱉은 국회의원의 사과를 요구하며 상경투쟁까지 나섰다. 의원회관을 점거하고 항의농성을 벌였다. 그러나 마을 노인들과 교인들은 끝까지 보수당을 지지하며 국회의원 편을 들었다.

보수당 국회의원 막말 사건으로 마을은 일대 변화를 겪었다. 마을 인심은 흉흉해졌고, 서로 데면데면했다. 선거도 좌우 대립이 표면화돼 치열하게 전개됐다. 그래도 위령제는 마을 사람들이 모두 참여했다. 횃불 순례는 없어졌지만 여전히 제사는 성대하게 치렀다. 그 어떤 분란도 지울 수 없는 상처를 남긴 한국전쟁의 후과를 뛰어넘지 못했다.

9

호미가 자잘한 흙뭉치에 부딪쳐 터덕터덕 끌렸다. 민호는 가뭄 때문인가 싶어 꽝꽝 말라버린 흙을 대충 골라 덮고 넘어갔다. 그래도 땅속에서 툭툭 솔가지가 부러지는 소리가 들렸다. 돌이나 쇠붙이가 긁히는 소리는 아니었다. 뭔가 더 가볍고 둔탁한 울림이었다. 호미에 부딪친 물체가 마모되면서 부서지는 떨림도 손끝에서 감지됐다.

'이게 뭐지?'

기괴한 기분이 들었다. 차라리 파내버리는 게 낫겠다 싶었다. 그는 한 삽 가득히 흙을 파 땅속에 있는 물체를 확인했다. 금이 가고 구멍이 뚫린 인간의 두개골이었다.

'에구머니나.'

민호는 깜짝 놀라 몇 걸음 뒤로 물러섰다. 예기치 못한 광경에 놀라 가슴이 떨리고 두 다리가 휘청거려 한참을 멍멍히 서 있기만 했다. 그는 죽을 힘을 내 호미로 굳은 땅을 긁었다. 진짜 해골이 맞는지 확인이 필요했다.

땅속에서 여러 구의 유해가 모습을 드러냈다. 유적 같은 곳에서 발견되는 사람 뼈는 아니었다. 그런 곳에서는 토기나 석기 같은 것이 함께 출토되는 게 일반적이었다.

주인 없는 묘지일 가능성이 높았다. 시골에는 집 주변에 가묘를 쓴 뒤 이장하지 않고 살다 잊어버리거나 이사 가면서 버린 묘지가 많았다. 하지만 죽음의 흔적이 예사롭지 않았다. 두개골 개수가 언뜻 봐도 대여섯 개는 됐다. 모양도 온전치 않았다. 세 구는 광대뼈가 완전히 박살났고, 크고 작은 뼈들은 동강 나 서로 뒤엉켜 있었다. 아무렇게나 시체를 포개 묻은 증거였다.

읍내 경찰서에 전화한 지 30분이 지났다. 곧 오겠다던 김 경위는 깜깜무소식이었다. 고개를 들어 하늘을 보니 태양이 중천에 떴다.

'혹시 점심시간이라서?'

김 경위의 점심은 누구도 방해할 수 없었다. 김 경위는 세 끼 식사와 섹스, 자신이 소유한 땅을 둘러보는 낙으로 사는 사람이었다. 그는 유해 발견을 대수롭지 않게 여기기도 했다. 조상의 묘가 있는 땅까지 팔아 먹고 마을을 떠난 주민이 많았다. 또 인근에서 몇 차례 발견된 유해가 한국전쟁 당시 집단학살된 민간인으로 밝혀진 적이 있어 크게 신경 쓰지 않았다. 역사인식이 전무한 그에게 유해는 그저 과거의 흔적이자 귀찮은 업무일 뿐이었다.

마을 인근에서 한국전쟁 당시 학살당한 민간인 유해가 몇 차례 발견
됐다. 그중 30년 전 건너 마을 옥당골에서 발견된 유해의 규모가 가장
컸다. 대통령이 진상규명 지시를 내려 조사반이 구성됐다. 조사 결과
유해는 민간인으로 확인됐다. 정부는 학살의 원흉을 북한군으로 지목
하고 추모제를 장중하게 치렀다. 빨갱이가 저지른 살인은 보수진영에
정치적으로 꽤 유용한 호재였다. 그러나 행사가 끝난 뒤 추모분위기는
흐지부지됐다. 흔한 위령탑도 세우지 않았다.

최근 옥당골 민간인 학살은 미군기밀문서가 해제되면서 새로운 진실
이 밝혀졌다. 북한군이 아니라 한국 군경이 민간인 7천여 명을 좌익으
로 몰아 학살한 사건이었다.

허기가 밀려왔다. 민호는 사탕을 입에 넣고 집에 갈 채비를 했다. 5년
가까이 치매를 앓는 새어머니에게 밥 차려줄 사람이 없었다.

새어머니는 치매 초기부터 집 밖으로 나돌아다니며 옷을 더럽혔다.
하얀색 옷을 매우 좋아해 빨래는 더욱 힘들었다. 민호는 우선 살고 봐야
했다. 생활비를 조금씩 아껴 세탁기를 장만했다. 빨래에서 해방된 뒤
그를 힘들게 한 건 식사였다. 밥이야 전기밥솥이 했지만 국과 반찬은 여
전히 손에 익지 않은 노동이었다.

민호는 새어머니가 집 밖에서 무엇을 하며 돌아다니는지 몰랐다. 다른 걱정은 없었다. 넘어지거나 위험한 일에 말려들지 않을까 안심되지 않았다. 보따리에 음식을 싸 들고 다녀 배곯을 리 없었고, 가끔 손에 돌탑과 신목에 묶인 오색천이 들린 것으로 봐서는 서낭당에 들른 게 확실했다.

　경찰차가 나타났다. 김 경위였다. 민호는 손을 들어 경찰차를 불렀다. 김 경위는 민호를 본척만척하더니 반대쪽에서 걸어오는 서울여자 옆에 차를 세우고 쏙닥쏙닥 얘기를 나눴다.

　차창으로 비친 그의 얼굴은 화기애애했다. 뭐가 그리 즐거운지 연방 입을 놀리며 웃고 있었다. 신고를 받고 사건현장에 출동한 경찰의 모습은 아니었다.

　'이 와중에 여자라니.'

　민호는 짜증이 확 났다. 후텁지근하고 끈적끈적한 열기가 주는 짜증보다 더한 역정이 머리끝까지 밀려왔다.

10

손톱만한 쉬파리들이 눈앞을 쌩쌩 스쳐 지나갔다. 수챗구멍 쉰내와 매캐한 탄내가 뒤섞여 코를 찔렀다. 창문을 활짝 열어놓아도 실내 공기가 순환되지 않아 역한 냄새가 맴돌았다.

티셔츠 겨드랑이가 땀에 젖어 후줄근했다. 이마에 흘러내린 파마머리는 땀으로 뒤범벅된 이마에 찰싹 눌어붙었다. 목구멍은 바싹바싹 타들어 물만 먹혔다. 시크무레하게 익은 김치도 더 시큼한 맛이 나는 것 같았다. 민자는 홀에서 도저히 밥이 넘어가지 않았다. 켜켜이 먼지가 오른 툇마루를 걸레로 꼼꼼히 닦았다. 덥고 가슴이 답답할 때는 바람이 들이부는 툇마루가 제격이었다.

며칠 전 따놓고 잊어버린 애호박이 마룻바닥 끄트머리에 놓여 있었다. 애호박은 꼬투리가 썩어 구더기가 올랐다. 민자는 밥 먹을 때 더러운 게 보이면 좀처럼 입맛이 당기지 않았다. 더위에 식욕까지 떨어진 상태였다. 그녀는 애호박의 썩은 부위를 잘라내고 깨끗이 씻어 냉장고에 넣었다.

대충 청소가 끝났다. 민자는 매콤한 풋고추와 된장, 제육볶음, 김치, 오이지로 차린 밥상을 들고 좁은 툇마루에 엉거주춤 걸터앉아 시원한 물에 보리밥을 말았다. 보리밥은 옹알옹알 잘 씹히지 않아 물과 함께 후룩 떠먹기 좋았다.

민자는 보리밥에 달콤한 오이지를 올려 입에 넣었다. 그때 자신도 모르게 방귀가 뿡뿡 터져 나왔다. 그녀는 오이지를 아작아작 씹다 푸시시 웃어버렸다. 주위에 사람이 없어도 부끄러운 건 부끄러운 거였다.

툇마루가 홀보다 훨씬 쾌적하고 시원했다. 더운 바람이라도 건들건들 불어오니 흘러내리던 땀이 멈췄다. 실내는 에어컨을 틀면 금방 시원하고 쾌적해졌다. 그러나 손님이 없었다. 민자는 전기세 걱정이 앞서 에어컨 켤 엄두를 내지 못했다.

처마 밑 그늘에 누워 있던 개가 음식 냄새를 맡고 고개를 들었다. 개는 몸을 부르르 떨고 일어나 꼬리를 살래살래 흔들었다. 혀를 내놓고 입맛을 쩝쩝 다지며 민자를 뚫어지게 쳐다봤다. 반응이 없자 앞발을 세우고 깨갱 울었다. 제자리에서 빙빙 돌며 깡둥깡둥 뛰었다.

개 이름은 백수였다. 죽을 때까지 빈둥빈둥 놀고먹으라고 지어준 이름이었다. 백수가 갑자기 가만히 서서 한 곳을 응시했다. 민자는 백수의 시선이 멈춘 곳으로 고개를 돌렸다. 서울여자가 하늘거리는 원피스를 입고 걸어오고 있었다. 민자는 부러움과 열패감을 동시에 느꼈다. 살결이 희고 예쁜 여자를 볼 때마다 드는 감정이었다.

'우라질 년, 팔자도 좋지.'

민자는 소맷자락으로 이마에 보송보송 맺힌 땀방울을 훔치면서 혼잣말로 서울여자를 비꼬았다.

가난 중에는 얼굴 가난이 최고였다. 돈이야 있으면 있는 대로, 없으면 없는 대로 자족하면 그만이지만 못생긴 얼굴은 평생 지니고 살아야 했다. 돈만 있으면 뜯어고치는 세상이라고 해도 호박에 줄그어 수박을 만드는 건 불가능했다. 얼굴이 예쁘면 졸부를 만날 가능성도 높았다. 넓은 집에서 값비싼 보석을 마음대로 주물럭거리며 사모님 소리를 신물 나게 들을 수 있었다. 머리에 든 것이 없어도 화사한 미소 하나로 지성미까지 풍길 수 있었다. 아니 세상은 예쁘면 다 통했다. 민자는 그런 세상이 언짢았다. 세상은 타고난 생김을 두고 손가락질하지 않았지만 자신이 세상의 밑바닥을 전전하며 사는 이유가 꼭 못생긴 얼굴 때문인 것 같아 환멸을 느꼈다.

민자의 열패감에는 남편 복 없는 자신을 책망하는 마음도 섞여 있었다. 민자는 어렸을 때부터 여자 팔자는 뒤웅박 팔자라는 소리를 어머니에게 귀가 아프도록 들었다.

'어떤 남자를 만나느냐에 따라 여자의 일생은 달라진다.'

민자의 삶은 순탄치 않았다. 홀로 두 아이를 키우며 과부처럼 살다시피 했다. 생활도 어려웠다. 얼굴에 분 바르고, 예쁜 옷을 입고 싶은 욕망은 사치였다. 땡볕에 낯가죽이 익어 새까맣게 탄 것이 화장이었고, 수건을 목에 두르고 고무줄 바지를 가슴팍까지 올려 입어야 패션은 완성됐다. 민자는 사랑했기 때문에 후회 없노라고 애써 자조했지만 위로되지 않았다. 어머니 얘기를 귀담아 듣지 않은 자신이 미울 뿐이었다.

민자는 고리타분한 여자였다. 여름에도 민소매 옷을 입지 않을 정도로 사고방식이 옛사람 같았다. 세상이 개방적으로 변하고 여성의 권리가 신장됐다고 해도 그녀는 목석처럼 소신을 지켰다. 유독 딸에게만 엄격했던 보수적인 아버지의 이중성이 싫었지만 집안에서 배운 예절과 구속이 시대와 사상을 넘어선 인간의 도리라고 여겼다.

서울여자가 시야에서 사라졌다. 뒤틀렸던 마음이 조금씩 가라앉았다. 밥맛은 이미 떨어져 다시 숟가락 들 용기가 나지 않았다. 민자는 밥상을 물리고 상보를 덮었다. 먹다 남은 보리밥과 제육볶음은 개밥그릇에 죄다 퍼줬다. 백수는 밥그릇을 앞발 사이에 놓고 허겁지겁 삼키듯 먹었다.

바람 한 점 없이 무더운 날이었다. 시도 때도 없이 졸음까지 몰려왔다. 계곡물에 발을 담그고 싶었다. 민자는 샌들을 찾아 신으려고 신발장을 열었다. 나프탈렌 냄새가 코를 찔렀다. 좋지 않은 기억이 순간 떠올라 콧살을 찌푸렸다. 아직도 그때만 생각하면 가슴이 뛰고 식은땀이 흘렀다.

엿 바꿔 먹을 고물도 귀한 시절이었다. 민자는 하얗고 동그랗게 생긴 나프탈렌이 사탕인 줄 알고 열심히 빨아 먹었다. 단맛이 느껴지기는커녕 눈앞이 캄캄해지고 헛구역질이 계속 나왔다. 발열까지 심해져 병원에 실려 갔다. 자칫 죽을 수 있는 아찔한 상황이었다.

민자는 신발장에서 누르퉁퉁해진 하얀 샌들을 꺼내 신고 산길을 20여 분 걸었다. 물이 내리흐르는 소리가 귓가에 들렸다. 계곡물 흐르는 소리라고 하기엔 너무 짤짤거렸다. 날이 가물긴 했다. 물이 바짝 졸아 밑바닥이 훤히 드러났다. 얼마나 말랐는지 무릎까지 올라왔던 물이 발등을 겨우 덮었다.

가시 돋친 찔레나무 가지에 앉아 있던 새들이 인기척에 놀라 한꺼번에 푸룩거리며 날았다. 천적을 피해 가시 많은 찔레 덩굴에 몸을 숨긴 딱새였다. 산뽕나무 옹이에 매달린 매미는 뭐가 그리 억울한 지 매암매암 울어댔다. 민자는 귀청을 찢는 매미 소리에 귀 기울이다 땅이 꺼질 듯 한숨을 내쉬었다.

매미는 참 불쌍한 곤충이었다. 알에서 나온 굼벵이는 땅속으로 들어가 10년을 살다 여름에 매미로 우화해 일주일을 살았다. 그 일주일 동안 수컷 매미는 짝을 찾기 위해 낭자하게 울었고, 암컷 매미를 만나 방정한 뒤 생을 마감했다. 암컷 매미도 나무에 알을 낳고 수컷 매미와 똑같이 죽음을 맞았다.

산뽕나무 가지가 땅을 향해 구부러져 늘어졌다. 석회질이 많은 토지라 산뽕나무가 잘 자랐다. 민자는 주렁주렁 열린 오디를 정신없이 따먹던 기억이 떠올랐다. 그런데 이상하게도 나뭇가지에 오디가 거의 없었다. 땅바닥을 살폈다. 땅바닥은 고운 흙빛 그대로였다. 오디가 땅바닥에 떨어졌다면 흙에 먹물 빛이 돌아야 정상이었다.

'누가 먹었을까?'

땅바닥에는 멧돼지 발자국과 배설물이 있었다. 사람 발자국도 산길을 따라 희미하게 찍혀 있었다.

산뽕나무 옆에는 봉오리를 막 펴기 시작한 백합이 줄줄이 자랐다. 봉오리 한두 개는 벌써 개화해 심오한 향기를 내뿜었다. 자연이 만든 꽃밭이 아니었다. 사람이 인위적으로 만든 것이었다.

'이건 또 누가 심었을까?'

11

구름 한 점 없던 하늘이 오후가 되면서 흐려졌다. 서쪽에서 먹구름이 몰려와 하늘빛이 우중충했다. 공기는 습했다. 팔뚝은 된풀을 이겨 놓은 것처럼 끈적끈적했다. 민자는 집으로 발걸음을 돌렸다. 소나기가 내릴 것 같았다. 그녀는 기분이 좋았다. 비가 내리면 방치하다시피 한 감자 밭에 강낭콩을 심을 수 있었다. 이른 새벽 수면위로 피어오르는 물안개도 볼 수 있었다.

비 한두 방울이 두 볼에 떨어졌다. 꽈르릉 천둥 번개가 내리쳤다. 민자는 천둥소리에 놀라 몸을 움츠리다 발이 돌부리에 툭 걸려 미끄러졌다. 중심을 잃고 허둥대다 땅바닥에 등허리를 찧었다. 숨을 내쉴 때마다 막대기로 찌르는 듯한 통증이 몰려왔다. 스무 살 때 맞선 자리에 나갔다 넘어져 다친 자리였다.

'청렴하고 성실한 남자였어. 나를 좋아했고.'

그때 민자는 어렸다. 사람의 마음을 헤아릴 나이가 나이었다. 남자 보는 눈도 없어 사람됨보다 외모를 중시했다. 그녀는 입술을 깨물었다.

모두 지나간 일이었다. 후회해도 소용없었다.

민자는 어렸을 때 공부를 잘하고 영특했다. 성격은 불같았지만 꾸미지 않은 아름다움이 돋보이는 건강한 학생이었다. 때론 자신감이 넘쳐 자기가 최고인 양 재고 다니는 철부지이기도 했다. 그녀는 중학교에 올라가면서 공부는 글렀다는 생각이 머릿속을 짓눌러 책을 놨다. 마을에서 공부 좀 한다는 친구들은 도시로 유학 갔다. 민자에게는 어림없는 일이었다. 아버지가 허락하지 않았다.

민자 아버지는 자식을 집 밖으로 내돌리는 것을 극히 불안해했다. 마을에서 민호와 함께 둘이 남매처럼 의지하며 지내라고 민자를 타일렀다. 민자는 고개를 끄덕였다. 자신에게 주어진 가난과 봉건적인 숙명의 사슬을 순순히 받아들였다.

늙은 무당은 민자 아버지를 찾아와 민자를 서울로 유학 보내라고 설득했다. 유학이 아니더라도 이 마을을 떠나야 잘 풀린다고 조언했다. 무당에 따르면 민자는 여섯 가지가 빼어나다고 일컫는 육수 팔자를 타고났다. 재운과 관운을 모두 겸비해 문벌 가문을 세울 만한 호팔자였다. 안타까운 건 꼭 집을 떠나야 가능했다. 겹겹이 싸인 가문의 적울을 푸는 방법은 오직 마을에서 벗어나 일가를 이루는 방법밖에 없었다.

민자가 스무 살이 되자 건넛마을에 사는 총각 선생으로부터 중매가 들어왔다. 총각 선생이 담 너머로 민자를 보고 첫눈에 반해 정식으로 매파를 보내 통혼을 청했다.

첫 맞선 장소는 읍내 다방이었다. 민자는 다방 문을 열고 빼꼼히 얼굴을 들이밀었다. 다방 안은 한산했다. 자욱한 담배 연기와 선풍기 돌아가는 소리만 가득했다. 그녀는 심호흡하며 긴장을 풀었다. 나이도 어렸고, 맞선도 처음이었고, 다방도 한 번도 가 보지 않은 곳이었다.

갑자기 뒤통수가 따가웠다. 불쾌한 시선이 느껴졌다.

"거기서 뭐하요."

등 뒤에서 묵직한 남자 목소리가 울렸다. 중년 사내 서너 명이 실실거리며 출입구를 막고 서 있는 민자를 쳐다보고 있었다. 민자는 민망했다. 고개를 숙이고 다방 안으로 들어갔다. 쏜살같이 달음질쳐 의자에 앉으려다 테이블에 발이 걸려 나자빠졌다. 좌중의 시선이 민자에게 쏠렸다. 민자는 자리에서 일어나 옷 매무새를 가다듬고 아무 일도 없었던 것처럼 능청스러운 표정을 지으며 의자에 앉았다.

총각 선생이 웃으면서 나타났다. 민자가 발라당 넘어진 걸 보지 않은 척 시치미를 뚝 떼며 울긋불긋한 꽃다발을 건넸다. 사탕과 젤리로 장식한 장미 부케였다.

민자는 맞선 자리에서 총각 선생을 보자마자 크게 실망했다. 양껏 꾸미고 나온 자신이 미울 정도였다. 총각의 용모는 환한 편이 아니었다. 눈꼬리는 길어 도를 닦는 사람처럼 보였다. 주근깨 가득한 얼굴에 콧잔등이 푹 가라앉아 사람 좋게만 보였다. 남자치고는 키도 작았고, 말수도 적었다. 팔뚝에는 커다란 화상 자국까지 있었다. 민자는 눈도 마주치기 싫었다. 계속 주위를 두리번거리며 시간이 지나길 바랐다. 다음에 다시 만나자는 말에도 어물쩍대며 딴청을 피웠다. 총각 선생은 낙담하지 않았다. 평생 배필을 만나는 게 얼마나 어려운지 알고 있었다.

민자는 집에 들어오자마자 총각 선생이 마음에 들지 않는다고 결혼을 결사반대했다. 그와 결혼시키면 집에서 나가버리겠다고 으름장을 놓았다. 어머니는 총각 선생의 외모만 보고 과분한 혼사를 거부하는 민자를 어르고 달랬지만 자식 이기는 부모는 없었다.

총각 선생의 부모는 맞선 전부터 혼사를 반대했다. 민자의 키가 크고 몸가짐이 방정맞다는 매파의 입김 때문이었다. 매파는 민자 부모에게도 맞선 전 두 사람의 혼사가 성사되기 쉽지 않을 것이라고 미리 알렸다. 맞선은 부모의 만류에도 총각이 간곡히 청해 겨우 성사됐다. 하지만 민자는 그 사실을 전혀 몰랐다. 어머니는 민자의 기를 살려주기 위해 이 사실을 입 밖으로 꺼내지 않았다.

민자는 아담하고 귀여운 스타일이 아니었다. 키가 크고 근육이 잘 발달해 운동선수 같았다. 민자 어머니는 민자가 시집가지 못할까 봐 걱정했다. 뼈대가 굵은 데다 발뒤축이 달걀처럼 오목해 팔자가 사나울 거라고 걱정했다. 중매쟁이가 올 때도 큰 키를 감추기 위해 자리에서 일어서지 말고, 양말은 꼭 신고 있으라고 타일렀다. 민자는 어머니의 조언을 새겨듣지 않았다. 마을에서 대대로 내려오는 전통마저 터부시했다. 길흉대사를 점복과 연관 짓는 것을 미신이라고 여겼다.

그녀는 번번이 맞선에 실패한 뒤 어렸을 때부터 좋아했던 마을 오빠와 결혼했다. 철딱서니 없는 천덕꾸러기로 알려진 동식이었다. 민자 어머니는 결혼을 반대했다. 얼굴은 잘생겼지만 미래 전망은 없다고 싫어했다. 남자가 채신머리가 없고, 허세만 가득해 맘고생 할 거라고 말렸다. 동식은 쓸데없이 입을 나불거리길 좋아했고, 무례할 정도로 솔직했다. 장난기도 많았으며, 꺼억꺼억 웃는 것이 꼭 어린아이 같아 어머니는 질색했다.

민자는 결혼한 지 3년 만에 동식에 대한 모든 기대를 버렸다. 마음속 상처가 이미 깊게 곪은 뒤였다. 곪기 전에 소독을 잘하고 진물을 짜내야 했지만 그 시기도 놓쳤다. 결혼하자마자 아들이 생겼고, 뱃속에 두 번째 아들도 크고 있었다. 아이들의 장래를 위해 인내하고 이해하며 살 수밖에 없었다.

12

빗방울이 한 점 두 점 떨어지다 멈췄다. 애초에 비가 내리지 않은 것처럼 텁텁한 습기마저 증발했다. 민자는 콧방귀를 뀌었다.

'새벽 호랑이 비였네.'

마당에 거적을 깔았다. 창고에 보관 중인 감자를 꺼내 거적 위에 널었다. 감자는 조금이라도 습지면 싹이 나 먹지 못했다. 담장 앞에 층층이 놓인 화분에는 물을 확확 끼얹었다. 관상용으로 취미 삼아 키우는 선인장이 폭염에 시달리고 있었다. 빨랫줄에는 손님방에서 이불을 몽땅 꺼내 널었다. 집이 오래되면 날씨가 건조해도 장롱 구석마다 쾨쾨한 곰팡이가 피었다.

몸놀림이 영 굼떴다. 표정은 돌처럼 딱딱했다. 해야 할 일이라기보다는 무료해 찾아서 하는 일이었다. 민자는 새로운 손님을 맞이하는 일이 아니면 일상의 변화가 없는 시골이 심심했다. 어제 한 일이 되풀이되고, 사계절 똑같은 결실을 보고, 비슷비슷한 경험으로 시간을 채우는데 재미를 느끼지 못했다.

동식과 결혼한 이유도 그랬다. 명구만 줄줄 외워대는 남자, 돈만 밝히는 남자, 자신이 돋보이는 말만 하는 남자, 자기주장만 늘어놓는 남자는 싫었다. 타고난 예술가라든가, 남다른 몽상가라든가, 진실한 혁명가라든가, 어딘지 모르게 특별한 남자가 좋았다.

동식은 남을 속일 줄 모르는 남자였다. 세상 물정에 어둡고 어수룩했지만 꾸밈이 없었다. 입에 발린 소리도 못 했고, 배려심도 적었다. 손해 보는 것도 끔찍하게 못 참았다. 좋으면 좋고, 싫으면 싫었다. 다른 저의는 없었다. 사람 무서운 줄 모르는 천진난만한 성격에서 비롯됐다.

그는 여자라면 사족을 못 썼다. 요염한 자태의 여자만 봐도 한눈팔기 일쑤였고, 하루가 멀다고 부끄럼 없이 알몸으로 발랑 누워 민자를 재촉했다. 민자가 첫 아이를 업고 키울 때도 포대기를 젖히고 물건을 넣을 정도로 쾌락에 몰두했다.

민자는 동식의 분간 없는 애정공세에 몸은 힘들어도 마음만은 행복했다. 동식이 돈은 못 벌고, 성실하지 않아도 이만하면 시집은 잘 갔다고 생각했다. 그러나 결혼 생활은 마음으로만 영위할 수 없었다. 책임감이 요구됐다.

동식은 자유롭게 살았다. 마음속 욕망에 이끌리고, 쾌락을 좇으면서 민자에게 상처를 줬다. 그는 자유에 책임이 뒤따른다는 사실을 몰랐다.

진정한 자유는 오직 지성과 훈련된 사랑, 자신을 속박하는 헌신에서 발현되는 것을 아비가 돼서도 깨닫지 못했다. 오히려 그는 자신의 외도가 민자를 배신한 것이 아니라 삶을 즐기는 것뿐이라고 당당하게 말했다. 쾌락에 승복하고 몸이 움직이는 대로 따랐을 뿐인데 뭐가 문제냐며 부끄러워하지도 않았다.

민자는 동식이 집을 떠난 뒤 땅을 팔아 빚을 갚고 식당을 열었다. 차가 드문드문 지나다니는 시골길 옆에 한식집을 차렸다. 식당 이름은 황해도 음식 전문점 '동식당'으로 지었다. 집 나간 동식이 쉽게 찾아오도록 남편 이름을 식당 이름으로 사용했다.

동식당은 가격이 저렴하고 맛이 특별해 손님이 적지 않았다. 황해도, 평안남도 음식을 맛보고 싶은 사람들에게 인기였다. 인근 마을뿐만 아니라 소문을 듣고 찾아오는 관광객까지 있었다. 민자는 별도로 민박을 운영했다. 인근에 강과 계곡이 있어 하룻밤 쉬다 가기 좋았다.

주메뉴는 단순했다. 할머니가 고향에 대한 향수를 달래려고 자주 해 줬던 김치두부와 김치국수였다. 별미로는 초계탕과 노치, 조기 양념구이를 준비했다.

김치두부는 간수 대신 김치로 콩물을 굳힌 두부였고, 김치국수는 김치 국물에 메밀면을 말아 먹는 국수였다. 초계탕은 식초와 겨자를 넣은 닭고기탕이었고, 노치는 익반죽한 찹쌀가루를 엿기름가루 우린 물로 삭혀 지진 전이었으며, 조기양념구이는 말린 조기에 양념을 발라 구운 생선구이였다.

사이드메뉴는 김치를 넣고 지은 김치밥과 김치전을 팔았다. 황해도 음식은 채소가 귀해 익은 김치를 많이 사용했다. 김치는 젓갈을 아주 조금 넣어 깔끔하게 맛을 냈고, 양지머리 끓인 육수를 넣어 국물을 넉넉하게 했다. 간은 싱거운 편이었다.

후식은 누룽지탕과 사탕, 호박젤리를 대접했다.

민자 일가의 고향은 평안남도 남포였지만 친척들이 많이 사는 황해도가 고향이나 다름없었다. 남포는 평양보다 황해도가 훨씬 가까웠다. 목선을 타고 대동강 하구만 건너면 바로 황해도였다.

13

아이들이 희고 긴 백사장을 뛰어다니며 공놀이에 여념이 없었다. 청년들은 일광욕과 모래찜질을 즐겼고, 뭔 일이라도 생기길 바라는 표정으로 깔깔 웃어대며 이성을 훑었다. 파라솔 아래에는 나이 든 어른들이 밍밍해진 소주에 족발을 곁들였다. 얼굴만 보면 아이들보다 더 즐거워 보였다. 비정한 현실을 알게 된 뒤 들이켜는 알코올만큼 값진 화락은 없었다.

연일 티브이에서는 해수욕장 정보가 특집으로 방송됐다. 혼잡한 고속도로와 인산인해를 이룬 해수욕장, 인천공항에 몰린 인파와 비행기 운항 편수를 조정하는 항공사 사무실이 바쁘게 그려졌다.

민자는 리모콘을 손에 쥐고 무숙숙한 얼굴로 브라운관을 뚫어지게 쳐다봤다. 같은 나라에 살지만 다른 나라 풍경 같았다. 먹고사는 데 겁겁한 실정에 여행은 가당치 않았다. 그러나 반짝이는 눈동자는 다른 얘기를 하고 있었다. 어디론가 훌쩍 떠나고 싶은 욕망으로 이글거렸다. 그녀는 해변에서 온몸을 새까맣게 태우고 싶었다. 시골 사람들의 피부는 대개 검었지만 해수욕장에서 검게 그을린 피부와 달랐다. 땡볕에서 일하며 탄 피부라 거칠고 광택이 없었다.

티브이 진열장에 놓인 능삼무늬 액자가 쓰러져 있었다. 민자는 두 손으로 조심스럽게 액자를 일으켜 세웠다. 서울대공원에서 돗자리를 깔고 앉아 있는 가족사진이었다. 동식과 민자는 김밥을 먹고 있었고, 두 아들은 입에 막대 사탕을 물었다. 민자는 생소했다. 가족들이 화목하게 보이는 모습이 왠지 낯설었다.

살다 보면 가끔 남편이나 아이들이 귀찮을 때가 있었다. 그럴 때는 가족들이 아무 말 없이 조용하게 자기 할 일을 해주기 바랐다. 반찬 투정 없이 차분하게 밥을 먹고, 평화롭게 대화하며 서로 귀찮게 하지 않길 원했다.

현실은 잠깐의 휴식도 허락하지 않았다. 민자의 손을 타지 않고서는 살림이 굴러가지 않았다. 남편이나 아들이나 밥상에 숟가락 하나 놓을 줄 몰랐다. 그녀가 피로와 싫증에 젖어 얼굴이 흙빛으로 변하고 입술이 바르르 떨려도 눈치 채지 못했다. 엄마라는 지위는 남편과 자식을 상전으로 모시며 뒤치다꺼리하는 시녀와 다르지 않았다.

민자는 언제가부터 얼굴이 화끈거리고 땀을 많이 흘리더니 두통이 심해졌다. 손발이 저리고 불면증이 찾아왔다. 생리주기도 불규칙했고,

생리통도 극심했다. 유선도 점점 퇴화했다. 폐경기에 들어서는 신호였다. 민자는 인정할 수 없었다. 그녀를 괴롭히는 여러 가지 요인 중 여성성이 없어지는 충격은 모든 세포를 깨우는 전율이었다. 그녀는 우울했다. 믿고 의지할 곳이 아무 데도 없는 것 같았다. 마치 바다 속으로 침몰하는 배에 갇힌 사람 같았다.

민자는 일말의 미련 없이 불꽃처럼 튀기는 우울함을 단칼에 잘라냈다. 폐경의 전조가 몰고 온 절망의 시간을 재출발의 기회로 삼았다. 삶은 희망과 절망이 공존하는 여정이었다. 원망과 질투, 까닭 없는 저항은 추했다. 한 치 앞도 보지 못하는 미래에 미리 겁먹고 주저앉을 필요는 없었다.

"계세요?"

낭랑한 목소리가 방안에 감도는 정적을 깨뜨렸다. 민자는 방 문을 열고 밖을 내다봤다. 똘망하게 생긴 남자가 꾸벅 인사했다.

"혹시 김민호 씨 집이 어딘지 아십니까?"

남자는 차분하고 공손한 어조로 말했다.

"제 사촌오빠예요. 무슨 일이죠?"

"네. 잘 찾아왔네요. 30년 전 행방불명된 김민식 기자 사건을 취재하고 있는 민주일보 윤정천 기자입니다. 김 기자님 동생 민호 씨를 만나고 싶어서 왔습니다."

"가까운 데 살고 있어요."

"아. 제가 운이 좋군요."

윤 기자는 안도의 숨을 길게 내뿜으며 말했다. 다행히 가족들이 고향을 떠나지 않고 그대로 살고 있었다.

민자는 김민식이라는 이름을 듣고 흠칫 놀랐다. 민식이 행방불명된 날, 새파랗게 질린 할머니와 아버지의 얼굴이 떠올랐다.

할머니는 방바닥에 앉아 치맛주름을 쥐어 잡고 온몸을 우들우들 떨기만 했다. 아버지는 혼절한 사람처럼 기운이 빠져 몸을 제대로 추스르지 못했다. 민자는 모든 가능성을 열어놓고 생각해 봐도 민식의 행방불명이 이해되지 않았다. 불구나 정신병자가 되지 않았다면 벌써 집에 돌아오고도 남아야 했다.

그녀는 심각한 얼굴로 티브이를 끄고 일어나 고무신에 발을 꿰었다. 윤 기자를 민호 집까지 데려다주겠다고 앞장섰다.

윤 지자는 민자의 집에 민박을 얻었다. 휴가차 한 달 정도 푹 쉬면서 김민식 기자 행방불명 사건을 취재할 요령이었다.

14

더위가 기승이었다. 민자는 땡볕을 피하려고 나무 그늘진 길가로 걸었다. 뒤를 돌아보진 않았다. 별의별 생각이 꼬리에 꼬리를 물고 이어지는지 고개를 배슷이 숙인 채 길 안내만 열중했다. 윤정천 기자도 마찬가지였다. 뚜벅뚜벅 민자를 뒤따라 걸었다. 살았는지 죽었는지, 죽었다면 자연사인지 사고인지 살인사건인지 여러 가능성이 머릿속에서 복잡하게 얽혔다.

윤 기자는 목이 탔다. 손바닥에서 땀이 배어나 꿈꿈했다. 한쪽 어깨에 둘러멘 배낭에서 손수건을 꺼냈다. 손수건이 흠뻑 젖어 있었다. 가방을 뒤져 밑바닥에 깔린 생수병을 꺼냈다. 병뚜껑이 살짝 풀려 있었다. 불길한 예감이 들었다. 윤 기자는 가슴을 펴고 긴장을 풀었다. 원하는 건 하나였다. 김 기자의 행방불명이 정치적, 사상적으로 연루되지 않은 무색무취한 단순 사고이길 바랐다.

윤정천 기자는 우연히 김민식 기자를 알게 됐다. 민주화운동 기획 기사를 준비할 때였다. 1990년 자료를 검토하다 북핵을 빌미로 대규모 미군 주둔을 정당화하고 남북관계와 북일관계 진전을 견제하는 부시 미 대통령과 친미 보수강경파 정치인들의 속내를 날카롭게 지적한 칼럼을 발견했다. 칼럼은 쓴 사람은 김민식 기자였다.

전국적으로 폭설이 내렸다. 사나운 겨울바람이 거칠게 등을 떠밀며 사락사락 옷깃을 흔들었다.

윤 기자는 지쳐 있었다. 으윽. 신음소리가 절로 나왔다. 오전부터 법원 앞에서 4시간 넘게 우들대며 서 있어야 했다. 16개월 된 영아 정인이를 학대해 죽인 양부모 1심 첫 재판이 열리는 날이었다. 그는 재판이 끝나길 기다리면서 기자라는 직업에 잠시 회의가 들었다. 추운 날씨 때문은 아니었다. 사람을 기다리는 것만큼 힘든 일은 없었다. 그것도 천인공노할 살인범을 기다리는 일은 짜증 그 자체였다.

정인이 1심 재판 기사를 송고하고 사무실을 나섰다. 거리에는 벌써 어슬어슬 어둠이 내렸고, 네온사인과 알전구 불빛이 기운을 불어넣고 있었다. 윤 기자는 롱코트 깃을 세우고 다리를 후들후들 떨며 종로 인사동 골목에 들어섰다. 꼬불대는 골목길을 한참 헤매다 허름한 간판에 그려진 백합을 발견했다. 백합 옆에는 작은 글씨로 백합주점이 적혔고, 간판 옆에 매달린 스피커에서는 구성진 국악이 흘러나왔다.

윤 기자는 칙칙해 보이는 나무문을 열고 주점으로 들어갔다. 바에 앉은 손님 몇 명은 음악감상 중인지 아무 말 없이 골똘히 술을 들이켰다.

윤 기자가 주점 내부 이쪽저쪽을 둘러볼 때였다. 저음의 남자 목소리가 음악 소리를 뚫고 울렸다.

"여기야."

편집국장은 춥고 피곤해 보이는 윤 기자에게 동동주 두 잔을 거듭 건넸다. 알코올이 몸 구석구석을 돌며 따스한 온기를 채웠다.

"김민식 기자가 누군지 궁금하다고 했지? 내 동기였는데 안타깝게도 갑자기 행방불명되고 말았지. 아침부터 편집국에 전화가 계속 걸려 와 김 기자를 찾더라고. 열 시쯤인가. 김 기자가 밖으로 나갔는데 그 뒤로 행방불명, 회사는 퇴직처리. 경찰도 별다른 액션 없고. 나중에 보안사에 끌려갔다는 소문이 돌았어. 온몸에 소름이 돋더라고. 남의 일 같지 않았거든."

편집국장은 오묘한 눈빛으로 술잔을 응시하며 말했다. 그는 노태우 정권 초 김민식 기자와 함께 민주일보에 입사했다. 노태우는 전두환 신군부와 달리 신문사에 상주했던 검열단을 철수하며 군사정권의 권위주의 색채를 빼려고 노력했다. 하지만 언론인 출신 장관과 국회의원 수십 명을 발탁해 권언유착의 발판을 다지며 언론 통제를 답습했다.

"김민식 기자가 사라지던 날, 아무런 예고 없이 기사가 삭제됐어. 김 기자가 쓴 헤드라인 기사가 노태우 해외 순방 기사로 바뀐 거야. 김 기자 행방불명은 아마도 그 기사와 관련 있는 것 같아. 그게 아니고서는 설명이 안돼. 그걸 찾아야만 진실을 밝힐 수 있을 듯해."

편집국장의 얼굴은 굳어 있었다. 김 기자의 행방불명은 자신이 편집국장으로 재직할 때 꼭 풀어야 할 숙제였다. 편집국장은 경찰기자 시절 김 기자의 행방을 밝히려고 노력했지만 이내 포기했다. 괴한의 공격으로 목숨의 위협을 느낀 데다 데스크에서 쉬쉬하는 바람에 영문도 모른 채 30년 동안 입을 닫고 살았다.

"취재해 보는 거 어때? 시간은 7월부터 9월까지 여름휴가 껴서 삼 개월. 일은 다 빼줄게. 구미 당기지?"

윤 기자는 갑자기 흥분됐다. 사건을 의뢰받은 추리소설 속 명탐정이 된 기분이었다.

편집국장은 지갑에서 야물딱지게 접힌 메모지를 꺼내 윤 기자에게 건넸다. 이면지에 휘갈겨 쓴 김민식 기자의 옛날 집주소였다. 윤 기자는 메모지를 받아 들자 흥분이 걱정으로 바뀌었다. 옛날 집주소 하나로 사건의 진실을 밝혀낼 수 있을지 막막했다.

편집국장은 주점을 나서면서 계산대 옆에 놓인 누룽지 사탕으로 주전부리했다. 입가심으로 마신 숭늉이 그렇게 구수하지 않은 듯했다.

15

앵앵. 경찰차 세 대가 사이렌 소리를 요란스럽게 울렸다. 그 뒤로 굴
착기 한 대가 서 있었다. 마을 주민 몇몇은 무슨 구경거리가 났나 싶어
우르르 몰려나왔다. 눈이 크고 순진하게 생긴 사내는 사복을 입은 경찰
과 밭두렁에 앉아 얘기를 나눴다. 제복을 입은 경찰은 밭두렁 주변을 샅
샅이 수색하며 증거물을 수집했다. 경운기나 드나드는 시골에서 쉽게
볼 수 없는 광경이었다.

"저기 있네요."

민자가 손가락으로 밭두렁에 앉아 있는 사내를 가리켰다. 민호였다.
윤 기자 눈에는 민호보다 살풍경이 먼저 들어왔다. 폴리스 라인 안쪽에
허옇게 모습을 드러낸 유해였다. 유해는 부러진 채 마구 섞여 있었다.
예삿일이 아니었다. 유해 수만 보면 전대미문의 살인 사건이었다. 윤
기자는 무의식적으로 카메라 셔터를 눌렀다. 특종 냄새를 맡는 기자의
감각이었다.

경찰은 두 팔을 벌려 윤 기자를 제지했다. 윤 기자가 신분증을 내밀며

인상을 썼다. 경찰은 짧게 거수경례를 날리며 등을 보였다. 사진촬영은 허락하지만 폴리스 라인 안쪽으로 들어오지 말라는 묵시적 경고였다.

윤 기자는 마음이 바빴다. 한두 시간이 지나면 방송국과 신문사 기자들이 속속 모여들어 민호를 빼앗아 갈 판이었다. 그는 민호의 경찰조사가 끝나길 기다리면서 기사를 썼다. 유해가 발견된 자초지종을 경찰에게 전해 듣고 온라인판 기사를 송고했다. 기사는 송고한 지 5분도 안 돼 속보로 보도됐다. 얼떨결에 얻어 걸린 단독 기사였다.

민호의 경찰조사는 채 30분도 걸리지 않았다. 현장 분위기는 어수선하고 참혹했지만 사건의 요지는 매우 명료했다.

'밭을 매다 유해를 발견했다. 유해의 정체는 모른다.'

민자는 민호에게 윤 기자를 소개했다. 민호는 민자의 얘기를 듣자마자 윤 기자를 데리고 서둘러 집으로 향했다. 가족들에게 커다란 충격을 주었던 형의 행방불명은 자신도 너무 궁금한 일이었다.

민호는 눈물이 핑 돌았다. 형이 사라진 뒤 집은 강제수용소 같았다. 가족들 모두 몸을 낮추고 꼭꼭 숨어 살았다. 아무것도 몰랐던 어린 민호도 한마디 원망 없이 그 뜻을 따랐다.

민호는 집에 도착하자마자 새어머니를 찾았다. 새어머니는 방에 없었다. 창고에서도 발견되지 않았다. 그는 크게 걱정하지 않았다. 새어머니는 어린아이처럼 굴어도 해가 떨어질 무렵이 되면 귀신처럼 집에 돌아왔다. 게다가 소반 위는 텅 비어 있었다. 음식을 싸 들고 나간 게 분명했다. 새어머니는 밖에 나갈 때마다 먹을거리를 챙겼다. 민호가 삶아 놓은 감자며 옥수수 등을 들고 나갔다. 가끔 하얀 백미와 겉절이, 감자 샐러드를 비닐에 담아 들었다. 민호가 심심풀이하라고 사놓은 사탕도 한 주먹씩 챙겼다.

윤 기자와 민자는 나란히 평상에 앉았다. 민호는 냉동고에서 꺼낸 찹쌀떡을 전자레인지에 살짝 돌려 내놓았다. 민자가 먼저 찹쌀떡을 입에 넣었다. 딱딱했던 찹쌀떡이 금세 말랑말랑해져 한입에 잘렸다.

"형이 집에 왔을 때 기억나세요?"

윤 기자가 물었다. 중요한 단서 하나면 얽히고설킨 실타래를 순식간에 풀 수 있었다. 그러나 민호는 묵묵부답이었다.

"아버지와 어떤 이야기를 나누시던가요?"

"끌려갔을 때 상황은 어땠어요?"

민호는 형에 대해 아는 게 없었다. 눈동자를 굴리며 쥐어짜도 생각나지 않았다. 어깨만 들썩이며 그저 웃기만 했다. 오히려 윤 기자에게 형의 얘기를 듣고 싶어 했다.

"어머니는 형이 행방불명되기 전에 집을 나갔어요. 어머니가 집을 나가겠다고 했는데 아버지는 잡지 않았지요. 애통해하는 얼굴로 안아주기만 했어요. 형이 행방불명된 뒤 아버지는 아주 아프셨어요. 형을 찾으려고도 하지 않았고요. 한마을에 살던 철준 아저씨가 죽었어요. 강물에 빠져 익사했는데, 수영을 못해 물 구경도 안 하는 사람이라 마을 어르신들이 의아해했죠."

민호는 신중하게 말했다. 아는 것만이라도 정확하게 알려야 사건의 진실을 밝히는 데 도움이 됐다.

윤 기자는 기자의 자질을 발휘해 사건의 조각을 맞췄다. 총명한 머리는 아니었지만 이야기의 핵심을 잡아 살을 붙이는 데 귀신이었다. 그는 사건의 줄거리를 순서대로 노트에 기록했다.

1. 김 기자는 기사를 썼다.

'기사는 삭제됐다.'

2. 김 기자는 전화를 받고 사무실을 나갔다.

'고향 집으로 갔다.'

3. 김 기자는 보안사에 끌려갔다 초췌한 모습으로 집에 돌아왔다.

'고문 받고 풀려났지만 신문사에 복직하지 않았다.'

4. 김 기자는 실어증과 대인기피증으로 고생하다 행방불명됐다.

'한마을에 살던 남자가 익사했다.'

윤 기자는 사건을 어떻게 풀어야 할지 난감했다. 사건의 윤곽이 잡히지 않아 머릿속이 망치질하듯 쾅쾅 울렸다.

사건 해결의 핵심 고리는 김 기자가 행방불명되기 전 집을 나간 그의 어머니였다. 그러나 어머니는 죽은 지 오래였다. 윤 기자가 암암리에 알아본 바에 따르면 어머니는 이미 사망신고가 돼 있었다. 민호는 그 사실을 전혀 몰랐다.

가뭄 때문에 겉마른 벼들이 바람에 휘청휘청 흔들리며 버스럭거렸다. 바짝 마른 강에는 진녹색 물이끼들이 떠다녔고, 이름 모를 새들은 뜨거운 햇볕을 피해 소낙비 쏟아지듯 요란한 소리를 내며 날아갔다.

윤 기자는 민호와 인터뷰를 마치고 나오면서 오늘 하루가 무척 길 것 같은 예감에 빠졌다.

16

서울여자는 산책을 즐겼다. 한적한 시골길을 홀로 걸으면 머릿속이 깨끗해졌다. 복잡한 생각까지 일목요연하게 정리되는 느낌이었다. 뿌연 흙먼지나 두엄 냄새 따위는 신경 쓰지 않았다. 오히려 시골길의 정취를 더해 주는 요소였다.

동네 한가운데를 관통하는 길을 걸었다. 유난히 쓸쓸하고 스산한 분위기를 연출하는 빈집 한 채가 서울여자의 호기심을 자극했다.

시골에는 빈집이 많았다. 젊은이들이 도시로 떠나고 홀로 남은 노인들이 죽으면 시골집은 으레 빈집이 됐다. 발길이 끊긴 빈집은 적막했다. 살림살이가 부서지고, 지붕 곳곳이 내려앉아 을씨년스러웠다. 문이 열린 상태로 방치된 빈집은 더했다. 바람이 마당에 맴돌며 이상한 소리를 내면 뒷머리가 쭈뼛 서고, 소름이 오싹 끼쳤다.

서울여자는 빈집 서까래에 듬성듬성 돋은 기와버섯을 신기한 표정으로 쳐다봤다. 새 주인이었다. 기와버섯이 빈집을 당당하게 차지하고 있었다. 그녀의 입가에 슬며시 미소가 번졌다.

'고난이 꼭 불행이지 않듯이 버림받음도 절망이 아니라 기회가 될 수 있어.'

서울여자는 버림받을까 두려워 전전긍긍했던 기억이 꾸물꾸물했다. 어머니가 언니만 데리고 쇼핑갈 때마다, 남편이 사업을 핑계로 외박을 할 때마다 자신이 버림받은 것 같아 불안과 우울을 겪었다. 지나고 보니 스스로 마음을 갉아먹는 쓸데없는 걱정이었다. 그때는 버림받음이 자신에게 다른 기회가 될 수 있다는 사실을 알지 못했다.

빈집을 끼고 돌았다. 길 끝에서 물을 기르고 빨래하던 우물터가 나타났다. 그 옆으로는 느티나무 한 그루가 제법 넓은 그늘을 만들었다. 수령은 삼백 년쯤 됐고, 둘레는 두 아름이 넘었다. 느티나무 그늘에는 마을 여자들이 평상에 앉아 삶은 감자와 옥수수를 깨물며 노닥거렸다. 서울여자는 몸을 움츠리고 황황히 길을 재촉했다. 눈이라도 마주치면 이런저런 질문이 쏟아질 게 뻔했다.

누군가 부르는 것 같은 착각이 들었다. 서울여자는 자신도 모르게 느티나무 쪽으로 고개를 돌렸다. 마을 여자 대여섯 명이 줄줄이 앉아 고개를 바짝 빼 들고 장난스럽게 그녀를 쳐다보고 있었다.

"서울댁 어디 가. 감자 들고 가."

부안댁이 특이한 억양으로 말했다. 전라도와 충청도 사투리가 섞인 어투였다. 그녀가 가끔 말을 더듬을 때는 강원도 사투리 같다는 생각도 들었다. 부안댁은 늘 눈웃음을 짓고 있어서 사람 좋아 보였다. 인정도 많고 서글서글했다. 누가 시키지 않아도 마을 사람들과 음식 나누는 것을 좋아했다. 외지인이었지만 적응력이 뛰어나 이 마을에서 나고 자란 터줏대감 같았다.

서울여자는 처음에 부안댁이 싫었다. 언행이 거칠고 무례하기 짝이 없어 상종하지 않으려고 했다. 안면을 튼 다음 생닭이며 달걀, 토마토, 오이 같은 식재료를 간간히 갖다주자 비로소 얼어붙은 마음이 녹았다. 부안댁이 건넨 뇌물에 마음이 움직인 셈이었다.

"아니 괜찮아요."

서울여자는 당혹스러운 표정으로 말했다. 서울댁이라는 호칭이 아리송했다. 아내가 남편의 집을 높일 때 시댁이라고 부르는 것처럼 서울댁도 존칭일 텐데 왠지 모르게 자신을 낮잡아 부르는 것 같아 달갑지 않았다.

"이리 오세요."

성조가 분명히 드러나는 목소리였다. 미국에서 살다 삼 년 전 마을에 들어온 캐서린이었다.

"죄송해요. 다음에 봐요."

서울여자는 냉랭한 목소리로 잘라 말했다. 캐서린이 뭔가 숨기고 있다는 의심을 지울 수 없었다. 캐서린의 말과 행동은 억지로 가득했다. 민감하고, 유식하고, 귀족적인 자신의 모습을 숨기려고 무른 척, 무지한 척, 무소유인 척했다. 서울여자는 캐서린이 꺼림직했다. 모가 난 사람처럼 말투가 뾰족해 비위에 거슬렸다. 캐서린이 하는 일도 탐탁지 않았다. 캐서린은 주한 미군 부대에서 미군을 위해 다양한 복지프로그램을 운영하는 마케터였다.

"캐서린이 서울댁이랑 수준이 제일 잘 맞잖아. 얼렁."

가장 늙어 보이는 여자가 캐서린의 옆구리를 찌르며 영화를 데려오라고 선동했다. 캐서린은 마지못한 표정으로 서울여자에게 다가가 간드러지게 웃으며 서울여자의 손을 잡고 끌었다.

목소리가 커 '화통댁'이라고 불리는 여자도 한마디 거들었다.

"와 앉아요. 얘기나 하게. 집에 기다리는 서방이라도 있나."

까르르 폭소가 터졌다. 서울여자는 어설프게 웃으며 시선을 외면했다. 마을 여자들과 합석하면 무슨 질문이 쏟아질지 뻔했다.

'고향은 어디냐, 서방은 뭐하느냐, 여자 혼자 왜 시골에 왔느냐?'

가장 달갑지 않은 건 캐서린이었다. 불면증과 두통에 시달린 듯 피곤해 보이는 얼굴로 내뱉는 말투가 듣기 거북했다.

마을 여자들은 연달아 서울여자를 부르며 어서 오라고 손을 흔들었다. 서울여자는 시큰둥한 표정으로 돌아섰다. 조용히 묵례하고 여자들 입방아에서 빠져나왔다. 그녀는 딱딱하고 동그란 물체가 손안에 있는 게 느껴졌다. 캐서린이 손을 잡으면서 쥐어 준 사탕이었다. 서울여자는 마을 여자들이 소리를 지르는 통에 정신이 없어서 캐서린에게 별다른 반응을 못 했다.

'캐서린. 사악한 거야? 자상한 거야? 놀리는 거야?'

서울여자는 미심쩍은 질문을 뒤로하고 재빨리 걸었다.

마을 사람 중 서울여자의 집에 처음으로 방문한 사람은 부안댁과 캐서린이었다. 캐서린은 그때도 이상했다. 간교한 늙은이처럼 교활하고 엉큼했다.

17

아침부터 햇볕이 쨍쨍해 몹시 더운 한낮을 예고하는 날이었다. 서울 여자는 마을 사람들과 동화하려고 노력하지 않았다. 마주쳐도 인사조차 하지 않았고, 어머니가 이 마을 태생이라는 사실도 숨겼다. 마을 사람들도 서울여자와 교류가 없어 그 사실을 전혀 눈치 채지 못했다.

서울여자를 바라보는 마을 사람들의 시선은 곱지 않았다. 서울여자와 친해지려거나 서울여자를 마을의 일원으로 받아들이려 하지 않았다. 서울여자에 대한 불신과 외지인에 대한 경계가 뒤섞인 텃세였다. 어쩌면 마을 사람들과 서울여자의 신경전은 계급 차이가 빚은 필연적인 반목이었다. 시골 사람이 도시 사람에게, 못 배운 사람이 배운 사람에게, 빈자가 부자에게, 비주류가 주류에게 갖는 적대감이었다.

부안댁은 마을 구석구석을 돌아다니며 산책하는 서울여자가 밉상이었다. 길에서 마주쳐도 생판 모르는 사람처럼 외면하는 그녀가 같잖아 심술이 났다. 부안댁은 다짜고짜 서울여자의 집에 쳐들어 갔다. 캐서린도 부안댁을 뒤따랐다.

테라스에 놓인 화분에는 장미가 만발했다. 네모난 은반 위에는 시원한 음료수 잔이 놓였고, 블루투스 스피커에서는 조용한 클래식 음악이 흘러나왔다.

서울여자는 테라스에 담요를 깔고 앉아 노트북을 만지작거렸다. 손님이 찾아온 줄도 모르고 웹서핑 삼매경이었다.

부안댁은 인기척에도 꼼짝하지 않는 서울여자를 보자 울화가 치밀었다. 자기를 무시하는 것 같아 서울여자의 허연 허벅지를 꽉 꼬집어주고 싶었다. 서울여자 옆에 네 다리를 뻗고 누워 있는 고양이도 꼴 보기 싫었다. 고양이는 고개만 들어 부안댁을 물끄러미 쳐다보다 외면했다. 부안댁은 고양이도 주인 닮아 뻔뻔하기 그지없다고 눈을 흘겼다.

"서울서 왔다고요?"

부안댁은 서울여자를 쏘아보며 말했다.

"아, 네. 그런데 누구시죠?"

서울여자는 부안댁의 날 선 목소리에 흠칫 놀라며 말했다. 처음 본 두 여자가 집에 찾아와 갑자기 왜 저러나 싶어 신경이 곤두섰다.

부안댁은 서울여자의 간들거리는 어투가 마음에 들지 않았다. 목소리도 얼음같이 차가워 귓가가 얼어붙는 것 같았다.

"캐서린 정이에요. 미국에서 왔어요. 이 마을에 살고요."

캐서린이 낮고 단호한 목소리로 말문을 열었다.

"코빼기도 안 비치니까 한 번 와 봤어요. 어떻게 사나 궁금해서. 어디서 많이 본 것 같은데. 우리 어디서 본 적 없죠?"

부안댁은 감정을 담지 않고 말했다. 할 말이 없을 때, 지겹고 지루할 때, 상대방을 몹시 무시하고 싶을 때 무덤덤하게 내뱉는 어투였다.

"혼자 살아요?"

캐서린이 대뜸 서울여자를 노려보며 물었다. 초면이라 꼬치꼬치 물어볼 수 없어 아쉬워하는 표정이었다. 캐서린은 서울여자에게 흥미가 없었다. 오직 알고 싶은 건 그녀가 이 마을에 들어와 날마다 동네를 돌아다니는 이유였다.

"이런 집을 짓고 사는 걸 보면 돈은 많은 것 같은데 외롭기는 하겠네요. 집이 너무 크네! 커."

부안댁이 어영부영 비아냥거렸다.

서울여자는 아무 말도 하지 않았다. 예기치 못한 두 여자의 질문에 모욕감을 느꼈다. 계속 상대하면 기분을 망칠 것 같았다. 그녀는 부안댁과 캐서린을 돌려보낼 대책을 궁리하다 불쑥 자리에서 일어났다.

"손님이 오신다고 해서요."

서울여자가 심드렁하게 말했다.

"우리는 손님 아니요? 한마을에 살면 인사라도 하고 지내야지. 목에 깁스하고 살지 맙시다. 담에 보면 아는 척 해요. 우린 갑니다."

부안댁은 눈동자를 한 바퀴 크게 굴리며 말했다. 목소리는 위험할 정도로 불손했고, 표정은 쌍스럽고 방정맞은 왈패 같았다. 캐서린도 부안댁의 말에 동조하듯 시큰둥한 표정으로 서울여자를 응시했다.

두 사람은 퉁명스럽게 자기 말만 불쑥 던지고 홀연히 등을 보이며 사라졌다.

서울여자의 얼굴빛이 하얗게 질렸다. 어처구니가 없어 온몸이 굳었다. 혼란스러웠던 마음이 분노로 바뀌며 극도의 짜증이 밀려왔다. 살면서 이런 경험은 처음이었다. 시골도 도시와 다르지 않았다. 사람 사는 곳이었고 대립과 갈등, 혼란과 무질서가 내재해 있었다. 서울여자는 음료수를 단숨에 들이켰다. 잔에 남은 얼음까지 깨 먹으며 성난 마음을 가라앉혔다.

마침 마당에 벌레들이 꼬여 들었다. 늦여름 더위에 녹아내린 오렌지향 사탕의 단내를 맡은 파리와 풀벌레가 왱왱거리며 마당 안을 바쁘게 날아다녔다. 서울여자는 회심의 미소를 지으며 신나게 파리채를 휘둘렀다.

세 여자의 짧은 첫 만남 이후 마을은 발칵 뒤집혔다. 개 짖는 소리와 농기계 움직이는 소음이 대부분이었던 마을에 서울여자가 입방아에 오르내리기 시작했다. 험담은 대부분 부안댁 입에서 나왔다. 부안댁은 부모 잘 만나 호강하는 년, 자기만 알고 사는 서울 깍쟁이라고 서울여자를 손가락질했다.

마을 사람들은 부안댁 얘기를 듣고 고개를 끄덕였지만 크게 동조하지 않았다. 진심으로 서울여자를 흉본 것은 단 한 가지였다. 서울여자의 태도였다. 서울여자는 말이 없었다. 마을 사람들과 인사도 하지 않았고, 어울리려고 노력하지도 않았다.

마을 남자들은 서울여자를 흉보면서 입술을 씰룩거리는 여자들의 반응을 즐겼다. 괜히 심술 나서 그런다고 웃어넘겼다. 화장실도 가지 않을 것 같은 세련된 여자가 마을에 사는 것이 신기하기만 했다. 어쩌다 모여 술이라도 마실 때면 서울여자의 외모와 행동거지를 품평했고, 샌님 같아 보이는 남자들도 하나같이 서울여자를 궁금해 했다.

18

훌렁한 몸뻬를 벗어 소파에 던져 놓고 안방에 들어갔다. 안방은 수많은 옷과 스카프, 모자들로 빼곡히 들어차 발디딜 틈조차 없었다. 입지 못할 정도로 낡은 옷도 수두룩했다.

캐서린은 개의치 않았다. 태연하게 옷걸이에 걸린 하얀색 이브닝드레스를 꺼내 입었다. 코카투앵무새 패턴이 날아갈 듯 아름답게 프린팅된 드레스였다. 그녀는 거울 앞에서 모델처럼 포즈를 잡았다. 거울에 반사된 모습이 만족스러운지 흐뭇한 미소를 지었다.

소형 커피머신에서 에스프레소 버튼을 눌렀다. 빠지직 원두 부서지는 소리가 허공을 가르면서 향긋한 커피 향이 거실을 가득 채웠다. 캐서린은 블랙커피를 후후 불어 가며 들이켰다. 기분 좋은 쓴맛이 입안에 번졌다. 그녀는 순식간에 커피잔을 비우고 미국에서 직수입한 린다롤리스 체리맛 사탕을 입에 넣었다. 과즙이 풍부하고 적당히 달아 커피로 예민해진 미각을 중화시키기에 알맞았다. 상큼한 체리 향이 기분 좋게 코끝에 감겼다. 그녀는 한때 부질없는 꿈에 집착했던 때가 떠올라 입가에서 피식 웃음이 새어 나왔다.

캐서린은 한때 살찌는 것이 두려워 군것질하지 않았다. 당분이 함유된 이온음료나 청량음료도 마시지 않았다. 여러 가지 첨가제가 든 인스턴트 음식도 먹지 않았다. 기분 전환을 위해 일주일에 서너 번 체리맛 사탕만 즐겼다. 특별한 꿈 때문이었다. 그녀는 어렸을 때부터 대중의 인기를 먹고 사는 스타를 꿈꿨다. 팬들이 몰려다니고, 방송 출연 요청이 쇄도하고, 광고수익도 짭짤한 절정의 여배우가 되는 것이 인생 목표였다. 집안 어르신들과 부모에게 칭찬받기 위해 자신을 억누르며 보낸 인고의 나날을 화려한 삶으로 보상받길 원했다. 캐서린 집안은 대대로 문벌이었다. 그녀는 가문의 눈높이에 맞는 교육 과정을 밟으며 자랐다. 공부도 잘했고 집안의 조력도 부족하지 않아 순탄하게 소수 귀족사회로 편입했다. 그러나 힘들고 외로웠다. 주위 사람들의 기대에 부응하지 못할까 봐 강박에 시달렸다.

캐서린은 '미라'라는 이름으로 연예계에 데뷔했다. 처음에는 대학생 연예인이라는 타이틀로 단숨에 대중의 주목을 끌었다. 떠오르는 신예 '여대생 배우'라는 스포트라이트를 받으며 이름을 알렸다. 1980년대에는 대학생 연예인이 드물었다. 특히 여대생이 배우가 되는 경우는 거의 없었다. 재력과 명망이 넘치는 가문의 남자를 만나 아들딸 낳고 가정을 꾸리는 것을 여자의 미덕 중 최고라고 여길 때였다.

캐서린의 인기는 반짝했다. 강렬한 인상을 남긴 출연작이 없어 대중의 관심에서 점점 멀어졌다. 대중의 마음을 얻는 일은 일반성을 초월한 뭔가가 있어야 했다. 캐서린은 그 뭔가가 없었다. 연기도 특출하지 않았고, 다른 배우와 구별되는 독보적인 매력도 부족했다.

캐서린은 자신감을 잃어 갔다. 언변도 뛰어나고 외모도 빠지지 않았지만 백치미가 흐르는 미녀들과 경쟁하다 보니 움츠러들 때가 많았다. 대중은 정치적으로 혼란한 시대라서 그런지 똑똑하기보다 예쁘기만 한 연예인을 선호했다. 생각 없이 방긋방긋 미소 짓는 여배우를 좋아했다. 캐서린의 얼굴은 브라운관에서 상당히 고루해 보였다. 책상머리에 앉아 보낸 세월은 카메라 앞에서도 침착한 표정을 습관적으로 짓게 했다. 아무리 활짝 웃어도 편안해 보이지 않고 어색했다.

캐서린은 침체기의 나날을 견디지 못했다. 마음의 중심을 잡고 삶을 관조하며 버티는 내공이 없었다. 빨리 스타가 되고 싶어 조급하게 굴었고, 불안한 마음은 그녀를 옷에 집착하는 호더로 만들었다.

마지막 배수진을 쳤다. 아버지를 졸라 야심차게 영화제작에 투자했다. 자신이 여주인공으로 출연하는 조건이었다.

혹평이 쏟아졌다. '평범한 주제와 미숙한 연기로 관객들에게 이해를 구걸하는 영화'라는 평가지 받았다. 그제야 캐서린은 헛된 욕망으로 소비했던 인생을 반추했다. 인생의 가장 큰 동기는 소중한 노동과 그 결과로 얻어지는 행복 그리고 그것을 사람들과 나누는 가치에 둬야 했다. 그렇지 않으면 자신을 잃어버리고 헛된 꿈을 위해 삶을 소모하게 됐다. 캐서린은 미련 없이 성공의 집착을 끊어내고 미국 유학을 떠났다.

캐서린은 입안에서 사탕을 굴리며 책상에 앉았다. 윗몸을 뒤로 젖혔다 펴고 심호흡하면서 컴퓨터를 부팅했다. 모니터에 로그인 창이 떴다. 그녀는 아이디와 비밀번호를 입력하고 엔터키를 눌렀다. 컴퓨터 화면에 커다란 지문이 나타나 깜빡였다. 네트워크에 접근하기 위한 이중 인증절차였다. 캐서린은 검지를 지문감식기 위에 올렸다.

화면에 CIACentral Intelligence Agency가 떴다. 캐서린이 마우스 커서를 움직여 클릭하자 National Clandestine Service국가 비밀 공작국 화면이 나타났다.

캐서린은 능숙한 손놀림으로 타이핑했다.

내용은 매우 짧았다.

'NSTRnothing significant to report 특이동향 없음.'

'서울여자는 아무것도 모른다.'

19

　유해와 유류품 발굴이 2주 넘게 계속됐다. 민호는 땅이 꺼질 듯 한숨을 내쉬었다. 발굴 작업이 언제 끝나는지 갑갑할 따름이었다. 옥수수 새순이 한 뼘 이상 자라고도 남을 시간이었다.

　발굴현장은 처참했다. 전쟁의 참상이 고스란히 담겨 있었다. 유해는 암매장된 것처럼 첩첩이 쌓여 있었다. 다리를 벌리고 있는 유해, 활처럼 휜 유해, 불에 탄 유해, 두개골에 총탄을 맞은 유해가 앞뒤 없이 복잡하게 중첩돼 있었다.

　특별한 유류품은 발견되지 않았다. 그릇이나 단추, 고무신처럼 민간인들이 사용하는 생활용품이 대부분이었다. 일부는 1950년대 한국전쟁에서 미군과 국군에게 지급되던 군용식량이었다. 은색 생선통조림과 나일론 비닐에 싸인 사각형 모양의 사탕, WATANABE와타나베라고 적힌 포장지 조각도 썩지 않고 그대로 나왔다.

　발굴현장에 새 얼굴들이 나타났다. 유해가 한국전쟁 당시 것으로 밝혀지면서 국립과학수사연구소 대신 국방부 유해발굴감식단이 떴다.

유해발굴감식단은 발굴병과 감식병으로 구성됐으며, 미수습 전사자 유해의 신원을 확인해 유족에게 인도하는 일을 했다. 이들이 생활하는 임시감식소는 밭 가장자리에 설치됐다. 유해는 인류학적인 방법으로 정밀 분석됐다. 성별과 나이, 키 등 유해의 신체적 특징을 밝혀 중공군, 북한군, 미군, 국군을 가렸다.

진실화해위원회 조사원들도 현장에 나타났다. 진실화해위는 한국전쟁 전후 발생한 민간인 학살 사건뿐만 아니라 항일독립운동, 해외동포사, 권위주의 통치 시에 일어난 인권침해, 적대세력에 의한 희생 등을 조사하고 진실을 밝히기 위해 설립됐다. 조사원들은 현장 사무소를 민자의 민박집에 차렸다. 현장과 가깝고 숙식을 함께 해결할 수 있어 안성맞춤이었다.

민주일보 윤정천 기자는 진실화해위 조사원들이 같은 민박집에 묵자 자연스럽게 공조를 제안했다. 서로 취재한 사실을 종합적으로 검토할 수 있도록 공유하자는 의견을 내놓았다. 군 관련 기사는 교차 확인 과정을 거쳐야 실수가 없었다.

민자는 식당 별채에 민박을 받아 부수입을 올렸다. 농촌에서는 신고만 하면 대부분 민박 영업허가증이 쉽게 발급됐다. 민박집은 여름휴가철을 빼놓고는 한가했다.

20

　서울여자의 나이는 마흔한 살. 이름은 영화였다. 한자로 꽃부리 영英에 빛날 화華를 썼다.

　외모는 이름처럼 귀티가 잘잘 흘렀다. 긴 눈시울과 오똑한 콧날이 오목조목 잘 어울려 이지적이었다. 피부는 어슴푸레한 달빛처럼 새하얘 창백했지만 두 볼에 발그스레한 홍조가 올라 건강미가 물씬 풍겼다. 잔머리칼이 흘러내린 목덜미에서는 장미향이 진동했다. 두 손은 혈액순환이 잘 되는지 보드랍고 고왔다. 외출할 때만 신경 쓴 것이 아니라 평소 피부와 두발을 관리한 흔적이 역력했다.

　영화는 누구나 놀랄 만한 동안이었다. 얼핏 보면 이십 대 후반, 삼십 대 초반 같았다. 동안은 대부분 후천적인 노력이 뒷받침돼야 유지됐다. 올바른 사고와 쉬지 않는 두뇌활동, 균형 잡힌 식사와 규칙적인 운동이 비결이었다. 영화는 예외였다. 부모에게 물려받은 유전자의 영향이 컸다. 영화 집안 사람들은 두상이 작고 이목구비가 귀엽성 있게 생겨 누가 봐도 흠잡을 데 없는 동안이었다. 위 세대에서 아래 세대로 전해지는 유전자는 인간의 신체적 특질을 결정하는 아주 중요한 인자였다. 남부러울 것 없이 유려하고 건강한 유전자끼리 대대로 맺은 혼사야말로 동안과 불가분의 관계였다.

마을 여자들은 영화를 시샘했다. 고생을 모르고 살았을 것 같아 밉살스러웠다. 쇠죽을 쑤고, 길쌈을 하고, 거름을 주는 농사일은 바라지도 않았다. 음식을 차리고, 손님을 맞고, 옷을 다리는 살림마저 가정부에게 맡기고 푹신한 소파에 앉아 위스키나 홀짝일 듯했다.

영화는 언제 어디서나 우아했다. 옷의 색깔과 스타일에 따라 고급스럽게 코디했다. 매끈하게 빠진 몸매는 옷과 액세서리를 더욱 빛나게 했다. 아침에 막 일어나 구저분한 모습마저도 도드라졌다. 어떤 아름다움도 청춘이 뿜어내는 광채를 따라갈 수 없지만 영화의 미색은 세월의 흐름과 자연스럽게 녹아들어 나이가 들수록 더욱 빛났다.

마을 남자들은 막걸리 한잔 걸칠 때마다 영화를 흠잡을 데 없는 전형적인 미인이라고 쑥덕였다. 주관적인 견해에 따라 평가가 갈리는 미인에게 전형적이라는 단어를 붙이긴 어려웠다. 시공을 초월한 이론을 증명한 과학자가 추앙되는 것과 비슷한 이치였다.

조금 과장하자면 영화는 호불호가 구분되는 생김새가 아니었다. 나라와 시대에 따라 미인의 기준은 달라졌다. 풍만한 몸매, 갸름하고 작은 얼굴, 잘록한 허리, 길게 쭉 뻗은 다리를 가진 여성이 미인으로 칭송될 때도 있었다. 입술을 찢어 넣은 둥그런 나무가 클수록, 쇠로 만든 링을 목에 여러 개 끼어 길어 보일수록 미인인 나라도 있었다.

한국은 미국 문화가 급속도로 유입되면서 미인의 척도가 확연히 달라졌다. 태평양 건너에 대한 동경은 미국식 사고방식에 젖게 했고 미인의 생김새까지 바꿨다. 일부 젊은이들은 극단적이었다. 서구적 가치관을 무조건 추종하면서 미국적인 것을 현대적인 것으로, 한국적인 것을 수구적인 것으로 치부해버렸다.

영화가 마을 여자들과 가장 다른 점은 돈 걱정 없이 살아온 여유가 내뿜는 '아우라'였다. 마을 사람들은 강변에 별장 같은 집을 지어놓고 물바람 쐬며 온종일 빈둥거리는 영화가 싫었다. 그중 가장 속 터져 하는 사람은 민자였다. 이상하다 할 정도로 영화를 못마땅하게 여겼다. 영화도 그랬다. 민자를 만나면서 평화롭게 살고 싶었던 소박한 바람이 한순간에 끝난 것을 직감했다.

영화는 자신의 얼굴에 사탕을 내던지며 달려들던 민자가 떠올라 한 달 넘게 불면에 시달렸다. 편두통과 이명이 늦은 밤까지 계속됐고, 가위에 눌린 것처럼 가슴이 답답해 잠을 이루지 못했다.

21

마을 사람들에게 시골은 그저 사방이 나무와 논밭으로 둘러싸인 공
간이었다. 축사 배설물이 고약한 냄새를 풍기고, 해충이 득실거리는 곳
이었다. 의식주는 불편했고, 돈벌이는 궁색했다. 젊음의 향기를 잃어버
린 노인들이 자연과 동화돼 고독을 씹는 곳이었다. 영화에게는 달랐다.
꽃들이 만발하고, 새들이 지저귀고, 별이 반짝여서는 아니었다. 모든
관습적 속박에서 벗어나 자유와 낭만을 만끽할 수 있는 곳이었다.

영화는 모든 것을 버리고 시골에 내려왔다. 자신에게 벌어지는 긴장
은 혐오나 배척이 아니라 오직 애정을 매개로 이뤄지길 꿈꾸며 도시와
작별했다. 그녀는 귀촌하면서 지친 영혼을 내려놓았다. 대자연의 품에
안겨 느긋한 여유를 만끽했다. 그럴수록 마을 사람들과 선을 그었다.
사람들이 곁에 다가올 틈을 내주지 않았다. 먼저 인사를 건네고, 집에
찾아와 말을 붙여도 건성으로 대했다. 새벽부터 일어나 뼛골 빠지게 일
하는 마을 사람들을 봐도 모른 체 했다. 잔걱정이 많은 천성을 스스로
알았다. 사소한 인간관계에 신경 쓰다 보면 소심증과 노파심이 발동해

어떻게든 감정적으로 얽혔다. 마을 사람들과 관계를 끊어야 정신을 어지럽히는 일들을 미연에 방지할 수 있었다.

그녀는 낯선 사람과의 새로운 만남이 번거롭기도 했다. 새로운 사람과의 우정은 매우 소모적이고 의심스러운 일이었다. 악몽 같았던 과거의 기억, 고향이나 부모형제에 대한 자잘한 에피소드들을 새로운 사람과의 우정을 위해 털어놓고 싶지 않았다. 그저 흐르는 세월을 따라 주어지는 대로 살고 싶었다. 과거의 것들을 얘기하지 않아도, 존경이나 노력 없이도 휴식처를 내주는 시골이 좋을 뿐이었다.

도시만 벗어나면 편안한 삶을 영위할 수 있다는 영화의 생각은 오판이었다. 널찍한 들판과 높다란 산에 둘러싸인 시골은 도시와 다를 줄 알았다. 아니었다. 시골도 여러 감정과 관계가 얽혀 굴러가는 인간 공동체였다. 사소하게 보이는 일들도 복잡한 인간 관계에 얽혀 있었고, 현대 사회의 미묘한 인간관계에서 파생된 문명병이 침습해 있었다. 스트레스였다.

도시의 인간관계는 굉장히 신랄했다. 실수를 용납하지 않았고, 인내심도 없었다. 영화는 살아남기 위해 인간관계에 유연하게 대처했다. 너무 드러내도, 너무 감춰도 안 됐으며 순간순간마다 유머와 이해를 구했다. 자기 볼일을 꼼꼼히 챙기는 와중에도 주위 사람들과의 소통에 소홀

하지 않았다. 실력만 월등하다고 성공이 보장되지 않았다. 인간관계를 잘 쌓아야 어려운 순간을 버틸 수 있었다. 사장과 직원, 선배와 후배, 원청과 하청처럼 사회적, 경제적으로 불평등이 저변화된 상황에서 위아래로부터 동시에 신뢰를 얻긴 힘들었다. 그럴수록 수직적인 관계에 연연하지 않아야 했다. 사적으로는 최대한 수평적인 관계를 견지하면서 공적으로는 상대방과의 실력 격차를 입증해야 성공했다. 무엇보다 중요한 것은 인간관계의 지속성이었다. 사람의 마음을 얻으려고 의식하는 것은 옳지 않았지만 어느 정도의 결속력이 필요한 대상에게는 입바른 정성을 쏟아야 했다.

영화는 내 것, 네 것을 잘 가려 처신했다. 눈앞의 이익에 멀어 과한 욕심을 부리면 오히려 손해가 됐다. 타산에 집착하면 각박하게 보여 사람들이 가까이하지 않았다. 물신적인 태도에 거리를 두면서 꼼꼼하게 이익을 챙겼다. 모르는 사람을 대하는 데에도 까다로운 기준을 내세우지 않았다. 기본에 충실한 사람이라면 충돌 없이 지내려고 노력했다. 기본을 무시하는 사람과는 애초에 거리를 유지했다. 특히 말에 대한 예의가 없으면 사람대접을 안했다. 말실수가 잦은 사람은 절대로 성공할 수 없었다. 좋은 관계의 시작은 존중에서 우러난 말씨였고, 끝은 신의를 저버리지 않은 의리였다.

의외로 사람들은 문제가 터지면 관계보다는 자신의 안전을 도모했다. 눈앞의 영리에 급급해 하루아침에 손바닥을 뒤집듯이 입장을 바꿨다. 약육강식의 본성을 숨김없이 드러낸 사람들도 허다했다. 상대방의 사회적 지위가 자신과 비교해 미치지 못하면 바로 무시했다. 바로 옆에서 고통에 신음하는 사람이 있어도 자기 일이 아니면 무관심으로 일관했고, 자신에게 손해를 끼치는 일에는 앞뒤 가리지 않고 덤볐다.

영화는 인간 사회에 환멸을 느꼈다. 지독한 혐오와 이기심으로 얼룩진 쟁투에서 벗어나 적당한 소외를 추구했다. 관계에 연연하지 않고 무리에서 배제되는 상황을 감각적으로 즐겼다. 그럴수록 공격적이고 적대적인 언행은 참지 않았다. 자신을 부정하고 부당하게 대하는 사람들을 관대하게 포용하지 않았다. 거칠고 속된 말씨가 몸에 밴 민자가 거슬린 건 두말하면 잔소리였다.

인생은 하루하루 어떻게 전개될지 아무도 모르는 사건의 연속이었다. 민자와 영화가 난투극을 벌인 뒤 서로 말을 섞고 지내게 된 것도 어디로 튈지 모르는 삶의 속성을 일러줬다. 민자와 영화는 가장 막돼먹은 모습을 서로 확인하면서 삶의 무상함 같은 것을 느꼈다. 무엇을 얻기 위해 이렇게 아등바등 살까, 자신의 인생을 되돌아봤다. 이것이 두 사람이 마음을 터놓고 교류를 시작하게 된 이유였다.

22

이른 새벽부터 안개가 지척을 분간할 수 없을 정도로 마을을 덮쳤다. 민자는 사료 한 바가지를 퍼 들고 나와 개밥그릇에 쏟아부었다.

'어, 어디 갔지.'

민자의 표정이 갑자기 흐려졌다. 평소 같았으면 백수가 벌써 개집에서 나와 꼬리를 흔들고도 남았다.

아무런 기척이 없었다. 백수가 보이지 않았다. 말뚝에 매인 목줄만 땅바닥에 덩그러니 널브러져 있었다. 민자는 백조에게 달려갔다. 백조는 예상대로 개집 안에 앉아 있었다.

민자는 백구 두 마리를 키웠다. 수놈의 이름은 백수, 암놈의 이름은 백조였다. 백수는 사람을 좋아해 환장하며 달려들었다. 반면 백조는 겁 많고 얌전해 개집에서 잘 나오지 않았다.

그녀는 아침에 한 번 사료와 물을 줬다. 먹이를 주고 나면 개에게 관심이 없었다. 닭이나 염소처럼 개도 집을 지키고 가계에 보탬이 되는 가축과 다르지 않았다. 개가 멀겋게 묽은 똥을 싸거나 사료를 먹지 않고 누울 정도가 돼야 걱정했다.

백수가 목줄을 풀고 종적을 감춘 일은 처음이었다. 민자는 이 집 저 집을 돌아다니며 백수를 찾았다.

'사람만 보면 살랑살랑 꼬리를 흔들더니, 도대체 어디 간 거야?'

민자는 마을회관에 가기 전까지 개장수 박 씨를 의심했다. 개 도둑 전과가 있는 박 씨가 백수를 몰래 싣고 간 건 아닌지 이를 갈았다. 한여름에 개 값이 두 배로 뛰다 보니 몇 마리만 팔아도 목돈을 만졌다. 그녀는 평소 오토바이 뒤에 개를 싣고 다니는 박씨를 혐오스러워 했다.

"어느 집 갠지 서울댁 집 앞에서 어슬렁거리던데."

마을회관에서 점심을 준비하던 부안댁이 말했다. 민자는 영화 집으로 달려갔다. 백수가 영화 집 앞에서 네 다리를 쭉 뻗은 채 누워 있었다. 그녀는 백수 목덜미를 잡고 구부정한 자세로 집까지 걸었다. 움직이지 않으려는 백구를 질질 끌다시피 데리고 가 목줄을 채웠다. 몸이 절단 나는 듯했다. 더는 발을 내딛기가 힘들어 맨땅바닥에 털퍼덕 주저앉았다.

민자는 고개를 숙이고 백수를 물끄러미 쳐다봤다. 백수 목줄이 왜 풀렸는지, 백수가 왜 영화 집 앞에 있는지 알 수 없었다. 정황상 영화와 관련 있었지만 영화의 짓을 입증할 만한 뚜렷한 증거는 없었다. 여자의 직감일 뿐이었다.

이튿날 또다시 백수가 사라졌다. 다음 날도, 그 다음 날도 똑같은 일이 벌어졌다. 나흘째였다. 그때마다 민자는 영화 집으로 달려갔다. 백수가 영화 집에 있다고 확신했다.

대문 틈으로 영화 집안을 훔쳐봤다. 아무리 둘러봐도 백수는 보이지 않았다. 테라스에 누워 있는 고양이 한 마리만 눈에 띄었다. 고양이 눈빛은 파랗고 털은 회갈색이었다. 시골에서 볼 수 없는 귀한 종이었다. 민자는 영화 집을 염탐할 때마다 테라스에서 아슬랑대는 고양이를 여러 번 봤다. 고양이는 영화 옆에 가만히 누워 팔자 좋게 일광욕을 즐겼다. 바싹 마른 황태를 답삭 물고 사푼사푼 걷거나 바닥에 떨어진 사탕을 앞발로 툭툭 치며 놀기도 했다.

영화는 고양이를 좋아했다. 이혼한 뒤 고양이를 분양받아 자식처럼 세심하게 돌봤다. 시간이 날 때마다 가느다란 손가락으로 고양이 털을 빗질했고 참치, 연어, 닭고기처럼 동물성 단백질이 첨가된 간식을 챙겨 먹였다. 고양이 냄새를 없애려고 목욕시키는 일은 없었다. 물을 싫어하는 고양이의 습성을 존중했다.

영화가 고양이를 키운 이유는 고양잇과 동물의 도도한 몸가짐 때문이었다. 아무리 좋아하는 애완동물도 너무 안기면 성가셨다. 감정이 절제된 유머가 최고의 웃음을 주듯이 인간과 일정한 간격을 유지하는 애완동물이 좋았다. 고양이는 그르렁대거나 낮은 소리로 울어 시끄럽지 않았다. 까끌까끌한 혀로 자기 털을 손질해 청결했다. 등을 오그리며 꼬리를 바짝 세우거나 납작 엎드렸다 허공으로 튕겨 오를 때는 가끔 신경 쓰였지만 대부분 시간을 앞발 사이에 얼굴을 파묻고 얌전히 누워 있었다.

낮 동안 보이지 않던 백수가 해가 저물자 집에 들어왔다. 민자는 목줄을 매려고 백수를 어르고 달랬다. 백수는 민자에게 가지 않았다. 잡히면 묶일 줄 아는 것 같았다. 민자와 눈을 3초 정도 맞추더니 쪽마루 쪽으로 쏜살같이 내뺐다. 그 뒤로 백수는 종적을 감췄다. 종종 밤이 되면 집에 와 달을 보며 짖을 뿐이었다.

만자는 체념했다. 자유 의지가 충만하고 호기심 많은 수캐를 맨손으로 잡긴 어려웠다. 언젠가 춥고 배고프면 집에 올 것이라 믿고 내버려 뒀다.

며칠 동안 보이지 않던 백수의 소재가 밝혀졌다. 부안댁이 포도밭에 물을 대다 백수를 발견하고 곧바로 민자에게 전화로 일러바쳤다.

"백구가 서울댁 집 앞에서 꼬리를 살랑거려."

민자의 가슴 속에서 분노가 슬몃슬몃 치밀었다. 손가락이 부들부들 떨리고, 콧구멍이 발룽발룽 커졌다. 민자는 영화 집으로 달려 갔다. 백수가 영화 집 앞에서 사료를 먹고 있었다. 그녀는 마음이 상해 백수를 노려보았다. 백수는 민자를 힐끗 쳐다보더니 신경 쓰지 않고 사료를 씹어 넘겼다. 밥 주는 주인은 민자가 아니라 영화라고 믿는 표정이었다.

민자는 노기 띤 얼굴로 영화 집 대문을 열어젖혔다. 마당에는 파릇파릇한 잔디가 깔렸고, 그 위론 스프링클러가 원을 그리며 돌았다. 영화는 테라스에 앉아 심심한 표정으로 담배를 피우고 있었다.

영화 집은 안락했다. 모든 게 신식이었고 편안하게 보였다. 서울에서 설계사들이 오가고 인부들이 밤낮없이 드나들더니 근사한 집이 완성돼 있었다. 시골집이 좋은 것은 올목졸목 놓인 장독대와 처마에 매달린 옥수수, 뒤꼍에서 자라는 감나무가 선사하는 운치 빼고는 없는 것 같았다.

민자는 집 나간 남편이 성공해서 돌아오길 바라는 마음이 새삼스럽게 들었다. 부질없는 바람이었다. 남편이 남긴 것은 오로지 인간을 원망하지 않으려고 단련된 마음이었다. 인간을 이해하는 건 애초에 불가능했다. 인간은 수많은 인간관계 속에서 빚어진 독립된 개체였고, 인간과 인간 사이에는 불가피한 간격이 존재했다. 용서하고 받아들이는 너그러움이 인간을 이해하는 것처럼 비칠 뿐이었다.

"왜 우리 백수가 당신 집에 있소?"

민자가 눈썹을 곤두세우며 말했다.

"백수요? 누구요?"

영화는 무슨 뜻인지 몰라 물었다.

"우리 개요. 밖에 있는 흰 개가 백수요."

영화는 개 이름이 백수라는 소리를 듣자 실소가 터졌다.

"아, 그 하얀 개요? 그 개가 아줌마 개예요? 자꾸 우리 집에 와서 꼬리를 흔들길래 사료를 줬을 뿐이에요."

"자꾸 사료를 주니까 우리 백수가 여기 오는 거 아니요?"

"아니에요. 하도 꼬리를 흔들어서 그랬어요. 배 고픈가 싶어 고양이 사료를 줘 봤더니 잘 먹더라고요."

"백수가 개지 괭이요. 개한테 괭이 사료를 주면 어째요."

민자는 고양이 사료라는 말에 흥분했다. 어금니가 뿌드득 갈리는 소리가 났다. 영화는 마음이 상했다. 떠돌이 개한테 사료를 줬을 뿐인데 상식 없는 사람으로 취급받자 어처구니가 없었다. 하지만 민자의 화를 돋우면 안 될 것 같아 침착하게 대했다. 눈을 까뒤집고 앙칼스레 덤빌 것 같은 얼굴이었다.

"안 죽어요. 개나 고양이나 잡식성이니까 괜찮을 거예요."

"알았으니까. 이제부터 우리 백수한테 밥 주지 마요."

민자는 목에 힘줄을 돋우며 목청을 높였다. 백수를 챙겨주는 건 어쨌든 고마웠지만 마음이 꼬여 있어 모든 게 마땅치 않았다. 백수를 고양이 밥으로 꾀어놓고 발뺌하는 영화가 보통내기가 아니라는 생각부터 들었다. 민자는 대문을 꽝 닫고 나와 백수 목덜미를 잡고 질질 끌듯이 데리고 갔다. 백수는 끌려가지 않으려고 두 발에 힘을 주며 버텼다.

영화는 민자가 사라지자 참고 있던 부아가 치밀었다. 얼굴이 울그락불그락 달아오르고, 가슴이 두근거리며 현기증이 일었다. 스트레스가 부른 저혈당증이었다. 그녀는 야외테이블에 놓인 사탕을 입에 넣고 오물오물했다. 영화의 집안 곳곳에는 사탕이 비치돼 있었다. 영화는 고질적인 두통에 당뇨까지 겹쳐 급하게 사탕을 찾는 일이 많았다.

민자는 아침에 일어나자마자 가장 먼저 백수의 근황을 살폈다. 백수가 자꾸 없어지다 보니 저절로 신경이 쓰였다.

23

식당 손님이 많은 주말이었다. 감시가 소홀한 틈을 타 백수가 또 사라졌다. 민자는 깜짝 놀라 눈동자를 되록 굴렸다. 손님이고 뭐고 다 필요 없었다. 곧장 영화 집으로 달려갔다. 민자는 뜻이 강한 여자였다. 부당한 생각이 들면 싸움에서 물러나는 법이 없었다.

아니나 다를까 백수가 영화 집 마당에 누워 있었다. 민자는 영화 집으로 가는 도중에 동네 어르신에게 이상한 말을 들었다.

"서울댁이 개 목줄을 풀어주는 것 같더라고."

민자는 화가 나 참을 수 없었다. 치밀어 오르는 격분을 누르지 못하고 몸을 우들우들 떨었다.

"야. 이 도둑년아. 얼른 나와 이년아. 목줄 니가 풀었지."

민자는 대문을 꽝 밀치고 들어가 영화를 향해 소리쳤다.

영화는 칫솔을 입에 문 채 현관문을 열고 나왔다. 영화의 눈빛은 민자에게 무슨 일 있느냐고 되묻는 듯 태연했다.

민자는 손아귀로 사과를 짓이기듯이 주먹을 불끈 쥐었다. 손아귀 힘은 곧바로 머리끝으로 몰렸고, 경련이 일어난 것처럼 입술이 샐룩샐룩 떨렸다. 야외테이블 위에 놓인 파란 사기그릇이 눈에 띄었다. 민자는 사기그릇에 담긴 사탕을 한 움큼 손에 쥐고 영화의 얼굴을 향해 힘껏 던졌다. 사탕은 순식간에 날아가 영화의 볼과 이마, 목덜미에 부딪쳐 튕겨 올랐다 바닥에 떨어졌다.

영화는 어안이 벙벙해 뒷걸음질 치며 눈을 휘둥그레 떴다. 갑작스레 무슨 변인가 싶어 몸소름이 올랐다. 민자의 습격은 끝나지 않았다. 민자는 양손으로 영화의 머리끄덩이를 낚아채 쥐고 흔들었다. 영화가 입에 물고 있던 칫솔이 하늘로 치솟았다. 칫솔은 공중에서 한 바퀴 돌더니 그대로 잔디밭에 꼿꼿하게 꽂혔다. 입에 머금고 있던 하얀 치약거품이 뽀글뽀글 새어 나와 목덜미를 타고 흘러내렸다. 영화는 반사적으로 민자의 머리끄덩이를 움켜잡았다. 근력이 좋은 민자에게 상대가 되지 않았지만 깡다구라면 영화도 만만치 않았다. 머리가 그네를 타듯 상하좌우로 사정없이 흔들려도 소리를 꽥꽥 지르며 악으로 버텼다.

어지간해서는 꿈쩍하지 않던 고양이가 자리에서 벌떡 일어났다. 꼬리를 바짝 세우고 민자를 빤히 노려보면서 적대감을 드러냈다. 고양이 눈동자는 쥐를 노려보는 것처럼 번뜩거렸다. 백수는 싸움 구경에 신바람 난 듯 제자리에서 발돋움하며 컹컹 짖었다.

"쌍년아. 개 도둑년아. 니 같은 년은 교도소에서 콩밥 먹어야 해."

민자는 이를 빠득빠득 갈며 말했다.

"내가 왜 도둑년이야. 이거 안 놔. 미친년아."

영화는 민자에게 밀리지 않으려고 악을 쓰며 대들었다. 명주실처럼 부드러운 머리카락이 빠져 바닥에 흩날리는 줄 모르고 짐승 같은 눈초리로 쏘아보며 맞섰다.

민자와 영화의 대화는 쌍스럽고 저열했다. 교양이라고는 찾아볼 수 없었다. 누가 서울여자인지, 누가 시골여자인지 구별되지 않았다. 그런데 이상하게도 살벌하지 않았다. 자매가 싸우는 것처럼 유치하기 짝이 없었다.

"순진한 백수 꼬셔서 팔아먹으려고 했잖아. 이 개보다 못한 년아."

"어디서 말도 안 되는 소리를 갖다 붙여. 썩을 년아 이거 안 놔."

"뭘 잘했다고 큰소리야. 니가 백수 목줄 풀어주는 거 봤다는 목격자가 있어. 이거 왜 이래."

"니가 봤어. 이 년아. 남편 복도 지지리 없게 생긴 년이."

민자는 속이 부글부글 끓어올랐다. 남편 얘기는 예상치 못한 공격이었다. 온갖 욕설과 저주를 퍼부어도 모자랄 말이었다. 그녀는 영화의 종아리를 걷어차 자빠뜨렸다. 멱살을 쥐고 짓두들기며 개 도둑년을 인

126

정하라고 다그쳤다. 영화는 도저히 힘으로 민자를 당해낼 재간이 없었다. 이러다간 정말 도둑년이 될지 몰랐다.

"개가 불쌍하지도 않아. 목줄이라도 길게 해주면 좋잖아. 당신이 그렇게 묶여 살다 죽는다고 생각해 봐. 당신은 살 수 있어. 난 못 살아. 못 산다고. 그걸 보고 어떻게 참아. 내가 어떻게 참느냐고."

영화는 눈을 까뒤집으며 울음 섞인 목소리로 말했다.

민자는 느닷없이 터져 나온 영화의 얘기에 깜짝 놀랐다. 둔탁한 쇠막대기로 뒤통수를 한 대 맞은 것 같았다. 자신도 목줄에 묶여 옴짝달싹 못하는 신세라는 생각이 들어 온몸의 힘이 쭉 빠졌다.

'그 흔한 꽃놀이 한 번 간 적 없이 일만 하며 살았다. 어려서는 넉넉하지 못한 형편에 공부를 못했고, 남편이 떠난 뒤에는 두 아들을 혼자 키웠다. 힘들어도 어떻게든 살아야 했다. 절망이 벼랑 끝으로 밀어붙여도 두 다리에 힘을 주고 버텨야 했다.'

민자는 흔들리는 마음을 가라앉히고 정신을 바싹 차렸다. 이번 기회에 영화의 버릇을 단단히 고쳐놓고 싶었다.

"시골에서는 다 그렇게 키워. 도둑년아. 이 개년아."

"내가 왜 개년이야. 이 곰 같은 년아."

"니미 오늘 니 죽고 나 죽자."

"개도 행복해야 할 거 아니야. 목숨이 붙어 있는데"

영화가 다그치는 눈빛으로 절규했다.

민자는 시골에서 키우는 개를 애완견과 동일시하는 사람들이 싫었다. 입에 풀칠하기도 힘든 마당에 개 미용실이니 개 호텔이니 같은 곳에 데리고 다니며 돈 자랑하는 애견인들이 딱 질색이었다. 동물권 보장을 외치면서 억지로 사료를 먹여 키운 거위 간 요리 푸아그라를 먹으며 엄지손가락을 세우는 사람들이 겉 다르고 속 다른 위선자로 보였다. 영화는 그런 부류의 인간이 아니었다. 민자는 적어도 영화가 나쁜 여자가 아니라는 믿음이 들었다. 그녀는 잡고 있던 영화의 멱살을 놓고 자리에서 일어나 어색한 웃음을 터뜨렸다.

"개년아. 담에 우리 집에 한 번 와라. 술이나 한잔 하자."

민자가 영화에게 빙그레 웃으며 말했다.

영화는 주춤하다 고개를 끄덕였다. 민자가 마음에 들지 않았지만 그녀의 진심은 느낄 수 있었다.

두 여자는 마음이 조금 통했을 뿐 여전히 서먹했다. 아무런 사심 없이 모든 앙금을 털어낼 수 있는 사이가 아니었다. 한바탕 싸우고 나서 친해지는 건 아이들이나 가능했다. 민자는 여전히 마을 사람으로 영화를 인정하지 않았고, 영화도 마을 구성원이 되는 것을 원치 않았다.

민자는 장날 긴 목줄을 사와 백수와 백조의 목에 채웠다. 백수는 긴 목줄을 한 뒤 마당을 가로지르며 좋아 어쩔 줄 몰랐다. 팔짝팔짝 뛰며 민자를 따라다녔다. 개집에만 들어가 누워 있던 백조도 종종걸음으로 나와 신선한 바람을 즐겼다. 그녀는 걸을 때마다 발에 자꾸 차이는 백수와 백조가 못마땅했지만 개들이 좋아하니 마음은 편했다.

영화는 날마다 규칙적으로 산책했다. 마을 어귀와 강 주변을 거닐며 가슴 그득 맑은 공기를 마셨다. 어떤 운동보다 걷기가 몸에 부담을 주지 않아 좋았다. 마을 사람들은 영화에게 은근히 눈치를 줬다. 바쁜 농사철에도 한가롭게 마을을 돌아다닌다고 혀를 찼다. 영화는 아랑곳하지 않았다. 차가운 시선쯤은 무시하면 그만이었다. 정작 무시할 수 없는 건 짧은 줄에 묶여 졸고 있는 개였다. 영화는 산책을 다니면서 안타까운 마음에 개들을 하나하나 쓰다듬었다. 가만히 서서 머리를 허락한 개들은 별로 없었다. 꼬랑지를 내리고 개집에 들어가 손길을 피하거나 옆에 다가오지 못하게 짖었다. 백수는 사람의 손길이 얼마나 그리웠는지 발라당 누워 오줌을 질질 쌌다. 영화는 사람을 잘 따르는 백수가 묶여 버둥거리는 모습을 보고 참을 수 없었다. 백수를 볼 때마다 목줄을 풀어 놓게 했다. 그녀는 민자와 머리끄덩이를 잡고 싸운 뒤에는 백수 목줄을 풀어 주지 않았다.

24

정신이 점점 말똥말똥해졌다. 퉁명스럽게 쏘아붙이는 민자의 얼굴이 자꾸 떠올랐다. 영화는 뚤뚤 말린 이불을 가지런히 펴 몸을 덮었다. 민자의 표독스러운 눈초리와 빈정거리는 말투를 잊으려고 잠을 청했다. 잠은 삶의 보석 같은 것이었다. 일상을 모두 잊고 잠시나마 평온과 위로를 얻는 시간이었다.

머릿속에서 커다란 잎을 늘어뜨린 나무가 촘촘하게 들어찬 숲이 떠올랐다. 불면의 전조였다. 영화는 짜증이 났다. 민자가 아니면 떠오르지 않을 환영이었다. 그녀는 첫 남편과 이혼할 무렵 천장에 거대한 숲 사진을 붙여 놓은 적이 있었다. 누워서 숲 사진을 멍하니 바라보며 숲을 걷는 상상을 하다 자신도 모르게 잠이 들곤 했다.

일상에 대한 걱정이나 괴로움은 불면으로 이끌지 않았다. 빨리 해결해버리거나 그냥 놔두면 저절로 잊혔다. 치통이나 생리통으로 지새우는 밤도 약으로 그럭저럭 넘겼다. 배신감으로 치가 떨릴 때에는 답이 없었다. 불안과 긴장, 원망과 증오 같은 감정이 한꺼번에 소환돼 하얗게 밤을 지새우게 했다.

불면은 답답증을 불렀다. 답답증에서 벗어나려면 창자를 비워둬서
는 안됐다. 따뜻한 차라도 마셔 속을 채워야 했다. 아니면 책을 보던지,
일을 해야 가슴이 조여드는 느낌이 사라졌다. 목이 답답할 때는 청량감
이 강한 사탕이 필요했다. 사탕을 먹은 다음에는 꼭 냉수를 마셔 목을
펑 뚫어줘야 했다. 사탕은 아스파탐이나 자일리툴, 소르리툴 같은 당알
코올이 함유된 것이어야 했다. 단내 나는 사탕을 먹으면 입안이 미끈거
리고 혓바닥에 백태가 껴 나중에 목을 더 답답하게 했다.

불면은 쉽게 달아나지 않았다. 어둠이 순식간에 자라나 수척해진 눈
두덩을 끝없이 짓눌렀다. 차라리 눈을 뜨고 있는 게 나았다. 영화는 버
릇처럼 냉장고에서 시원한 맥주를 꺼내 벌컥벌컥 들이켰다. 순식간에
한 캔을 비운 뒤 그대로 차가운 바닥에 대자로 누워 눈을 감았다. 눈앞
에서 갈대가 바람에 휘청휘청 흔들렸다. 영화는 갑자기 으스스하고 쓸
쓸한 기분이 들어 눈을 떴다. 불면이 사라지기는커녕 옛날 기억들이 되
는 대로 떠올라 마음이 우울했다.

'갈대를 참 좋아했지.'

영화의 남편은 갈대 예찬론자였다. 사그락사르락 소리를 내며 흐늘
거리는 모습이 불러일으키는 낭만 때문은 아니었다. 그의 말에 따르면

갈대는 쓸모가 컸다. 갈대는 옛날부터 줄기 속이 비어 있어 천연 빨대로 사용됐다. 동물 사료나 옷을 만드는 섬유로도 유용했다. 그냥 부러뜨려 잉크나 먹을 묻히면 펜이 됐고, 길이를 재는 잣대로 쓰였다. 갈대는 대 표적인 수질 정화식물이었다. 염분에 강해 하천이나 해안가 습지에서 도 잘 자랐다.

남편은 갈대처럼 쓸모 있는 삶을 살길 원했다. 그러나 그 방향성이 자신만을 향했다. 그는 세상이 추앙하는 것들을 향해 저돌적으로 달려 들었다. 그의 도전은 대부분 지극히 자연스럽게 이뤄지는 것들을 거스 르는 욕망이었다. 그중 병들지 않고 오래살면서 많이 가지려는 탐욕이 가장 컸다. 성공에 대한 욕구도 강했다. 목적을 달성하기 위해서라면 정도에 어긋난 방법도 불사했다. 뒤틀린 욕구는 사랑마저도 성공의 도 구로 삼았다. 고위층과 줄을 대려고 장인을 팔았고, 투자를 받아내려고 영화까지 적극적으로 이용했다. 남편의 계획과 계산이 완벽하게 맞아 떨어질수록 영화는 외로워졌고, 남편의 출세욕은 더욱 강해졌다.

영화는 머리를 흔들었다. 남편 생각을 털어 내려고 거대한 숲을 걷는 상상을 했다. 슬슬 잠이 왔다. 역시 잠에는 숲이 명약이었다.

깜빡 조는 것처럼 정신이 가물가물하더니 언제 잠이 들었는지 모르 게 아침을 맞았다. 목이 몹시 탔다. 마음속 공허감이 부른 갈증이었다.

25

밤늦게 전화벨이 울렸다. 영화는 잔뜩 쉰 목소리로 전화를 받았다. 7개월 전 진실화해위원회 5급 별정직공무원으로 채용된 대학 동기 정훈이었다.

'그 밭, 혹시 유해 발굴 현장이었을까?'

2020년부터 진실화해위원회 2기 활동이 시작됐다. 정훈은 한국전쟁 희생자로 추정된 유해가 민호 밭에서 발견되면서 조사차 마을에 들어왔다.

영화는 뜻밖의 장소에서 정훈을 처음 만났다. 친구들이 마련한 귀촌 환송식 때였다. 친하게 지냈던 대학 동기가 데리고 온 또 다른 동기가 정훈이었다. 영화는 정훈과 동기였지만 일면식도 없었다.

두 사람은 단둘이 몇 번 만나 거나하게 술을 마신 뒤 급격하게 가까워졌다. 말이 잘 통했다. 서로 무슨 얘기를 하든지 요점을 정확하게 간파해 피로감이 적었다. 얼기설기 얽힌 토론을 푸는 방식도 비슷했다. 서로 말이 통하지 않을 때는 분위기를 누그러뜨릴 겸 화제를 바꾸거나 잠시 침묵의 시간을 가졌다. 외부 사람들과 난제가 발생했을 때는 서로 장점을 발휘했다. 영화는 판단력이 날카로웠다. 정훈은 옳고 그름으로 문제에 접근해 본질을 놓치는 경우가 간혹 있었지만 영화는 실리에 따라 냉철하게 결론을 내렸다. 그 대신 정훈은 실천력이 뛰어났다. 진실을 검증하는 유일한 무기는 실천이라고 믿는 사람이었다.

두 사람은 누구라도 먼저 사귀자고 말하면 애인이 되고도 남았다. 결혼하자고 해도 부족함이 없을 정도로 가까웠다. 영화는 말할 수 없었다. 두 번이나 이혼한 자신이 먼저 꺼낼 수 있는 말이 아니었다. 정훈도 말하지 않았다. 그는 철저한 비혼주의자였다. 결혼의 단맛을 보기 위해 비싼 대가를 치르고 싶지 않았다.

영화는 나갈 채비를 했다. 옷은 무릎까지 내려오는 에이라인 원피스를 선택했다. 여름에 시원하게 입기 좋은 옷이었다. 챙이 큰 모자를 쓰는 대신 백금 링귀걸이는 뺐다. 액세서리가 과해 요란해 보일 수 있었다. 화장에는 공을 들였다. 얼굴색이 죽으면 오렌지색 원피스가 칙칙해 보였다. 영화는 채도가 낮은 붉은색 아이섀도와 산뜻한 주황색 립스틱을 정성스럽게 발랐다. 눈꼬리는 살짝 올렸고, 볼은 발그레한 복숭아 빛이 돌게 했다. 턱과 콧등에는 반짝반짝 빛나는 베이지톤 펄을 발랐다. 포인트를 강조하는 화장이었다.

밋밋한 목에는 새하얀 수정 목걸이를 걸었다. 팬던트를 사탕처럼 동그랗게 세공한 목걸이였다. 목걸이는 상하좌우 균형이 잘 잡혀 안정적이고 세련됐다. 줄도 단조로워 펜던트 곡선의 아름다움이 부각됐다. 영화의 입가에 미소가 흘렀다.

'이 정도면 됐어.'

머릿속에서 마을 여자들의 따가운 시선이 그려졌다. 뒤꽁무니에서 눈을 흘길 게 분명했다. 영화는 심호흡을 했다. 상상할 수 없는 험구를 들을지언정 축 늘어진 운동복 차림으로 나서고 싶지 않았다. 어렵게 귀촌을 결정한 만큼 자신에게 최선을 다하고 싶었다.

영화는 정훈이 머무는 숙소를 찾았다. 민자가 운영하는 동식당이었다.

"하나도 안변했네."

정훈은 영화를 와락 껴안으며 말했다. 영화도 정훈을 그러안으며 코를 찡긋했다. 정훈의 입에서 박하향이 났다. 환송식 때 어린아이처럼 박하향 사탕을 먹으며 행복해하던 그의 모습이 떠올랐다.

"근데 여기 왜 온 거야? 일하러? 나 보고 싶어서?"

영화가 활짝 웃으며 말했다. 정훈이 혹시라도 불편해할까 봐 다른 얘기는 꺼내지 않았다.

"겸사겸사."

"정권이 바뀌긴 했네."

진실화해위원회 1기 활동은 보수 정권이 들어서면서 흐지부지됐다. 법적 제약으로 조사하지 못한 사건도, 조사가 미비해 진실규명이 불능인 사건도, 후속 조치가 미흡한 사건도 있었지만 급하게 해산됐다.

"친일세력들 청산하지 못한 것과 무관하지 않을 거야. 해방 후 민족 반역자들이 이 사회 기득권이 됐잖아. 죄를 덮어둔 채 용서하라는 건 말이 안 되지. 잘잘못을 가리고 반성해야 관용이 따르는 거지."

"누굴 만나서 조사하는 거야? 생존자?"

"생존자들은 거의 돌아가셔서 유족들이 대부분이야."

정훈의 눈빛에 근심이 가득했다.

정훈은 얼굴이 둥그스름하고 몸매가 홀쭉했다. 눈매는 서글서글하고 순둥이처럼 맑았다. 입가에는 인자하고 훈훈한 미소가 넘쳤다. 피부는 매끄럽고 깨끗했으며, 기가 막힌 미남은 아니었지만 묘한 매력이 있었다. 차림새는 개성 없는 중년 남자였다. 무난한 색과 디자인이라 특징을 찾을 수 없었다. 특색이라면 가슴에 세월호 희생자의 무사귀환을 기원하는 노란리본 배지를 달고 다녔다. 노란리본은 4세기 때 참전 용사들의 가족들이 나무에 노란리본을 묶고 그들의 무사 귀환을 읍도한 것에서 유래됐다.

민자는 정훈에게 관심이 없었다. 영화의 과거 남자 중 한 명이거니 생각했다. 하루가 지나고 이틀이 지나자 호기심이 발동했다. 정훈과 영화의 관계가 예사롭게 보이지 않았다. 서로를 간절히 원하는 사이 같았다. 중년 남녀의 만남은 젊은이들의 교제와 달랐다. 과거까지 모두 짊어진 만남이었다. 기억하고 싶은 추억뿐 아니라 고달프고, 허무하고, 불행했던 모든 사연을 껴안고 끝을 모르는 과제를 푸는 것이었다.

두 사람이 가족이 아닌 것은 확실했다. 가족이라면 닮은 게 하나쯤 있기 마련이었다. 외모가 아니더라도 집안 환경의 영향으로 언어습관, 취향, 사고방식이 비슷했다. 두 사람은 눈, 코, 입 모두 닮은 데가 하나도 없었고 기질도 완전히 달랐다. 정훈은 상냥하고 웃음이 많았다. 마을 사람들을 보면 먼저 인사를 건넬 정도로 싹싹했다. 영화와 한배에서 나온 핏줄의 성향이 아니었다. 정훈이 영화와 뚜렷하게 구별되는 것은 언어였다. 정훈의 말투에는 걸쭉한 남도 사투리가 섞여 있었다. 자신은 표준말을 하는 것으로 알겠지만 억양이나 몇몇 단어는 확실하게 서울말과 차이 났다.

정훈은 일에 열중하다 결혼 적령기를 놓친 남자는 아니었다. 성공에 목 말라 일에 치여 사는 사람들은 조급하거나 초조한 기색이 역력했다.

그는 달랐다. 매우 평온했고 여유로웠다. 정훈은 가정을 책임지기 싫어 연애만 하는 남자도 아니었다. 이런 남자들은 대개 여성 편력이 심했고, 불타는 애욕을 주체하지 못했다. 애욕의 굴레에 빠진 남자는 눈웃음과 말솜씨가 간교하고 능수능란했다. 진실한 마음이든 거짓된 마음이든 수단과 방법을 가리지 않고 어떻게든 여자를 살살 호려 넘어뜨리려고만 했다. 이런 남자들은 대개 사람을 대하는 태도가 부자연스럽고 희극적이었다. 의젓하고 초연한 모습은 찾아볼 수 없었다.

정훈은 자발적으로 독신을 선택한 노총각이었다. 오랫동안 애욕을 멀리하며 살았던 고상하고 의로운 풍모가 외모에서부터 느껴졌다. 짙은 눈썹과 부들거리는 턱수염, 세상과 타협하지 않을 것처럼 단단하게 뻗은 어깨선은 본능에 충실한 삶에 관심 없다고 말하는 듯했다.

정훈은 유해 발굴팀이 철수하고 현장이 조용해지자 거처를 영화 집으로 옮겼다. 그는 영화 집에서도 오랫동안 독신으로 살았던 습관을 쉬 버리지 못했다. 살림을 도맡아 했다. 정훈은 아침마다 집 안팎을 돌아다니며 청소했다. 뒷마당에 조그맣게 조성한 텃밭도 관리했다. 더운 날씨를 고려해 물도 듬뿍듬뿍 주었고, 잡초도 잘 솎았다. 상추며, 호박, 고추 같은 채소는 먹을 만큼 따 식사를 준비했다.

26

7월이 되자 논에 벼 이삭이 패기 시작했다. 옥수수 심을 때가 됐다. 마을 사람들은 유노스팜에서 싼값에 보급한 옥수수 종자 이노콘을 심었다. 마을에 풀린 씨앗은 60만립이 넘었다.

민호는 걱정이 앞섰다. 이노콘은 올해 처음 심는 종자였다. 기후 변화와 병 발생에 어떻게 반응할지 몰라 수확량을 장담할 수 없었다. 소비자들의 반응도 궁금했다. 소비자들이 선호하는 품종을 골라 심어야 판로가 확보됐다. 작년에 심었던 찰옥수수는 간식용으로 널리 알려진 품종이어서 전혀 걱정하지 않았다.

민호는 땅이 꺼질 듯 길게 한숨을 내쉬었다. 옥수수 때문만은 아니었다. 7월만 되면 눈에 불심지를 켜고 분노하던 아버지가 떠올랐다.

'허리가 잘리다니.'

1953년 7월 27일 미소 입회하에 남북이 휴전협정을 체결하면서 민호 아버지는 실향민이 됐다. 휴전은 남북 간에 전투를 일시 중지하는 것이지 전쟁의 끝을 뜻하지 않았다. 미증유의 비극이었다.

'조국은 반드시 통일돼야 한다.'

민호는 입버릇처럼 통일을 말하던 아버지가 떠올라 회한에 잠겼다.

마른장마였다. 비가 내리지 않았다. 민호는 옥수수가 걱정돼 양수기로 물을 댔다. 따가운 햇볕이 작물의 생육에 절대적으로 필요하지만 가뭄이 심하면 작물이 탔다. 땅바닥이 갈라지고 잎과 줄기가 새들새들 시들다 하루아침에 말라 죽었다. 가뭄이 계속되면 병충해도 도졌다. 자칫 방제가 늦기라도 하면 아예 농사를 망쳤다.

민호의 걱정과 달리 이노콘은 정상적으로 발아했다. 어린 새잎인데도 무더위와 가뭄을 잘 견뎠고 병충해에도 강했다. 작물이 환경에 적응을 잘하니 관리도 수월했다. 너무 잘 커 불안할 정도였다.

아침 일찍부터 유노스팜 영업사원이 마을에 또 다녀갔다. 영업사원은 이번에도 마을 사람들에게 광고지를 뿌렸다. 아삭이고추와 유사하지만 훨씬 크고 빛깔이 고운 신품종 청심이 광고였다.

마을 사람들은 광고지를 귀찮은 척 받아 들었다. 광고지 가장자리에 대롱대롱 매달린 사탕 때문이었다.

27

　민자는 오랜만에 두 아들에게 삼겹살을 먹이려고 자동차에 시동을
걸었다. 정육점이 읍내에 있었다. 두 아들은 식성이 어른 같았다. 소시
지와 샐러드는 들쩍지근해 맛없어했다. 생고기와 김치를 더 좋아했다.
기름기가 돌지 않거나 비계가 붙어 있지 않은 고기는 싫어했다. 고소한
맛도 없고, 육질이 퍽퍽하다고 꺼렸다. 살코기는 꼭 한 달 이상 푹 삭힌
새우젓에 찍어 먹으려고 했다.

　구불구불한 비탈길을 타고 내려가다 끼익 소리를 내며 급정거했다.
아침 습기가 이미 말라버린 땅바닥에서 흙먼지가 뽀얗게 일었다. 민자
는 차에서 내려 유심히 장미밭을 살폈다. 어제만 해도 만개했던 꽃봉오
리가 모두 잘려 없어진 상태였다. 잘린 줄기 단면이 깨끗하고, 완전히
마르지 않은 것으로 봐서는 두어 시간 전쯤 가위나 칼 같은 예리한 도구
로 잘린 것 같았다.

　민자는 정신을 가다듬고 사방을 두루 살폈다. 주위는 한산했다.

　마을 사람들은 농촌 클린 활동의 일환으로 지자체의 지원금을 받아

마을 곳곳에 장미를 심었다. 원래는 사계절 내내 푸른 침엽수를 심는 사업이었지만 십시일반으로 돈을 보태 나무 품종을 장미로 바꿨다.

민자는 꽃을 좋아했다. 하얀 꽃잎에 분홍 수술을 가진 배꽃, 분홍 꽃잎에 노란 수술을 가진 복숭아꽃, 노란 잎에 노란 수술을 가진 감꽃을 예뻐했다. 보기에만 좋은 꽃보다 벌과 나비가 꼬이고, 벌레들이 덤비는 꽃을 좋아했다. 장미처럼 예쁘기만 한 꽃은 아무짝도 쓸모없었다. 어여쁘고 탐스러운 꽃일수록 열매를 맺지 않았다. 탐스럽게 피어있을 때는 좋지만 시간이 흘러 꽃봉오리가 떨어지거나 말라버리면 쓰레기였다.

민자는 팔을 걷어붙였다. 장미 절도범을 잡으려고 산책을 가장해 마을 주변 순찰에 나섰다. 결과는 좋지 않았다. 어떤 실마리도 찾을 수 없었다. 그녀는 밤에도 손전등을 들고나가 장미밭 인근을 돌아다녔다. 잠복 중인 형사처럼 은밀하게 움직였다. 인기척은 전혀 없었다. 장미밭에서 잠자던 참새들만 불빛에 놀라 파드득 소리를 내며 날아갔다. 민자는 용의선상에 영화를 올렸다. 물증만 없을 뿐이었다. 장미꽃 도난 사건은 영화가 마을에 오기 전까지 단 한 번도 일어나지 않은 일이었다. 그녀는 영화 집에 쳐들어 가서 직접 확인해보고 싶었지만 마음을 접었다. 영화의 머리끄덩이를 잡은 일이 내내 마음에 걸렸다.

민자는 영화를 볼 때마다 도시로 떠난 친구들이 생각났다. 친구들은 여고 졸업식 날 민자의 머리에 날계란을 깨뜨리고, 밀가루를 뒤집어씌웠다. 목에는 학사모 모양의 사탕 목걸이를 만들어 걸어 줬다. 함께 서울에 가지 못한 민자를 위로하기 위해 준비한 선물이었다. 민자는 깔깔대며 웃었다. 국가도 구원해줄 수 없는 가난을 우정으로 감싸주려 했던 친구들의 진심을 알았다. 그녀는 마음속으로 친구들의 앞길을 응원했다. 부디부디 알뜰살뜰 화목한 가정을 이루고 살기를 바랐다. 참된 삶은 기대하지 않았다. 착한 일을 한다고 참된 삶이 되는 것은 아니었다. 참된 삶은 자기 희생을 감수하려는 의지가 필요했다.

친구들은 방학 때 종종 시골에 내려와 민자와 즐거운 시간을 보냈다. 하지만 우정조차 먹고살고 즐기는 일상에 점점 밀렸다. 친구들은 어린 시절을 통째로 고향 땅 깊숙한 곳에 묻어두고 도시에 빨려들어 살았다. 연애다, 과외다, 공부다, 취업이다를 핑계로 내려오는 횟수를 줄이더니 대학을 졸업한 뒤에는 발길을 거의 끊다시피 했다. 결혼식장이나 장례식장에서 만나는 것을 제외하고는 교류가 전무했다. 눈에 보이지 않아 멀어진 건 아니었다. 실제 마음이 멀어져 눈에 보이지 않은 거였다.

민자는 혼자 고향을 지키면서 사람보다 운명을 더 믿게 됐다. 변함없을 것 같은 우정도 알고 보면 모두 아름답게 치장된 것에 불과했다. 멀리 사는 친구보다 매일 마주치는 마을 사람들이 더 소중했다.

28

    화병에 물을 자주 갈아주었는데도 장미 한 아름이 말라 줄기까지 누렇게 변색됐다. 잎사귀는 얼마나 심하게 말라붙었는지 손끝만 갖다 대도 부서졌다. 계속되는 가뭄 때문에 집안 공기가 숨이 막힐 정도로 건조했다. 빨래가 뽀송뽀송하게 빨리 마르고 곰팡이가 끼지 않아 좋은 것 빼고는 영 쓸모없는 날씨였다.

    영화는 이유 없이 몽롱했다. 입술이 딱딱하게 굳어 갈라졌다. 빈혈과 탈수가 부른 구강건조증이었다. 담배를 찾았다. 일주일 전에 사놓은 담배 한 보루가 벌써 바닥났다. 그녀는 사탕 서너 개를 연속해서 입에 넣고 힘껏 빨았다. 제정신이 돌아왔다. 담배를 끊어야 했다. 담배 피우는 습관이 입안에 여러 장애를 유발했다. 혀 돌기는 사라졌고, 미각은 감소했다. 타액은 항균 작용을 제대로 하지 못해 치주질환과 악취를 유발했다.

    영화는 창밖을 바라보았다. 논바닥이 깡말라 벼가 시들시들했다. 이삭이 제대로 패지 못하고 오그라들었다. 그녀는 누렇게 뜬 논을 보니 마음이 좋지 않았다. 옛날에는 가뭄이나 홍수로 한 해 농사를 망치면 이듬해 춘궁기가 찾아왔다. 춘궁기가 되면 사람 목숨이 왔다 갔다 했다. 하루 한 끼 먹는 것은 예사였다. 소나무 속껍질을 벗긴 송기로 죽을 써먹거나 칡뿌리, 밀기울 따위로 연명했다. 요즘은 가뭄이 든다고 식량 걱정을 할 시대는 아니었지만 흉작이 들면 마을 분위기가 황폐해지고 인심이 사나워지는 게 인지상정이었다.

꽃이 필요했다. 메마른 마음을 촉촉하게 적셔줄 향긋한 꽃향기가 절실했다. 창밖으로 멀리 보이는 꽃은 만족감을 주지 못했다. 진한 꽃향기가 코끝에 닿아야 했다.

읍내에는 꽃집이 없었다. 자동차로 사십 분 넘게 달려 시내에 나가야 형형색색의 꽃을 구입할 수 있었다. 영화는 예쁘게 몸단장을 했다. 어느 때보다 들뜬 기분으로 옷을 챙겨 입었다.

맑고 싱그러운 아침이었다. 영화는 단전 끝까지 공기를 가득 들이마셨다. 뺨에 혈기가 돌았다. 심란했던 마음도 한층 가벼워졌다. 신선한 공기만큼 건강에 좋은 것은 없었다.

영화는 서울에 살 때 산책하지 않았다. 공기를 마시면 가슴이 답답하고 목이 텁텁했다. 눈에 보이지 않은 먼지와 매연이 뒤섞인 공기가 원인이었다. 한강 둔치에는 아침마다 조깅하는 도시인들이 많았다. 조깅은 몸의 균형을 맞추고 심장기능과 폐활량을 높이는 효과가 있었다. 그러나 오염된 공기를 마시면 알레르기성 호흡기와 피부 질환, 암을 유발해 역효과가 났다. 그래도 사람들은 한강변을 달렸다. 강바람을 맞으며 달려야 진정한 서울 시민이 되는 것처럼 선민의식에 빠져 있었다.

마을로 들어서는 길 양쪽으로 분홍빛, 붉은빛 덩굴장미가 만발했다. 여러 가지 꽃들이 화려하고 고운 자태로 자신을 어필했지만 장미의 고귀함을 감히 넘보진 못했다. 영화는 울긋불긋하게 핀 장미가 몹시 탐났다. 막 터질 듯이 부풀어 오른 꽃봉오리를 보자 다른 생각이 들었다. 번거로웠다. 꽃을 사러 꼭 시내에 나가야 하나 싶었다. 꽃봉오리가 크진 않아도 장미는 장미였다.

꽃가게에서 파는 장미는 줄기 하나에 꽃이 하나 달렸다. 화병에 넣거나 꽃꽂이하기에 적합하도록 품종을 개량한 장미였다. 마을에 피는 꽃은 잔가지에 꽃이 여러 개 달린 장미였다. 꽃가게에서는 볼 수 없는 수수하고 천연스러운 꽃이었다.

바람이 살랑거렸다. 정신이 아찔할 정도로 농농한 꽃향기가 코끝을 자극했다. 영화는 코를 벌름거리며 꽃향기를 맡았다. 꿀을 찾아 날아든 나비처럼 만발한 꽃봉오리에서 한동안 코를 뗄 줄 몰랐다. 영화는 가방에서 눈썹을 정리하는 가위를 꺼내 장미 줄기를 잘랐다. 스스로 몸을 지키기 위해 억세게 발톱을 세운 가시를 비껴가며 조심스럽게 줄기를 꺾었다. 작은 꽃은 꽃반지를 만들어 손가락에 끼었다.

타고난 배짱은 없었다. 장미꽃을 훔치는 것 같기도 해 가슴이 덜컹대고 손이 몹시 떨렸다. 영화는 마구 뛰는 심장을 가라앉히려고 숨을 크게 내뱉고 들이마시길 반복했다. 일어나지 않은 일까지 걱정하며 두려워할 필요는 없다고 되뇌이며 평안을 찾았다.

'야생 장미일 뿐이야. 난 도둑이 아냐.'

사람마다 두려움을 받아들이는 방법은 달랐다. 어떤 사람은 이겨내려고 싸웠고, 어떤 사람은 벌벌 떨며 순응했고, 어떤 사람은 잠시 물러서서 관망했다. 영화는 어떻게든 좌초되지 않으려고 버텼다. 그것이 초극이자 저항이며, 인간만이 지닌 불굴의 의지라고 생각했다.

하늘이 잿빛으로 변했다. 줄무늬 먹구름이 빠르게 바람에 밀려와 낮게 떠 있었다. 비가 올 조짐이었다. 영화는 괜히 기분이 좋아 혼잣말을 중얼거렸다.

'비가 오면 말라 죽어가는 벼가 다시 푸르게 살아나고, 비가 그친 다음에는 끓어오르는 지열 때문에 숲에서 수증기가 피어오를 거야. 잘하면 무지개가 산 위에 걸리는 모습도 볼 수 있겠어.'

영화는 봉곳봉곳 부풀어 오른 장미 한 아름을 소담스레 받쳐 들고 발걸음을 재촉했다. 비에 홀딱 젖는 재미를 즐길 나이는 아니었다.

집에 도착하자마자 거짓말처럼 천둥 번개가 천지를 뒤흔들며 비가 후드득후드득 떨어졌다. 초두에는 땅을 살며시 적시는가 싶더니 삽시간에 땅을 갈기갈기 찢을 듯 무섭게 쏟아졌다.

한바탕 쏟아지던 비는 십 분도 되지 않아 멈췄다. 잠깐 오다 그친 소나기였다. 가랑가랑 고였던 빗물은 곧바로 땅속으로 스며들었다. 따가운 햇볕이 구름을 뚫고 다시 내리쬐었다. 하늘엔 먹구름 한 점도 남아있지 않았다.

영화는 이맛살을 찌푸렸다. 오로지 하늘만을 원망할 수밖에 없었다. 대지의 갈증을 해소하기엔 비가 너무 부족했다.

장미꽃을 거무튀튀한 항아리에 꽂아 볕이 잘 드는 창가에 놓았다. 백토로 구운 서구식 화병은 덩굴장미와 잘 어울리지 않아 이질감을 풍겼다. 꽃은 모양과 크기, 색깔에 걸맞은 화병에 꽂아야 그림처럼 아름다웠다. 그래도 꽃은 꽃이었다. 아무렇게나 꽂아도 그런대로 화려하고 아름다웠다.

29

장미밭 파수꾼 역할을 잠시 미뤘다. 다다기 오이 모종을 옮겨 심어야 했다. 민자는 비가 온 틈을 이용해 부지런히 밭갈이를 했다. 밭이 넓지 않아 곡괭이로 땅을 이르집으면 충분했다. 작물은 땅을 깊게 갈아야 잘 자랐다. 그녀는 힘을 주어 곡괭이질을 하면서 기분이 좋아 노래를 흥얼거렸다. 지나가는 사람이 듣건 말건 달콤한 목소리로 마지막 음절을 간드러지게 꺾어가며 트로트 한 대목을 뽑아 재꼈다. 수확하는 기쁨도 이루 말할 수 없지만 수학할 기대를 안고 밭을 가는 즐거움도 컸다. 농사의 기본은 땅에 최선을 다하는 거였다.

민자는 뻣뻣이 굳은 허리를 폈다. 땅을 갈아엎는 날이면 늘 허리가 욱신대며 쑤셨다. 굵은 바늘로 톡톡 찌르는 것처럼 통증이 느껴졌다. 궂은 날씨에 노인들의 몸이 먼저 반응하는 것과 유사했다.

민자의 눈에 바쁜 걸음으로 마을 들머리를 지나가는 여자가 눈에 띄었다. 장미밭 쪽으로 걸어가는 영화였다.

영화는 장미밭을 쭉 훑으면서 반개한 장미 줄기를 잘라냈다. 하루 이틀 지나면 활짝 필 꽃봉오리였다. 꽃봉오리가 망울진 것도 몇 개 잘랐다. 다른 꽃들이 막 피어오를 때 도톰히 아문 꽃이 군데군데 있어야 화병이 전체적으로 앙증맞고 예뻤다.

'저 년이 범인이었네.'

민자는 곡괭이를 밭에 내동댕이치고 정신없이 장미밭으로 달려갔다. 범행 현장을 덮치려고 전력을 다해 뛰었다. 머리끄덩이를 잡거나 비난을 퍼부을 생각은 없었다. 다시는 장미를 꺾지 못하도록 영화의 잘못을 냉정하게 꾸짖고 싶었다.

"어디서 장미를 꺾고 난리오."

민자가 영화에게 다가서며 소리쳤다.

영화는 귀에 익은 목소리에 깜짝 놀라 고개를 돌렸다. 머리끄덩이를 잡힌 트라우마에서 완전히 벗어나지 못해 심장이 쪼그라들었다.

"저쪽 장미밭도 영화씨가 한 거요?"

"저쪽이라뇨?"

영화는 조심스럽게 대꾸했다. 민자의 전투적인 말투에 적잖게 겁먹은 목소리였다.

"마을 사람들이 심어 놓은 장미를 자르면 어떡해요."

'심어 놓은 장미?'

영화의 눈알이 데굴데굴 굴러갔다. 민자의 말은 자신이 곧 장미 절도 범이라는 뜻이었다. 영화는 아차 했다. 마을 사람들에게 물어보지도 않고 제멋대로 장미를 꺾은 자신의 실수였다. 겁도 났다. 민자가 짐승 같은 눈빛으로 사납게 달려들지 않을까 싶어 가슴이 으르르 떨렸다.

"죄송해요. 동네 분들이 키운 건지 몰랐어요."

영화는 고개를 숙이며 자책했다. 민자의 말이 백번 옳았다. 우연히 이뤄진 건 세상 어디에도 없었다. 영화는 우연이란 현상을 전적으로 탐탁지 않게 여겼다. 모든 일에는 원인이 있고, 모든 일은 서로 연결돼 있다고 믿었다.

"왜 그렇게 사람이 이기적이요. 예쁜 장미를 혼자만 보고 즐기겠다는 거요 뭐요. 그것이 정말 꽃을 사랑하는 건지 난 모르겠소. 장미가 좋으면 밖에 나와서 봐요. 정 꽃병에 꽂아 두고 싶으면 시내에서 사다가 꽂아 놓고요. 잘 자라는 나무 꺾지 말고."

"민자 씨 말이 맞네요. 제 생각이 짧았어요. 다른 뜻은 없었어요. 마을 사람들이 심어 놓은 걸 알았다면 안 그랬을 거예요."

영화는 민자에게 공손히 사과했다. 민자가 인생과 자연을 해석하는 데 그렇게 깊이가 있는 줄 몰랐다. 더럽게 무식하고 앙알앙알 떼만 쓰는 줄 알았는데 점잖게 바른말을 하니 사람이 달라 보였다. 영화는 민자를 무지한 여자라고 속단한 자신이 더 무지하게 느껴졌다. 욕망을 충족하기에 몰두하는 사람들은 사랑도 거기에 붙좇아 따른다고 생각했다. 자기를 상실하듯이 집착하는 사랑, 양심을 버려가면서까지 얻는 사랑, 범죄마저 정당화하는 사랑은 억제할 수 없는 욕망일 뿐 사랑이 아니었다. 그런 사랑은 금세 힘을 잃었다.

영화는 장미를 들고 집으로 향했다. 이미 잘라버려 되살릴 수 없는 꽃이었다. 민자는 꽃을 들고 걸어가는 영화를 불러 세웠다.

"그걸로는 꽃병에 꽂아 두기 부족하니까 좀 더 잘라가요."

영화는 빙그레 웃으며 민자에게 다가왔다. 민자에게 딱히 줄 게 없었다. 가방에서 커다란 막대 사탕를 꺼내 건네며 말했다.

"애들 주세요."

30

편안했다. 고향의 빛깔과 향취가 느껴졌다. 가는 곳마다 오랜 세월의 흔적이 켜켜이 쌓여 마을의 역사를 고스란히 품었다. 정훈은 선량한 사람들이 서로 의지하며 살았을 마을에서 끔찍한 살육이 벌어졌다는 게 믿어지지 않아 한참을 멍하니 하늘을 쳐다봤다.

민간인 학살사건 조사에 나선지 사흘이 지났다. 인터뷰 장소는 변함 없이 느티나무 그늘로 잡았다. 마을 정중앙인 데다 사방이 뻥 뚫려 시원했다. 저녁 무렵이 되면 뜨거운 햇살은 사라지고 땅 냄새까지 물씬 올라와 전원의 정취가 물씬 풍겼다.

머리에 모자를 배스듬히 쓴 노인이 나타났다. 노인은 비닐자루를 정훈에게 건네며 말했다.

"감자여. 삶아서 먹어. 알이 잘 여물었어."

정훈은 조심스럽게 비닐자루를 한쪽에 챙겼다. 고생한다고 뭐라도 챙겨주려는 노인의 마음이 한량없이 고마워 고개를 푹 숙였다.

"1950년 7월 29일이었어. 안개가 끼고 습한 날이었지. 며칠 동안 총격 소리가 끊이질 않아 불안한 날을 보내고 있었어."

노인은 초조한 목소리로 말했다. 눈동자는 깊은 생각에 빠진 듯 하얗게 빛났다. 마을을 둘러싼 크고 작은 산은 한국전쟁 당시 미군과 인민군이 치열하게 싸우던 격전지였다. 느티나무를 기준으로 마을 위쪽에는 45여 가구, 아래쪽에는 20여 가구가 살았다.

미군이 소개령을 내렸다. 주민들은 억울한 죽음을 피하려고 피란을 떠났다. 인민군으로 오인되면 개죽음이었다. 젊은 사람들은 신속하게 집에서 나섰다. 하루 이틀이면 돌아올 수 있으리라 생각하고 간단하게 짐을 챙겼다. 노인들은 그냥 집에 남았다. 몸이 불편한 사람들도 마찬가지였다. 설마 미군이 민간인을 죽이겠느냐고 생각했다.

예상은 틀렸다. 미군은 주민들이 길가에 나오자마자 마을을 수색하면서 집에 남아 있는 사람들을 쏴 죽였다. 아무런 죄책감 없이 벌레 보는 듯한 얼굴로 방아쇠를 당겼다.

"땅땅. 총소리가 들렸어. 무서워서 벌벌 떠니까 어머니가 얼른 품에 안아주더라고. 총탄이 날아오면 몸으로 막아주려 했던 거지. 내 나이가 열 살이었는데 그 총소리가 아직도 귓가에 선명해. 아버지는 할아버지가 죽었는데도 그 자리에서 움직이지 못했어. 총살당할까 봐. 며칠 뒤 미군이 물러가고 집에 갔는데 완전히 피바다야. 아버지는 피투성이가 된 할아버지를 부둥켜안고 오열했지. 머리와 허벅다리에 총을 맞고도 용케 살아난 어르신 말이 그래. 미군이 인기척이 들리면 무조건 쏴 죽였다고. 민간인인 줄 알면서도 죽였다는 거야. 사람이 할 짓이 아니었어."

백발이 성성한 노인이 찾아왔다. 언뜻 보기에도 구순이 넘은 노인이었다. 그는 정훈을 보자 마자 다릿병을 앓은 아들이 미군에게 총살 당했다고 읍소했다.

"아들이 앉은뱅이가 됐어. 가난한 살림에 병이 점점 깊어지다 무릎으로 걸어 다니는 다리 병신이 된 거야. 미군이 소개령을 내렸는데 아들이 그러는 거야. 자기 걱정하지 말고 다녀오라고. 나도 크게 걱정하지 않았어. 하루 이틀이면 끝날 줄 알았거든. 방에다 감자랑 옥수수 삶아서 넣어놓고 길가에 나왔는데 미군 놈들이 아들을 보자마자 총으로 쏴버렸어. 나는 한마디 반항도 못했고."

총기가 초롱초롱하고 건강한 노인이 인터뷰에 응했다. 그는 미군에게 할아버지와 아버지를 잃었다.

"할아버지가 피란 안 가시겠대. 뭔 일 당하겠냐고. 할아버지가 안 가시니까 아버지도 남겠다고 했지. 어머니랑 건너 마을로 피란 가려고 짐을 챙기는데 총소리가 나더라고. 마당에 나가 보니까 할아버지가 쓰러져 있는 거야. 미군이 쏜 총에 맞은 거지. 그래도 시신에 손을 못 댔어.

미군들이 총으로 겨냥하면서 가라니까. 우리도 쏴서 죽일까 봐 무서웠지. 아버지는 어디 갔는지 보이지 않더라고. 소개령이 끝나고 집에 왔는데 할아버지 아랫도리가 없는 거야. 개들이 살점을 뜯어 먹어서 뼈만 앙상했지. 차마 눈 뜨고 보지 못할 정도였어. 소식 없던 아버지는 며칠 후 집에 돌아왔어. 미군들이 아버지를 잡아다 형무소에 가뒀는데 인민군이 와서 문을 따줬대."

허리가 굽어 거동이 불편한 노인이 휠체어를 타고 나타났다. 노인의 할아버지도 미군에게 총살당했다.

"미군이 할아버지를 쏴 죽였어. 피란 갔다 와보니 할아버지 입 속에 구더기가 가득하더라고. 아버지가 손을 넣어 구더기를 제거했는데 왼쪽 볼에서 미제 사탕이 나왔어. 고브 스토퍼Gobstoppers라고. 엄청 딱딱하고 잘 안 녹는 사탕이야. 먹다 질리면 그릇에 뱉어 놓고, 생각날 때 먹으면 몇 날 며칠을 먹는 사탕이었지. 할아버지는 미제 사탕이라고 선물 받고 그렇게 좋아했는데 그놈들 손에 죽을 줄 어찌 알았겠어."

미군의 소개령은 예상보다 길었다. 마을 사람들은 식량을 구하러 집에 갔다 참변을 당하기도 했다. 장인과 사위가 함께 마을에 들어갔다 총에 맞았고, 주민 십여 명은 총살 직전에 구사일생했다. 그들 중 일본인 통역관으로 활동했던 지식인이 있었다. 그는 영어로 미군에게 선처를 구해 간신히 목숨을 구했다.

부슬부슬 비가 내리는 날이었다. 피란 간 주민들은 일주일 후 마을에 돌아왔다. 마을에 남은 가족들은 모두 몸에 구멍이 나 있었다. 주민들은 침통한 마음을 억누르며 함께 장례를 치렀다. 어찌할 수 없었다. 항의는 꿈도 꾸지 못했다. 미군을 욕하면 빨갱이로 몰렸다.

"잠시만 쉬었다 할게요."

정훈은 민간인 학살 피해자들의 증언을 들으면서 목구멍이 타들어가는 갈증을 느꼈다. 서낭당에서 마주한 위령패가 자꾸 떠올라 어지러웠다. 위령패는 조그만 간판처럼 크기가 컸다. 앞면에는 한국전쟁 때 죽은 마을 사람들의 이름이 한 명도 빠짐없이 새겨져 있었다.

정신 차릴 게 필요했다. 정훈은 인스턴트커피 가루를 찬물에 녹여 쭉 들이켰다. 씁쌀한 맛이 혀에 감돌자 어리벙벙하던 정신이 순식간에 맑아졌다. 그는 생각했다.

'물증이 필요하다.'

미군은 노근리 사건이 세상에 알려진 뒤 한국전쟁 당시 벌어진 미군의 민간인 학살 사건을 전면 부인했다. 증거라고는 모두 피해자와 유가족의 증언 뿐이라 미군의 주장을 반박할 수 없었다.

31

여든 대여섯 살쯤 돼 보이는 백발노인이 수북이 쌓인 땔감 뒤에 쪼그
리고 앉아 있었다. 검은 털 하나 없이 새하얀 백발이었다. 얼굴은 크고
각이 져 무척 자상해 보였다. 노인은 허리가 아픈지 자세를 바로 하고
앉아 정훈을 힐끗 살폈다.

"할 말이 있어서 오셨어요?"

정훈은 노인에게 다가가 물었다.

노인은 고개를 돌려 정훈의 얼굴을 정면으로 쳐다봤다. 눈물이 팽 도
는지 노인의 까만 눈동자가 촉촉했다. 정훈은 노인을 느티나무 아래 평
상에 앉히고 카메라 앵글을 맞췄다. 민간인 학살 사건 진상 규명의 증거
물로 사용할 인터뷰 영상이었다.

노인은 꼬깃꼬깃 맘속에 접어놓은 음울한 유년 시절의 기억을 꺼냈
다. 그의 목소리에는 가느다란 한숨과 억눌린 분노가 일렁였다.

"나도 군대 다녀와서 알지만 사격을 하려면 상황실에 보고하고 승낙
을 받아야 가능해. 명령 없이 일어날 수 없어. 폭탄을 몇 개 떨어뜨릴 것

인지, 어떻게 공격할 것인지 사전보고가 다 돼 있는 거라고."

마을 가장자리에 화물 기차가 오가는 터널이 있었다. 터널은 폭 5m, 길이 244m에 이르렀다. 1950년 8월 2일 터널 안은 사람들로 가득했다. 한가운데 사람 한 명이 지나갈 정도를 제외하고는 꽉 찼다. 사람들은 북쪽에서 내려온 피란민들이었다. 피란민들은 터널 안에서 숙식을 해결하며 전쟁이 끝나기만을 학수고대했다.

해가 떨어졌다. 멀리서 미군 정찰기가 나타나 터널 주위를 빙빙 돌며 조명탄을 쐈다. 피란민들은 터널에서 나와 빛이 부서지고, 비행기 소음이 흩어지는 하늘을 바라봤다. 육안으로도 민간인이라는 것을 식별할 수 있었기 때문에 별다른 걱정을 하지 않았다. 피란민들은 하얀 옷을 입은 어린이와 노인, 여자가 대부분이었다. 미군 정찰기도 별다른 대응을 하지 않고 사라졌다.

다음 날 피란민들은 저녁 식사를 준비했다. 먹을 것이 넉넉하지 않아 아끼고 아껴 상을 차렸다. 노인은 식사 전 사촌 누나가 간식으로 준 볶은 콩을 맛있게 먹고 있었다. 옥수수죽조차 귀할 때였다.

"볶은 콩을 손에 들고 터널에서 나올 때였어. 미군 전투기 4대가 철로를 스치듯이 맹렬한 속도로 날아와 기관총을 난사했지. 나는 철로 옆 바위틈에 급히 몸을 숨겼는데, 터널 입구에서 밥 짓던 사람들은 미처 도망

가지 못하고 그 자리에서 총에 맞아 죽었지. 피란민들은 갑작스러운 총격에 놀라 터널 안으로 도망갔어. 아장아장 걷기 시작한 아이를 안고, 늙은 부모를 업고 총탄을 피해 터널 안으로 달렸어. 근데 사람들이 너무 많은 거야. 안으로 빨리 들어가지 못해 밀리고 쓰러지면서 몸에 구멍이 뚫렸지. 절명한 사람들의 입과 몸에서 피가 철철 흘러나왔어. 살아남은 사람들은 시체를 뒤집어쓰고 피투성이가 된 채 울부짖었고."

터널 안쪽에 있던 사람들도 하나둘씩 쓰러졌다. C자 모양으로 뚫린 터널 안으로 들어간 총탄이 스케이트보드를 타듯 터널 벽을 타고 안으로 들어가 피란민들의 몸에 박혔다. 그 순간 피란민들은 표정을 잃었다. 도망갈 수도, 숨어 있을 수도 없는 완벽한 생지옥이었다.

잠시 총격이 멈췄다. 공포에 질려 있던 사람들은 아무 말도 하지 못하고 가슴을 쥐어짜면서 미군 전투기가 사라지기만을 기다렸다.

숨 돌릴 겨를도 없이 전투기 날아오는 소리가 또 들렸다. 터널 상공을 선회한 전투기가 저공비행하며 터널을 향해 기관총을 난사했다. 이미 목숨을 잃은 사람들의 몸에 다시 총탄이 박혔다. 폭격이 계속될수록 시체는 갈기갈기 찢겼고, 형체를 알아볼 수 없을 정도로 훼손됐다. 팔다리에 총탄을 맞아 그나마 목숨을 건진 사람들도 2차 기총소사로 모두 죽었다.

"팥죽을 쏟아부은 것처럼 피가 흘러나왔어. 몸에 흐르는 피가 2리터 정도 되는데, 그 큰 면적에 홍수 난 것처럼 피가 홍건했지. 고무신을 신고 있었는데 신발이 미끄러워서 걸을 수가 없을 정도였어. 전쟁영화에 나오는 것과 비교할 수 없을 정도로 참혹했지. 사람 형체가 없었거든. 미군이 사용한 기관총은 케네바(컬리버) 50구경이야. 몸에 맞으면 살점이 다 떨어져 나가."

끝이 아니었다. 미군 전투기는 터널 인근에 무차별적으로 폭탄을 투하했다. 철로를 뒤덮은 자갈이 팡팡 소리를 내며 공중으로 튀었다. 신음소리와 울음소리, 화약 터지는 소리가 뒤섞이며 귀청을 찢었다. 피란민들은 한동안 바닥에 엎드려 죽음의 공포와 싸웠다.

미군 전투기가 사라졌다. 터널 안은 차마 말로 표현할 수 없을 정도로 처참했다. 어머니의 시체에 매달려 숨을 거둔 아이는 머리가 없었다. 잘린 손과 발은 핏덩이 안에서 튀어나와 있었다. 살점은 공중으로 날아가 터널 벽에 붙었고, 몸뚱이는 뼈가 다 부서져 알아볼 수 없을 정도로 해체됐다. 골격만 남아 검게 그을린 시체도 많았다.

살아남은 사람들은 일그러진 얼굴로 곡소리를 내며 가족의 시체를 찾았다. 고개 너머 건넛마을 주민들도 폭격소리를 듣고 달려와 현장 수습을 도왔다. 노인은 어린 나이였지만 울고만 있을 수 없었다. 조그만

손으로 시체를 헤집으며 미친 듯이 가족들을 찾았다.

"그때 사람 인심이 그랬어. 바깥 마을 사람들까지 자진해서 도와줬지. 지금은 내 가족 일 아니면 도와주지 않잖아. 그땐 안 그랬어. 시체는 근처 산에 묻었어. 연고가 있는 분은 시체를 찾아갔는데 누가 누군지 몰라 막 묻은 시체도 많아. 터널에 가보면 아직도 그때 흔적이 남아 있을 거야."

노인은 입에서 터져 나오는 통곡을 손으로 간신히 틀어막았다. 현기증이 일고 속이 매쓰꺼워 한참을 움직이지 못했다. 그날을 떠올리는 것 자체가 노인에게는 커다란 고통이었다. 정훈은 주머니에서 우유를 농축해 만든 연유 사탕을 꺼내 노인의 입에 넣었다. 노인은 연유 사탕을 천천히 씹으면서 안정을 되찾았다.

느티나무 가지에 새 두 마리가 앉았다. 배 부분이 하얗고 날개깃에 푸른빛이 도는 제비였다. 제비는 자지러지게 울면서 빠지직 똥을 쌌다. 바닥이 새똥으로 질퍽하게 얼룩졌다.

밀짚모자를 쓴 여자가 빗자루를 휘둘러 제비를 쫓아냈다. 인터뷰를 기다리던 민자였다.

"시작할게요."

정훈이 비디오카메라 녹화 버튼을 눌렀다. 민자는 별다르게 할 애기가 없었다. 가족의 유해만 찾으면 됐다.

"동란 때 가족들이 죽었어요. 전쟁 통이라 시신조차 거두지 못했지요. 가족 친지들 유해를 찾고 싶네요."

"가족 친지들은 어떻게 돌아가셨어요?"

"아버지는 그 얘기를 극히 꺼렸어요. 억울한 죽음의 진상을 밝히고 가족들의 유해를 찾을 기회가 왔을 때도 진실화해위에 신청을 안 하셨어요. 저희한테 따로 하신 말씀은 미군들이 죽인 거 발설하면 맞아 죽는다고, 가족들 죽은 이야기는 밖에서 하면 안된다고 했어요. 입 다물고 살라고요. 이게 다예요."

민자는 정훈에게 비닐봉지를 건넸다. 봉지 안에는 DNA검사에 필요한 머리카락이 들어 있었다.

정훈은 어두운 얼굴로 카메라를 껐다. 사소한 일도 심각하게 사고하는 버릇이 자신에게 있다는 것을 알면서도 마음이 편치 않았다. 민자가족사의 특별한 사정을 어렴풋하게나마 알 것 같았다.

진실화해위원회는 5년 활동을 마치고 2010년 해산할 때까지 우리 사회에서 금기시했던 국민보도연맹원 학살, 인민군 점령기 부역혐의자 학살, 미군의 민간인 학살, 지리산 일대 토벌과정에서 벌어진 민간인 학살 등 다양한 유형의 민간인 학살을 규명하고 희생자들의 명예회복

조치를 위한 근거를 마련했다. 하지만 피해를 당하고도 신고하지 않은 생존자와 유가족들이 많았다. 해방 후 폭발한 좌우 대립과 남북 분열, 한국전쟁이 자초한 트라우마였다. 반공 교육과 빨갱이 소탕, 연좌제가 남긴 공포와 불신 때문이었다.

정훈은 카메라에서 시선을 거두고 먼 산을 바라보았다. 병풍처럼 둘러싼 소나무 가지들이 하늘을 향해 곧게 뻗어 있었다. 소나무는 그날의 아픔을 잊지 않고 대대로 기억하겠다는 듯 푸르게 산색을 물들였다.

그는 곧장 철도공사와 군청에 현장 조사 협조를 요청하는 공안을 준비했다. 전쟁의 참상을 후대에 전해 동족상잔의 비극이 다시는 생기지 않도록 해야 했다. 한국전쟁은 한반도를 삽시간에 능욕과 방화, 약탈과 학살의 현장으로 만들었다. 시가지는 새까만 잿더미로 변했고, 사람들은 생사경을 헤맸으며, 민족은 참담하게 갈라졌다.

32

정훈과 윤정천 기자는 노인이 얘기했던 터널로 향했다. 증언의 사실 여부를 조사하려면 답사는 필수였다. 죽음은 세월이 흘러도 흔적을 남겼다. 광주 전일빌딩이 그랬다. 전두환은 1980년 광주민주화운동 당시 헬기 기총사격이 없었다고 주장했지만 빌딩 벽면에는 총탄의 흔적이 선명하게 남아 있었다.

정훈은 터널 안으로 들어가려다 망설였다. 갑자기 멧돼지라도 달려나오면 피할 데가 마땅치 않았다. 그는 곧바로 마음을 고쳐 먹었다. 전투기 공습을 피해 암흑 속에 갇혀 숨죽였을 피란민들의 심정을 생각하면 지금의 두려움 따위는 아무것도 아니었다.

윤 기자는 귀를 쫑긋 세우고 어두침침한 터널 안으로 들어갔다. 별다른 조명장치는 없었다. 이리저리 랜턴을 비추는 곳만 환했다. 원한 맺힌 귀신이나 험상궂은 살인귀, 거대한 괴물이 어둠 속에서 나타나 사람들을 마구잡이로 해치는 영화가 생각났다. 그는 섬뜩한 마음에 이따금 돌을 집어 던졌다. 돌아오는 것은 윙윙대는 메아리뿐이었다.

"총탄 자국이다."

정훈이 소리쳤다. 빗발치던 총탄이 터널 전체를 휩쓸고 간 흔적이었다. 총탄에 구멍 난 부분은 대부분 시멘트로 메웠지만 세심하게 작업하지 않아 그날의 흔적이 흉물스럽게 남아 있었다. 윤 기자는 다양한 각도에서 근접 촬영했다.

총탄이 외벽에 부딪혀 핑핑 솟구치는 소리가 귓가에 들렸다. 전쟁과 무관한 피란민들의 유혈과 죽음의 현장이 머릿속에 그려졌다. 총상을 입고 사경을 헤매는 사람들, 떨어져 나간 팔다리를 붙잡고 죽어 있는 사람들, 가족을 잃고 통곡하는 사람들이 눈에 선했다.

'살려 주세요.'

귓가에 외마디 절규가 들렸다. 정훈은 멈칫 서서 주위를 둘러봤다. 어둠이 지옥 같다는 생각이 들어 터널 안으로 더는 들어갈 수 없었다.

사람들이 허망하게 죽었다. 전투기의 맹렬한 기총소사와 폭격으로 피란민 삼백여 명이 목숨을 잃었다. 계획적인 살인이었다. 죄책감 같은 건 없었다. 미군은 사전에 정찰기로 피란민들의 동태를 살핀 뒤 대량 살상을 자행했다.

터널에서 빠져 나오자 머리 위로 따가운 햇볕이 쏟아졌다. 정훈은 순간 현기증을 느꼈다. 입천장에 닿는 혓바닥은 꺼끌꺼끌했다. 손으로 뺨을 만졌다. 뒷목을 움켜쥐고 주물렀다. 소용없었다.

와이셔츠 주머니에서 달곰한 냄새가 올라왔다. 사탕이었다. 정훈은 사탕 표면에 붙은 하얀 가루를 털어내고 혓바닥 위에 올려놓았다. 입안에 금세 침이 고였다.

터널 입구에서 감돌던 바람이 콧등을 세차게 후려쳤다. 정훈은 눈동자를 크게 뜨고 하늘을 쳐다봤다. 구름 한 점 없이 처연한 하늘에서 은회색 드론이 날고 있었다. 신경 쓰지 않으면 눈치 채지 못할 정도로 크기가 작고 소음도 없는 최신식 드론이었다.

'이런 시골에 드론이.'

정훈은 사방을 빙 둘러봤다. 특별히 정찰이나 관측이 필요한 대상은 없었다. 진실화해위 활동을 감시하는 게 아니고서는 설명이 어려웠다. 정훈은 의구심 가득한 표정으로 드론을 응시했다. 그래도 드론은 하늘을 나르며 촬영을 멈추지 않았다. 그는 드론을 향해 돌멩이를 던졌다. 그제서야 드론은 머리 위에서 빙빙 돌다 사라졌다.

정훈은 답사를 마치고 위원회에 넘길 자료를 정리했다. 수많은 이들의 영혼을 위로하는 마음으로 성심을 다했다. 윤 기자가 여론을 움직이고, 진실화해위의 권고대로 명예회복과 보상이 이뤄지면 그날의 상처는 조금이나마 해갈될 수 있었다. 그런데 이상하게도 개운하지 않았다.

가슴 한쪽이 꽉 막힌 듯 답답했다.

진실화해위 활동에는 한계가 있었다. 조사원들이 마음대로 직권조사를 할 수 없었다. 미군에 의한 민간인 학살이 벌어진 곳도 많았고, 이미 규명된 노근리 학살 사건보다 피해가 큰 지역도 있었지만 피해자나 유가족이 진실규명을 신청한 곳만 조사할 수 있어 또 하나의 역사 왜곡이 될 수 있었다. 결과를 낙관할 수 없는 현실도 답답했다. 증언이 아니라 정확한 증거가 필요했다. 미군의 군사기록이라든지, 전투기 조종사의 증언이 있어야 직접적인 피해보상이 가능했다.

윤 기자는 밤을 꼬박 새워 기사를 썼다. 기사는 도면을 그리는 것처럼 시간대별로 일목요연하게 정리했다. 생존자와 피해자 인터뷰도 빠짐없이 기록했다. 그는 백발노인이 가슴을 손바닥으로 치며 했던 말을 기사 말미에 넣었다.

"명예회복 해서 죽은 이들 영령을 달래 줬으면 해. 전 가족이 몰살당해 어디에서 어떻게 죽었는지 모르는 사람들이 많아. 나까지 죽고 나면 아무도 없어. 진상규명이 제대로 될지도 모르겠어. 참 답답해. 이렇게 만나서 얘기하고 그러면 뭐 하나 생각도 들고."

노근리 민간인 학살 사건이 보도되면서 전 세계가 들썩였다. 한국과 미 언론들은 현장취재와 미 참전 용사 인터뷰를 인용해 미군의 전쟁범죄를 정확하게 적시했다. 참전 용사들은 상부 명령에 따라 어린아이, 여자, 노인 가리지 말고 모두 쏴 죽였다고 진술했다. 그러나 미군은 학살의 고의성을 부정했다. 미 국방성은 상부의 명령이라고 주장하는 참전 용사들에게 개인적인 책임을 물었고, 참전 용사들은 이내 증언을 번복했다. 이후 참전 용사들은 더 이상의 증언을 거부했고, 미군에 의한 민간인 학살 사건은 묻혔다.

다음 날 민주일보는 미군의 터널 학살 사건을 대대적으로 보도했다. 터널 총탄 자국과 생존자 사진을 넣어 사회면을 가득 채웠다. 피해자와 유족 인터뷰, 국가기록물 검토, 유해 발굴 작업 등을 소개하며 미군을 학살의 주범으로 지목했다.

여론은 술렁였다. 전쟁 중 흔하게 인권이 유린당하고, 많은 민간인이 죽을 수 있다고 해도 너무나 억울한 죽음이었다. 공산당의 손아귀에서 남한을 구하겠다고 온 미군의 손에 수많은 민간인이 학살당한 아이러 니 같은 일이었다.

33

자동 회전문이 스르르 돌았다. 호텔 로비는 외국인 관광객들로 북적였다. 캐서린은 갖가지 꽃과 조명으로 치장한 통로를 지나 프런트데스크 앞에 섰다. 그녀의 손에는 가죽가방과 오늘 자 신문이 들려 있었다. 호텔 직원은 예약 번호를 확인하고 503호 키를 캐서린에게 건넸다.

캐서린은 조심스럽게 객실 문을 열고 들어갔다. 가방에서 두툼한 서류봉투를 꺼내 테이블 위에 던졌다. 봉투는 완전히 밀봉돼 있었다.

그녀는 거품 샤워를 마치고 얇은 나이트가운을 입었다. 미리 준비한 와인에 따개를 꽂아 능숙하게 돌렸다. 코르크 마개가 퐁 소리를 내며 빠졌다. 볼이 작은 잔에 와인을 살짝 따라 시음했다. 클라우디 베이 소비뇽블랑. 풋풋한 라임과 열대과일 향이 입안에서 확 퍼졌다. 칠링마저 제대로였다.

와인이 화근이었다. 생각하지 않으려고 애를 써도 야릇한 감촉이 맹렬하게 캐서린의 몸을 덮쳤다. 캐서린은 성욕이 강했다. 술이 차오르면 꾸물꾸물 솟아나는 욕정을 참지 못해 사내의 벗은 몸이 자꾸 눈앞에 아른거렸다. 캐서린은 테이블에 앉아 야릇한 표정으로 창밖을 주시했다.

캐서린의 모습은 시골에서 볼 때와 달랐다. 화장과 옷 때문인지 첫인 상마저 판이했다. 오뚝한 코는 천성적으로 독립심이 강하고, 술에 강한 체질처럼 보였다. 양미간은 살짝 주름져 차돌과 같은 고집이 감지됐다. 어떤 외부 충격에도 흔들리지 않는 나무뿌리처럼 강인해 보였다. 후천 적이 아니라 오관과 핏줄에 서린 단단함이었다.

고난은 인간을 강하게 키웠다. 굴욕과 비분을 겪고 고난과 역경을 극 복하는 동안 진정한 자존심을 배우게 했다. 이런 강인함은 어떤 고초에 도 쉽사리 꺾이지 않았다. 캐서린의 강인함은 타고났다. 귀족 가문에서 태어나 타인이 무시할 수 없는 자존감을 부여받은 것이었다. 이런 강인 함은 더 강력한 힘으로 쉽사리 무너졌지만 자신의 권능을 지키려고 수 단과 방법을 가리지 않기 때문에 상대하기가 만만치 않았다.

윤이 번쩍번쩍 나는 고급 외제차 한 대가 호텔 앞에 멈췄다. 오십 대 쯤으로 보이는 양복 차림의 중년 사내가 차 문을 열고 내려섰다. 주차요 원이 재빠르게 달려와 발레파킹 서비스를 제공했다. 중년 사내는 생긋 웃으면서 호텔 문을 향해 계단을 올라갔다. 자유갱생단 집행위원장 오 철우였다. 철우는 몸집이 건장했고 멋스럽게 콧수염을 길렀다.

벌거벗은 철우가 캐서린 앞에 나타났다. 캐서린은 복슬복슬한 털 사이로 부풀어 오른 성기를 입에 물었다. 가녀린 손으로 고환을 어루만지며 귀두를 입속 깊숙이 넣었다. 꽃에서 꿀을 빨아 먹는 벌새처럼 끊임없이 남성을 공략했다. 철우는 핏줄 솟은 캐서린의 관자놀이를 내려다보며 자지러졌다. 순간순간 전율이 일 때마다 숨을 헐떡거렸다.

철우는 몸을 돌려 캐서린을 침대에 눕히고 전희에 열중했다. 촉촉한 입술로 하얀 몸 구석구석에 키스를 퍼부으며 눈을 맞췄다. 그의 혓바닥이 음부에 솟은 작은 돌기를 어루만지듯 건드렸다. 캐서린은 부끄러움과 흥분이 교차하면서 클라이맥스에 들어섰다. 철우도 정점을 향해 내달렸다. 교집합이 된 상태로 무거운 신음을 토해내며 캐서린을 파고들었다. 짜릿한 통증이 임계점에 도달하자 정액이 쭉 쏟아졌다.

캐서린은 땀이 흘러 미끄덩거리는 철우의 등허리를 움켜쥐고 놓아주질 않았다. 말초신경이 이완될 때까지 꽤 오랜 시간 그와 한 몸이 됐다. 캐서린은 포옹을 유난히 좋아했다. 동물적인 탐닉보다 서로 체온을 교환하는 그 순간을 가장 황홀해했다. 아이를 곧추안듯이 목을 바짝 끌어당겨 가슴끼리 부딪치는 포옹으로 위안을 얻었다.

철우는 캐서린을 살짝 밀치고 침대에서 일어났다. 엉덩이를 옴직옴직 놀리며 욕실에 들어갔다. 캐서린은 벌거벗은 그의 뒤태를 뚫어지게 쳐다봤다. 침대보를 손아귀로 움켜쥐고 아양스럽게 콧소리를 내질렀다. 철우는 걸음을 멈칫했지만 뒤돌아보지 않았다.

"테이블 위에 봉투 챙겨요. 바로 보도될 수 있도록 조처해 주세요. 봉투 안에 USB도 넣었어요. 부탁했던 정보예요. 죽이든 살리든 알아서 해요. 대신 문서는 꼭 찾아 없애 주세요. 그게 알려지면 한국 사회가 발칵 뒤집힐 거예요. 2015년에도 실수해서 애 먹었잖아요."

샤워기에서 물줄기가 쏴 하고 쏟아졌다. 유리창에는 물이 튀어 좌르르 흘러내렸다. 불투명 유리창 너머로 철우의 등이 희부옇게 보였다. 철우는 샤워를 마치고 소파에 앉았다. 아무 말도 없이 담배를 한 대 물고 머리를 말렸다. 그는 손으로 먼지를 툭툭 털어내며 옷을 입었다.

캐서린이 무거운 몸을 굼적굼적 일으켜 세웠다. 철우는 이미 온데간데없이 사라졌다. 테이블 위에 던져 놓은 봉투도 없었다. 그 자리에는 사탕 두 개만 덩그러니 놓여 있었다. 캐서린은 똥이 마려운 토끼처럼 다리에 힘이 쭉 빠졌다. 철우를 완전히 가질 수 없다는 생각에 안절부절못했다. 급하게 파우치에서 하얀색 알약을 꺼냈다. 불안과 우울 증상을 완화하는 진정제 디아제팜이었다.

캐서린의 소유욕은 유전이었다. 물건뿐만 아니라 사람마저도 자기 것으로 만들어야 직성이 풀렸고, 한 번 자기 것이 되면 버리지 못하는 저장강박증 환자, 호더Hoarder였다.

34

띠리릭. 기계음이 울렸다. 육중한 대문이 철커덕 열렸다. 철우가 마당으로 들어서자 대문이 자동으로 닫혔다. 비싼 나무와 석상으로 꾸민 정원 한가운데로 디딤돌이 가지런하게 놓여 있었다. 그는 성큼성큼 걸어 나무로 만든 문을 밀었다.

거실은 난초 향기로 가득했다. 바닥은 하얀색 대리석이었고, 사람이 걸어다니는 통로에는 고급 융단이 깔렸다. 한쪽 벽면에는 이승만 대통령 사진과 태극기 액자가 나란히 걸렸다. 액자 아래쪽 테이블 위에는 현란한 색과 문구로 도배된 팸플릿과 포스터가 쌓였다. 한가운데는 푹신한 가죽소파와 얕은 탁자가 놓였고, 그 주위를 책장과 서랍장이 빙 둘러쌌다. 반대편 벽면에는 십여 명의 남자 얼굴이 영정사진처럼 걸렸다.

철우는 캐서린이 준 두툼한 봉투 윗면을 쭉 찢어 서류를 꺼냈다. 겉표지에는 Special Reports, United States Department of War미국전쟁부 특별보고서라고 적혀 있었다. 그 밑에는 수기로 '한국전쟁 범죄 사례 141번에 대한 법적 분석(KWC 141)'이 쓰여 있었다.

철우는 서류를 슬쩍슬쩍 넘기며 흐뭇한 미소를 지었다. 북한군이 한국전쟁 당시 남한 민간인 2천명을 학살한 내용이 담긴 미군 보고서였다. 이 정도의 내용이라면 다시 불거지고 있는 미군의 민간인 학살 사건을 덮을 만했다.

철우는 봉투 안에 있는 USB메모리를 노트북에 연결했다. 십여 개의 파일이 화면에 떴다. 그는 파일 하나하나를 유심히 확인했다. 민간인 학살 유해 발굴 현장과 진상조사에 참여한 사람들을 촬영한 영상이었다. 그중에는 캐서린에게 부탁했던 정보도 들어 있었다. 맨발에 누더기를 걸치고 나무 뒤에 숨어 유해 발굴 현장을 지켜보는 걸인을 촬영한 영상이었다.

철우는 태극기 액자 앞에서 시원한 물 한 컵을 쭉 마셨다. 물이 텁텁한 혓바닥을 지나 목구멍을 타고 쭉 내려갔다. 찬 기운은 골수까지 쩌릿쩌릿 뒤흔들었다. 그는 벽에 걸린 액자를 떼어냈다. 그 뒤에서 육중한 철제 금고가 나타났다. 익숙하게 다이얼을 돌리자 굳게 잠겼던 금고가 철컥 소리를 내며 열렸다.

금고 안에는 금괴와 현금다발, 권총과 실탄이 꽉 찬 탄창이 있었다. 안쪽에는 가로 3cm, 세로15cm 정도의 오동나무로 만든 노란색 나무패가 있었다. 조선 시대 임금이 3품 이상의 관료를 궁으로 불러들일 때

보내던 명패와 비슷했다. 나무패 위에는 붉은색 글씨로 命명이 쓰였고, 가운데에는 西靑서청, 아래에는 작게 自由決死團자유결사단이 적혀 있었다.

'붉은 세력의 준동을 막자.'

철우의 눈이 파르르 떨렸다. 강렬한 전율이 등골을 타고 온몸으로 퍼졌다. 예감했던 일이었다. 예감은 불길하고 파괴적이었지만 오히려 마음을 담담하게 했다. 언젠가는 할 순교였다. 그는 권총을 가슴팍에 대고 어루만졌다. 앞으로 손을 뻗어 방아쇠 당기는 시늉을 했다. 총을 쏴본 지 오래됐지만 걱정하지 않았다. 목숨을 바칠 일이라는 확신 때문인지 옛날 솜씨가 되살아난 듯했다. 아니 쥐도 새도 모르게 처리한다면 천행이 따를 수 있었다. 어쨌든 그의 목표는 하나였다.

'복수해야 한다, 결판내야 한다.'

철우는 주머니에서 휴대전화기를 꺼냈다.

툭툭.

손가락 사이에 오렌지색 사탕이 끼여 나와 바닥에 떨어졌다. 캐서린에게 주고 남은 사탕이었다. 철우는 사탕을 발로 툭 찼다. 사탕은 데굴데굴 구르다 쭉 미끄러지며 소파 밑으로 들어갔다. 그는 야비한 표정으로 휴대전화에서 익숙한 이름을 찾아 통화 버튼을 눌렀다.

"회장님. 이제 실행에 옮기겠습니다."

"그렇게 해라."

전화기 건너편에서 들려온 남자가 결연한 어조로 명령했다.

"보고서는 연통해 조치하겠습니다."

"내일 조국신문에 보도되는 건가?"

"네 그렇습니다."

"임무 완수하고 비밀 엄수해라. 각별한 애도를 준비하겠네."

다음 날 조국신문은 자유갱생단이 입수한 미군 보고서를 인용해 북한군의 만행을 고발했다. 보고서에는 1950년 10월 서울에서 근무한 공무원 2천여 명이 학살된 정황이 상세히 담겼다.

조국신문 보도에 따르면 북한군은 1950년 9월 남한 공무원 2천여 명을 이끌고 북으로 향했다. 구타와 배고픔에 시달려 병든 200여 명은 행군 중 사살했고, 나머지는 대동강 인근에서 총살해 대형 구덩이에 묻었다. 조국신문은 북한 인권 전문가를 인터뷰해 북한이 납북한 남한 민간인이 10만명에 이른다며 보고서를 잔악한 북한 정권의 반인도적 범죄를 확인할 수 있는 문건이라고 평가했다.

한국 여러 매체를 비롯해 전 세계 언론이 조국신문 기사를 받아썼다.

'세상이 두어 번은 더 바뀌어야 가능할까.'

정훈은 조국신문에 대문짝만하게 실린 기사를 쭉 훑어보며 말없이 고개를 떨궜다. 조국신문의 물타기로 모든 바람이 한순간에 물거품이 되고 말았다.

민주일보 기사와 진실화해위 활동은 여론전에서 완전히 밀렸다. 하루 사이에 북한군은 죽일 놈이 됐고, 미군은 다시 혈맹이 됐다.

한국전쟁 당시 국군과 북한군, 중공군이 자행한 민간인 학살은 꾸준하게 진실규명이됐다. 미군이 저지른 학살만 진실규명이 부실했다.

미군의 민간인 학살 사건은 반백 년이 지나서야 서서히 세상에 드러날 수 있었다. 그러나 제대로 된 진실규명과 명예회복은 요원했다. 미군은 민간인 학살을 부정했고, 보수 세력을 비롯해 일부 민주세력까지 맹목적으로 미군 편을 들었다.

35

　잠이 오지 않았다. 몸이 뻐근하고 두통이 심했다. 신경과민인지, 과음인지 원인을 알 수 없었다. 분명한 건 흐지부지된 미군의 민간인 학살 사건의 진실이었다. 정훈은 할아버지가 뱄던 목침을 떠올렸다. 통나무를 반달 모양으로 잘라 반질반질하게 사포질한 베개였다.

　할아버지는 사지에 부스럼이 있어 늘 허벅지와 팔뚝을 긁었다. 아토피성 피부염 때문에 심리적으로 스트레스가 많았고, 스트레스는 만성적인 두통을 불렀다. 그런데도 잘 잤다. 딱딱한 목침만 베면 세상 편안한 얼굴로 깊은 잠에 빠졌다. 반 알몸으로 낮잠도 즐기곤 했다.

　정훈은 어렸을 때 목침을 베고 잠자는 할아버지가 의아했다. 할아버지처럼 목침을 베고 모로 누워 잠을 청해 봤지만 머리를 짓누르는 통증이 내장까지 꼬여 들었다. 두개골이 단단하거나 신경이 둔하지 않으면 불가능한 일 같았다. 정훈은 나이가 들어서야 할아버지가 왜 목침을 베고 잤는지 이해했다. 이열치열과 같은 원리였다. 목침이 주는 고통이 다른 고통을 잊게 했다.

할아버지가 통증에 시달리는 영혼을 구제하는 또 하나의 방법은 사탕이었다. 간식 바구니에 사탕을 비축해 두고 통증이 세질 때마다 꺼내 먹었다. 그중에서도 오키나와산 사탕수수로 만든 일본 흑사탕 구로아메를 즐겼다. 고소하고 많이 달지 않아 중독성이 있었다.

"아리랑 아리랑 아라리요 아리랑 고개로 넘어간다."

할아버지는 구로아메를 먹을 때마다 아리랑을 부르며 한탄에 젖었다. 다른 사탕을 먹을 때와 표정이 달랐다.

1945년 2월 한국인 150여 명이 아카시마에 강제 징용됐다. 할아버지도 그중 한 명이었다. 아카시마는 오키나와에서 뱃길로 한 시간 남짓 떨어진 작은 섬이었다. 한국인들은 이곳에서 미군 공격에 대비한 진지를 구축하고 카미카제용 비행장을 건설하는 노역을 했다. 일본군은 한국인들을 군대의 잡부라는 의미로 군부라고 불렀다.

오키나와 원주민들은 한국인들이 노역장을 오가는 길을 아리랑 고개라고 이름을 붙였다. 끔찍한 살육 때문이었다. 한국인들은 그 길에서 굶주림에 시달리다 쓰러졌고, 탈출을 시도하다 총살을 당했다. 그 수가 무려 70명에 달했다.

광복 70년이 지난 지금까지도 일제의 강제 징용과 한국인들의 억울한 죽음은 진실 규명이 되지 않았다. 아카시마에 끌려간 한국인들은 오키나와에 강제 징용된 잡부들 중 극히 일부에 불과했다.

정훈은 벌러덩 침대에 누워 천장을 망연히 바라봤다. 머릿속이 흐리멍덩했다. 입맛은 푸르뎅뎅한 땡감을 씹은 것처럼 텁텁하고 떨떠름했다. 잠자기는 틀린 것 같았다. 자리를 박차고 일어나 오렌지를 갈았다. 집안이 오렌지 향기로 가득했다. 그는 기관지를 타고 들어오는 상큼한 향을 깊숙이 들이켰다. 정신이 대번에 맑아졌다. 영화에게 주려고 토마토도 갈았다. 토마토 주스는 유리 용기에 담아 냉장고에 넣었다. 영화는 삼십 대 초반부터 당뇨가 생겨 토마토를 입에 달고 살았다.

집 밖으로 나왔다. 잠이 오지 않을 때는 밤바람을 쐬며 음악을 듣는 게 도움이 됐다. 휴대전화에 블루투스로 연결된 이어폰을 끼고 볼륨을 높였다. 섬세하고 격정적인 베토벤 교향곡 9번 D단조 합창이 흘러나왔다. 정훈은 음악을 너무 좋아했다. 음악이 좋아 밴드를 한다고 파란만장한 청춘을 보낸 적도 있었다.

산 쪽에서 제법 시원한 바람이 불었다. 정훈은 길을 걷다 어두운 길을 홀로 비추는 가로등 밑에서 몸을 틀어 바지 지퍼를 내렸다. 세찬 오줌발이 수로 정중앙을 적셨다.

마을 진입로 쪽에서 중절모를 쓰고 양복을 입은 사내가 걸어왔다. 수상했다. 늦은 밤 시골에서 있을 수 없는 일이었다. 정훈은 오줌을 빨리

누려고 아랫배에 힘을 줬다. 온종일 마신 물과 주스 때문에 오줌발은 쉬 멈추지 않았다.

사내는 정훈의 바로 옆을 조용히 지나쳤다. 정훈은 고개를 돌려 사내를 주의 깊게 응시했다.

사내의 양복 상의가 밤바람에 흔들렸다. 그 사이로 멜빵과 겨드랑이 아래쪽에 단단하게 매달린 가죽지갑이 보였다. 지갑 안에 는 원통형의 뭉특한 막대기 같은 게 들어 있었다. 정훈은 이상한 낌새를 느끼고 몸을 움츠렸다. 오줌이 잘잘거리며 멈췄다.

36

숟가락을 내려놓았다. 곰국에 향긋한 나물 반찬이 푸짐한 백반을 맛있게 해치웠다. 윤 기자는 자판기에서 밀크커피 버튼을 눌렀다. 종이컵에 연갈색 인스턴트커피가 조르륵 흘러 내렸다. 잊고 지냈던 김민식 기자 행방불명 사건이 그의 머릿속을 뒤흔들었다.

윤 기자는 평상에 앉아 커피를 마시면서 생각을 가다듬었다.

'유해 발굴 상황을 취재하면서 김민식 기자 행방 추적에 소홀했다. 늦었지만 다시 시작하자. 연결고리는 황해도 전문 음식점, 동식당이다.'

고추잠자리 대여섯 마리가 삼림풍을 타고 모기를 쫓아 날았다. 민자는 극성스러운 모기를 쫓기 위해 마당에 모깃불을 피웠다. 희뿌연 연기가 마당을 자욱하게 덮었다. 생초목을 태우는 매캐한 냄새가 코를 간지럽혔다. 윤 기자는 손으로 입을 가리고 콜록콜록했다.

"윤 기자님. 오늘은 모기가 안물겠네요."

민자가 웃으며 말했다.

"어떻게 하다 황해도 음식 전문점을 내게 됐어요?"

윤 기자가 민자를 힐끗 쳐다보며 동문서답했다.

"그게 말이죠. 고향이 그쪽이에요."

민자는 얼버무렸다. 말로만 들었지 한 번도 고향에 가본 적이 없었다. 민자 집안의 고향은 대대로 평안남도 남포였다. 어렸을 때 친척들이 하나둘씩 황해도로 이사가면서부터 황해도가 고향이 됐다.

"황해도에서 언제 내려오셨어요? 육이오 때?"

"저는 동란 이후에 태어나 잘 몰라요. 큰어머니한테 물어봐요. 치매라서 그렇지 그때 일은 다 기억해요."

'왜 그 생각을 못 했지.'

윤 기자는 손바닥으로 무릎을 쳤다. 민자의 큰어머니는 민호의 새어머니였다. 새어머니는 김 민식 기자에 대해 알고 있을 만했다.

"민주일보 윤정천 기자입니다."

윤 기자는 말이 나온 김에 민호에게 전화했다. 전화기 너머로 숟가락 딸그락거리는 소리가 들렸다.

"안녕하세요. 기자님."

민호가 막 식사를 마치고 전화를 받았다.

"어머니를 만나 뵙고 싶은데요?"

"아시는 게 있을지 모르겠네요. 어쨌든 한마을에 살았으니까 뭐라도 아는 게 있으시겠죠? 내일 오전에 집으로 오세요."

윤 기자는 마음이 급했다. 다음 날 일찍 민자와 함께 민호를 찾았다. 민호는 앞치마를 두르고 설거지 중이었고, 새어머니는 마루에 앉아 물끄러미 산 너머를 바라보고 있었다. 윤 기자는 신발을 벗고 반지르르 윤이 나는 마루에 올라 민호가 내준 녹차를 받아들고 앉았다. 그는 가방에서 인삼 달인 물로 굳힌 사탕을 꺼내 민호에게 건넸다. 새어머니의 선물이었다. 민호는 고마운 마음에 가볍게 목례했다.

"어머니. 민식이 형 기억하세요?"

민호가 윤 기자 대신 물었다.

"흐미 불쌍한 것."

새어머니는 민식이라는 이름을 듣자마자 눈물을 왈칵 쏟아 냈다. 한참을 정신없이 울다 제정신이 드는지 흔들리던 갈색 눈동자가 초롱초롱 빛났다.

"아직 살아있어."

새어머니는 손으로 산을 가리키며 말했다. 손가락 끝이 향한 곳은 마을 서낭당이었다. 서낭당은 신딸이 지켰다. 팔순이 넘은 만신이었지만 아직까지 대신할 후계자를 찾지 못해 혼자 살았다.

"뭐라고요 엄니?"

민호는 깜짝 놀랐다. 마룻바닥에서 냉기가 느껴질 정도로 기분이 싸했다. 생각해보니 새어머니에게 한 번도 형에 관해 물어본 적이 없었다. 당연히 모를 거라고 속단해버렸다. 그는 새어머니에게 형에 관해 궁금했던 것들을 물었다. 그러나 더는 시원한 대답이 돌아오지 않았다. 민호와 윤 기자는 눈빛을 교환했다. 함께 민식을 찾아보자고 의기투합했다.

민호는 가슴이 떨렸다. 새어머니가 손가락으로 가리킨 서낭당이 계속 눈에 아른거려 심장이 마구 뛰었다. 형을 만나면 가족들이 지옥 같은 삶으로 몰렸던 이유를 직접 듣고 싶었다.

민자는 믿을 수 없다는 듯 펄쩍 뛰었다. 30년 동안 가족을 지척에 두고 외면하며 살았다는 게 기가 막히고 슬펐다. 새어머니의 얘기가 사실이라면 민식의 행방불명에 끔찍한 진실이 감춰져 있는 게 분명하다고 생각했다.

37

반질반질한 대나무가 뒷마당에 가득했다. 대나무 끝에 묶인 하얀 천이 연방 바람에 휘날렸다.

서낭당에서 태평소 가락이 흘러나왔다. 민호와 윤 기자는 마당을 가로질러 서낭당으로 향했다.

서낭당 앞마당은 피와 흙이 범벅이 돼 피비린내가 진동했다. 막 잡은 듯한 돼지머리가 괴기스럽게 하늘을 향해 놓였고, 몸통은 반으로 잘려 테이블 위에 그대로 포개져 있었다. 두 사람은 역한 냄새를 참을 수 없어 손바닥으로 코를 막고 서낭당에 들어갔다.

무당은 긴 머리카락에 동백기름을 바르고 곱게 빗어 넘겨 쪽을 틀었고, 쪽진 머리에는 붉은색 갓을 썼다. 돌출한 이마와 광대에는 하얀 분을 발랐다. 특히 광대에는 볼연지를 바르고 분첩으로 탁탁 두드려 신묘한 분위기를 강조했다.

제사상에는 과일과 떡, 어물과 전, 약과와 사탕이 보기 좋게 놓였다. 촛농이 제 몸을 뒤덮은 커다란 초 두 개는 녹색빛을 내며 타올랐다. 벽에 걸린 황천존, 칠성할아버지, 산왕대신, 백마장군, 불사대신 무신도는 영검한 기운을 뿜어냈다.

무당은 어렸을 때 신접을 경험하고 암자에 들어왔다. 스무 살이 되는 해 머리를 올리고 신딸이 된 뒤 불교와 무속을 오가며 마을의 재앙을 막았다. 집안에 닥친 액을 끊었고, 마을 사람들의 급화를 없앴으며, 죽은 영을 저승으로 돌려보내는 일을 했다.

그녀는 녹의홍상을 입고 한들한들 몸을 흔들었다. 커다란 칼을 들고 이리저리 휘둘렀다. 칼을 물고 제자리에서 빙글빙글 돌기도 했고, 칼로 팔을 긋거나 배를 찌르며 신력을 과시했다. 보기만 해도 심장이 벌렁벌렁하고 아찔한 광경이었다.

끝이 아니었다. 무당은 커다란 삼지창을 들고 돼지 몸통을 찔렀다. 분홍색과 하얀색으로 물들인 꽃을 들고 허공을 향해 쌀을 뿌리며 미친 듯이 넋두리했다. 방울을 몸에 걸고 치마를 나풀대며 열정적으로 춤을 췄다. 단아한 한복을 입은 대여섯 명의 여성은 양손을 쉴 새 없이 비비며 무당을 향해 머리를 조아렸다.

윤 기자는 한참 동안 의심 가득한 눈으로 무당을 지켜봤다. 신들린 건지, 연기하는 건지 신뢰가 가지 않았다. 삼지창을 들고 이상한 주문을 외우는 모습은 신성하다기보다는 되레 무서웠다. 신기한 건 단 하나였다. 밖의 날씨는 34도를 웃돌았지만 서낭당 내부는 매우 시원했다. 에어컨을 틀지 않았는데도 10도 정도 낮았다. 서낭당이 여름에 시원하고 겨울에 따뜻한 이유를 정확하게 아는 사람은 없었다. 어떤 사람은 서낭당의 영검한 기운 때문이라고 했고, 어떤 사람은 귀신을 부리는 무당의 신기 때문이라고 했다.

"썩 꺼져."

무당은 눈썹을 치켜 올리며 윤 기자에게 고압적인 어투로 말했다. 윤 기자는 어이가 없었다. 아무리 무당이라고 해도 일면식도 없는 사람에게 할 얘기는 아니었다.

"여쭤볼 게 있어 왔어요."

윤 기자는 놀란 가슴을 애써 가라앉히며 말했다. 정작 아쉬운 사람은 자신이었다.

"아무것도 모르니 썩 꺼져."

무당은 윤 기자의 얼굴을 외면하며 딱 잡아뗐다.

기기묘묘한 분위기가 서낭당 주위에 내려앉았다. 전혀 다른 세계에 들어선 느낌이었다. 민호는 마음을 단단히 먹었다. 형의 행방을 밝히는 일은 쉬운 게 아니었다. 그는 어머니 유품을 떠올렸다. 무당은 70년 가까이 이 마을에 살았다. 어머니와 친분이 있던 사이라면 기억할지 몰랐다. 민호는 주머니에서 목걸이를 꺼내 무당 앞에 던졌다. 어머니가 집 나갈 때 목에 걸어줬던 황동 목걸이였다.

무당은 바닥에 떨어진 목걸이를 뚫어지게 쳐다봤다. 낯설지 않은 모양의 목걸이였다. 그녀는 펜던트를 돌려 뒷면을 확인했다.

'흠'

무당은 화들짝 놀라 까무러쳤다. 희의 목걸이였다. 목걸이는 세월이 흘러도 변색하지 않았다. 흔들리는 향초의 움직임에 맞춰 광채가 돌았다. 연결 부위에도 찌든 때가 전혀 끼지 않았다. 귀중히 손질하며 간수한 목걸이였다. 무당은 목걸이를 어루만지며 마음을 가라앉혔다. 확인할 게 하나 더 있었다.

'이 목걸이가 진짜 희의 것이라면 열려야 한다.'

무당은 펜던트를 엄지와 검지로 쥐고 옆으로 살짝 힘주어 밀었다. 펜던트가 위아래로 갈라지며 글씨가 나왔다.

'女盟'

무당의 커다란 눈동자가 민호에게 고정됐다.

'네가 맞구나, 곱디곱던 희의 아들.'

흠희는 민호 어머니 이름이었다. 女盟여맹은 조선민주여성동맹朝鮮民主女性同盟의 약칭이었다. 황동 목걸이는 여맹이 남북통합운동을 전개하면서 당원들끼리 나눈 증표였다.

무당은 희와 친분을 쌓은 뒤부터 자신도 모르게 사회주의 이념에 심취했다. 세계는 사회주의를 지향하는 쪽으로 움직일 것이며, 그 길이 꼭 마르크스 방식만은 아니라고 확신했다.

"민호구나."

무당이 더듬듯이 말했다. 민호는 무슨 말을 해야 할지 몰랐다. 목걸이가 위아래로 갈라지는 것도 처음 봤지만 목걸이를 보자마자 단박에 자기 이름을 부르는 무당이 신기했다.

"네 민홉니다. 옆은 민주일보 윤 기자고요."

무당은 민호의 손을 으깰 듯이 감싸 쥐며 흔들었다. 기운 센 악력과 온기가 느껴졌다. 그녀의 두 눈동자는 원망과 회한이 뒤섞여 있었다. 만나서 반갑지만 오지 말아야 할 곳에 왔다는 눈빛 같았다.

진실의 문을 열면 세상은 완전히 다른 곳이었다. 꽤 적나라하고 추악한 인간사의 이면이 드러났다. 옳고 그름은 중요치 않았다. 이해관계에 따라 진실은 달랐다. 무당은 마음을 굳게 먹었다. 민호에게 어머니에 대해 얘기해 주기로 결심했다. 누군가의 의도에 따라 거짓이 사실로 둔갑해도 진실은 언제나 제 자리에 있다는 것을 희의 아들이라면 깨달을 거라 확신했다.

"이거 말고 목걸이가 하나 더 있어. 한자로 緣연을 새긴 목걸이가. 사람들은 어머니를 희라고 불렀지만 원래 이름은 연희야. 목걸이 중 하나는 희가 가지고 있을 거야."

무당이 심각한 표정으로 말했다. 민호는 말없이 고개를 끄덕였다.

서낭당에 모인 사람들의 시선이 무당에게 쏠렸다. 무당은 민호의 손을 잡아끌고 서낭당에서 나와 선방으로 향했다.

선방은 문이 굳게 닫혀 있었다. 처마 밑의 풍경만 잘그랑대며 정적을 깼다. 무당은 자물쇠를 따고 한지를 곱게 바른 여닫이문을 열었다. 선방은 은은한 참나무 향냄새로 가득했다. 제단에는 불상과 소불, 천진난만한 동자승 인형 여러 개가 놓여 있었다.

무당은 민호와 윤 기자가 선방에 들어오자 문을 닫고 딱딱한 나무 바닥에 연꽃이 수 놓인 방석을 깔았다. 뜨거운 염진이 살짝 일어났다.

"희는 집 나간 게 아니야. 가족을 지키려고 아버지와 갈라선 거지. 같은 마을에 살던 철준에게 협박 당했어. 가족들을 매장시키겠다고 희에게 돈을 요구했지."

민호는 어머니 뒤를 쫓아다니며 윽박지르던 철준이 어렴풋이 생각났다. 형이 철준 때문에 주먹으로 문짝을 치며 분노하던 모습도 언뜻 떠올랐다. 민호는 철준을 삼촌이라고 부르며 따랐다. 건달처럼 휘파람을 휙 휙 불고, 조그만 손거울을 햇빛에 번득여 장난을 치고, 가랑이 사이를 쳐다보며 꼬추를 따버리겠다고 실없는 소리를 하는 철준이 싫지 않았다. 그러나 어머니를 공갈하는 철준을 본 뒤부터 마주치는 것조차 꺼렸다. 휘파람 소리만 들려도 소름이 쫙 끼쳤다. 그 소리가 그렇게 야비하게 들릴 수 없었다.

어머니는 철준을 경찰에 신고하지 않았다. 마을 사람들도 철준이 두려워 쑥덕거리기만 할 뿐 저지하지 않았다. 민식은 어머니를 괴롭히는 철준이 죽이고 싶을 정도로 미웠다. 혀를 뽑고 실컷 두들겨 마을 밖으로 내쫓고 싶었지만 꾹꾹 참았다. 민식은 이성적이었다. 흥분해서 일을 저질렀다가는 감옥에서 평생 썩어야 한다는 것을 알았다.

민호는 가슴속에서 울분이 끓어올라 주체할 수 없었다. 무당의 얘기를 들으면 들을수록 민식의 고통이 선명하게 느껴져 괴로웠다.

"철준은 군무원이었어. 형 철우는 극우 단체 자유갱생단에서 빨갱이 잡는 활동을 했지. 걔네들이 다 그런 이유가 있어. 아버지가 서북청년회에서 활동하다 경찰이 됐는데 빨치산 토벌 작전에 나갔다 죽어버렸거든."

무당은 잠시 숨을 돌린 뒤 말을 이었다.

"희는 빨치산의 딸이었어. 그걸 철준이 안 거야. 자유갱생단에서 비밀리에 수집한 조선노동당 명단에서 희의 젊은 아버지를 발견한 거지. 아니라고 부정해도 소용없었어. 이마 한가운데 손톱만한 점 세 개가 엄지손가락 간격으로 나란히 있었거든. 워낙 특이하기도 했고, 가족과 연이 엷어 일찍 사별하는 얼굴 점이라 한 번 본 사람은 잊지 못해. 지금이야 대낮 길거리에서 빨갱이 때려죽이는 일 없지만 그때는 안 그랬어. 빨갱이 잡아 죽여도 죄가 아니었거든. 참으로 공포스러운 시절이었지."

희의 아버지는 러시아에서 공부한 친소파 조선공산당 당원이자 토목기술자였다. 해방 후 평양순안공항을 설계할 정도로 능력을 인정받았다. 어머니는 반일부녀회 간부였다. 두 사람은 남북 조선민주여성동맹을 통합하려고 이남으로 내려와 남로당에서 활동했다.

당시 이남에는 이북에서 내려온 극우 청년들이 서북청년회를 결성해 활동했다. 이들은 이승만 편에 서서 좌익 세력 척결에 앞장섰고, 남로당 비밀당원 명단을 입수해 하나둘씩 처단에 나섰다. 희의 부모는 서북청년회의 위협을 피해 숨어 지내다 발이 묶였다. 한국전쟁이 발발하고 정전협정이 체결되면서 영영 월북 기회를 놓쳤다. 이후 신분을 숨기고 농사 지으며 살았다. 아들이든 딸이든 하나만 낳아 조용하게 키우길 소망했다. 정체가 탄로 나면 공안의 탄압은 불을 보듯 뻔했다. 간첩으로 몰려 반공이데올로기의 희생양이 될 수 있었다.

희는 민식과 민호에게 외조부모의 정체를 숨겼다. 두 아들이 용공분자로 몰리거나 연좌로 불이익을 받지 않을까 쉬쉬했다. 그러나 철준에게 발각돼 협박 당했다. 희는 두 아들을 지키기 위해 비극을 홀로 끌어안고 집을 나갔다. 아버지는 끝내 어머니의 고집을 꺾지 못했다.

"형의 행방불명에 대해 아는 게 있으세요?"

민호는 우울한 얼굴로 말했다.

"어머니 때문은 아니야. 어머니가 집 나간 이유를 몰랐거든. 어쩌면 철준을 죽이고 사라진 건지 몰라. 민식이 사라진 날 공교롭게도 철준이 죽었거든. 그 악마 같은 놈이."

민호의 얼굴은 말이 아니었다. 웃음기가 싹 사라졌다.

윤 기자는 민호에게 사탕을 건넸다. 숙소에서 나올 때 챙긴 레몬민트 사탕이었다. 이 사탕은 시원하고 당이 없어 긴장과 초조를 상쇄하는데 탁월했다.

선방 앞마당에 황량한 바람이 쌩쌩 몰아쳤다.

38

초인종 소리가 길게 울리며 달콤한 아침잠을 깨웠다. 영화는 짜증 섞인 콧소리를 내며 대문을 열었다. 등기 우편을 배달온 우체부였다. 겉봉투를 유심히 살폈다. 발신인과 내용물을 보니 민자의 유전자 검사 결과표 같았다. 그녀는 뒷마당에서 호박잎을 따고 있는 정훈에게 등기 우편을 건넸다.

민자의 DNA는 불일치했다. 유전자 감식에 참여한 사람들 모두 민호밭에서 발굴된 유해와 99.9% 불일치였다. 유해는 연고 없는 피란민일 확률이 높았다. 언제 죽었는지도 확실치 않았다. 북한군이 밀고 내려올 때 죽었는지, 연합군이 밀고 올라갈 때 죽었는지 하늘만 알았다.

정훈은 민자에게 괜히 미안했다. 유해를 찾을 수 있을 거라고 기대했던 민자만 헛물켜게 됐다. 그는 민자에게 유전자 불일치의 의미를 간략하게 설명할 필요를 느꼈다. 전쟁의 실상을 알려 주려는 게 아니라 전쟁 중 죽은 유해를 유가족 품에 인계하는 게 얼마나 어려운 일인지 알고 있어야 그만큼 실망도 적었다. 그러나 딱히 할 얘기가 떠오르지 않았다.

머릿속에 스치는 건 황해도라는 단어뿐이었다. 민자 가족들의 유해를 찾지 못하는 이유가 완전히 다를 수 있었다. 가족들이 이북에서 죽었을 가능성도 배제할 수 없었다. 정훈은 민자가 했던 말을 상기했다.

'민자 할머니는 가족들이 언제 어디서 누구에게 학살당했는지 속시원히 말 못하고 속병으로 고생하다 죽었다고 했다.'

연합군은 1950년 9월 인천상륙작전을 성공하고 북으로 진격했다. 북한군은 전세가 불리해지자 토지개혁에 반대했던 지주나 성직자들을 처형하고 북쪽으로 후퇴했다. 황해도는 그때부터 두 달간 남북의 어떠한 공권력도 들어서지 않은 치안 공백 상태가 됐고, 치안은 반공 봉기를 일으킨 우익 청년들이 맡았다. 이들은 곧바로 빨갱이 색출 작전에 나서 민간인 3만5천명을 죽였다.

정훈은 여러 생각이 얽혀여 머리가 복잡했다. 민자 가족사의 진실이 궁금해 별의별 상상을 다했다.

어지러운 사념의 고리를 끊은 건 귀에 익은 노래였다.

"노래 크게 틀어. 괜찮아."

영화는 정훈의 속내를 들여다본 것처럼 토마토를 네 등분으로 자르며 말했다.

"시체를 부둥켜안고 노래하는 것 같아. 따가운 시선에서 벗어나려는 버둥거림. 두 사람이 사랑하는데 주위에서 왜 난리 칠까. 대신 살아주는 것도 아닌데 왜 손가락질할까."

정훈은 볼륨을 키우며 말했다. 영화에게 들으라고 하는 말은 아니었다. 음악에 잔뜩 취해 중얼거리는 혼잣말이었다. 그는 자주 혼잣말을 했다. 머리로 판단하면 될 일도 누군가에게 묻고 답하는 것처럼 나지막하게 뇌까렸다. 혼잣말을 하면 머릿속이 훨씬 빨리 정리됐다.

"사람은 근본적으로 자신을 성찰하지 못하도록 태어났어. 자기와 생각이 다르다는 이유 하나만으로 경계하고 배척하고. 그런 속마음을 들키지 않으려고 아주 정교하게 타인을 괴롭히지."

영화가 태연하게 말했다.

"삶은 자신에 대한 끊임없는 애모야. 세상에서 버려지지 않으려는 몸부림이지. 삶은 덧없으니까 아름다운 거고, 동경은 비현실적이니까 고귀한 건데."

정훈은 검객의 칼날처럼 날카로운 어투로 말했다.

"인간은 뒤틀린 욕망과 참월한 쾌락을 채우기 위해 열중했어. 이기에 사로잡혀 공동의 이익을 깨뜨려 왔지. 음모, 증오, 배신이 난무하는 세상에서 어쩌면 그것이 더 거짓 없고 인간적인 건지 몰라. 인간이 원래 악한 본성을 갖고 태어났다면."

영화는 이른 아침 나누는 대화가 심각해지자 어색했다. 이제 그만하자는 듯 다 갈린 토마토 주스를 정훈의 손등을 쿡 찌르면서 건넸다. 정훈은 영화의 말을 곰곰이 되씹으며 주스를 단숨에 들이켰다. 그의 얼굴에 미소가 떠올랐다. 토마토주스 맛이 썩 괜찮았다. 과일에서 나오는 천연당분이 식욕을 은은하게 부추겼다.

정훈은 식탁에 놓인 사탕을 입에 넣었다. 달지 않아 건강하기만 한 토마토를 먹고 난 뒤에는 가끔 사탕으로 입안을 달랬다.

"토마토 먹고 사탕을 왜 먹어. 몸에 안 좋아."

영화가 핀잔을 줬다.

정훈은 빙그레 미소를 짓고 말았다. 지나치게 건강을 생각하는 게 더욱 건강을 해치는 일이었다.

39

탄성이 저절로 나왔다. 달포 전에 일부가 발아하더니 여름이 깊어지
자 그중 일부가 봉우리를 머금었다. 서너 개는 이미 활짝 개화해 은은한
향기를 내뿜었다. 지난해 채종해 올해 늦봄 물가에 심은 백합이었다.

하얗고 커다란 봉오리가 고고하고 청순해 보였다. 남자는 백합 앞에
쪼그리고 앉아 코를 갖다 댔다. 두툼한 꽃잎이 코끝에 살짝 닿았다. 온
몸이 부드러운 감촉에 놀라 부르르 떨렸다. 백합은 풋사과와 농염하게
익은 열대과일을 섞은 것 같은 냄새를 발산했다. 시간의 흐름조차 잊을
정도로 대뇌를 마비시키는 향이었다. 남자는 한동안 눈을 감고 꽃향기
를 탐닉했다.

사람은 어떤 식으로든 쾌락을 즐겼다. 쾌락에 몰두하는 것은 인간의
본성이었고, 나쁜 것이라 할 수 없었다. 문제는 절제를 모르는 쾌락이
었다. 그런 쾌락은 진정한 즐거움을 주지 못했고, 걷잡을 수 없는 타락
과 악의로 삶을 내몰았다. 남자는 개의치 않았다. 단 한 번만이라도 절
제하지 않는 쾌락을 경험하고 싶었다. 절정의 쾌락을 경험해보지 않은

절제가 그렇게 의미 있어 보이지 않았다. 무엇이든 괜찮았다. 밤낮으로 주색잡기에 탐닉하는 쾌락도 좋았다. 양서를 쌓아놓고 1년 365일 책읽기에 빠지거나 배탈이 날 정도로 산해진미를 만끽하는 쾌락도 괜찮았다. 자신이 없었다. 용기가 없었다. 조심스럽고 진중한 성품 때문이었다. 정원을 가꾸고 꽃향기를 탐닉하는 것도 인간이 누릴 수 있는 쾌락 중 하나였지만 그는 완벽하게 빠져들지 못했다.

남자는 거지보다 더 남루했다. 얼굴은 핏기가 없었고 뺨은 핼쑥했다. 목에는 살이 없어 앙상한 턱뼈가 그대로 드러났다. 오랫동안 헐벗고 굶주린 듯했다. 거의 발가벗은 몸에는 옷이라고 할 수 없는 누더기 장삼을 걸쳤다. 이목구비는 나무랄 데 없이 훤했다. 눈빛은 경건했고, 표정은 순일했다. 이마의 흉터만 없으면 꽤 깨끗하고 똘똘한 용모였다. 범상치 않아도 걸인으로 살 관상은 아니었다. 차라리 세속과 모든 연을 끊고 산속에 은거하는 수도승과 가까워 보였다.

그는 백합 주위에 자란 풀을 솎았다. 물속에서 어린이 주먹만 한 크기의 돌멩이를 주워 백합을 빙 둘러 단장했다. 돌멩이는 색이 검고 표면이 매끄러워 석수쟁이가 다듬은 조각 같았다. 제대로 된 울타리는 아니었지만 누가 봐도 소담스러운 꽃밭이 완성됐다. 남자는 빙긋빙긋 웃었다.

검은 그림자가 쥐를 노리는 고양이처럼 남자에게 조심스럽게 다가갔다. 남자는 자그마한 감격과 흥분이 일시에 몰려들어 인기척을 느끼지 못했다. 검은 그림자는 숱이 적은 머리 부분이 유난히 부각돼 누군지 금방 알 수 있었다. 철우였다. 철우는 나무 뒤로 몸을 숨기고 남자를 관찰하며 숨을 골랐다. 한여름인데도 검은 양복을 입어 무척 갑갑하고 더워 보였다.

'30년 만에 찾았어.'

철우는 감격한 표정으로 권총집에서 총을 꺼내 남자를 겨누었다. 남자는 이상한 낌새를 느끼고 본능적으로 몸을 숙였다.

탕탕. 총구에서 오후의 여름 햇살이 튀었다. 남자의 머리가 뒤로 젖혀지며 낡은 밀짚벙거지가 땅바닥에 떨어져 나뒹굴었다. 그때 산 위에서 열기 머금은 바람이 쌩 불었다. 바람에 정면으로 맞은 벙거지는 데굴데굴 구르다 물 흐르는 계곡에 빠졌다.

남자는 흉골 아래에 두 발의 총알을 맞고 풀썩 앞으로 고꾸라졌다. 신음소리를 낼 수 없을 만큼 어마어마한 통증이 등골을 타고 올라왔다. 끔찍한 전율이 전신에 퍼져 숨을 쉴 수 없었다. 그는 손아귀에 힘을 주고 배를 움켜쥐었다. 몸을 일으키려고 고개를 들었다. 남자의 눈앞에 철우가 우두커니 서 있었다. 철우는 남자의 머리에 권총을 겨누었다. 단번에 숨통을 끊을 기세로 남자를 노려봤다.

남자는 악을 쓰며 다리에 힘을 줬다. 도망가려고 몸부림쳤다. 그러나 허리 아래가 움직이지 않았다. 신경 마비였다. 철우는 회심의 미소를 지으며 권총을 거뒀다. 척추가 손상돼 하반신은 마비됐고, 눈빛은 이미 빈사지경에 이르렀다. 총을 쏘지 않아도 곧 숨이 멎을 상황이었다.

"김민식 기자. 동생의 복수는 끝났다. 잘 가시오."

철우는 이 말을 남기고 사라졌다.

민식의 눈에서 눈물이 흘렀다. 홀로 악연의 씨앗을 거둬들이려 했던 노력이 수포로 돌아가고 말았다. 그는 마음이 바빴다.

'어떻게든 교활한 자의 정체를 알려야 한다.'

민식은 대인 저지력을 떠올렸다. 기자로 일할 때 북한 병사가 귀순 도중 총에 맞고도 극적으로 살아난 사건을 취재한 적 있었다. 병사는 총에 맞아 내장만 일곱 군데 이상 파열됐지만 20분 뒤 국군에 발견돼 목숨을 건졌다. 총알이 모두 몸을 관통해 가능한 일이었다.

'멀리서 쏜 총알이 몸에 박히면 내부에 충격을 더 많이 전달한다. 총에 맞은 사람은 대부분 내장 파열로 1분 이내에 숨을 거둔다. 가까이에서 쏜 총알은 몸에 박히지 않고 관통한다. 관통상은 장기가 분변에 오염되면서 패혈증을 일으키지만 최소한 20분 정도 살 수 있다.'

목격자는 아무도 없었다. 살인자의 정체를 알릴 사람은 민식 혼자뿐이었다.

　민식은 필사적으로 손가락을 움직여 땅바닥에 도형 세 개를 그렸다.
사탕 그림이었다.

　▷○◁

40

마음이 심란했다. DNA 검사 결과 불일치 판정을 받았다. 민자는 가족의 유해를 언제쯤이나 제대로 봉안할 수 있을까 싶어 가슴 한구석이 아르르 저몄다. 하늘도 마음이 통했는지 갑자기 거무칙칙하게 변했다.

발걸음이 민자를 이끌었다. 머리가 지시하지 않았는데도 이상하게 몸이 먼저 반응했다. 계곡 쪽이었다. 계곡은 그녀의 아지트였다. 안식을 선사하고 마음을 비우게 하는 곳이었다. 세상일에 부대낄 때마다 민자는 계곡으로 향했다. 정신이 산란할 때도, 손가락 하나 움직일 기운이 없을 때도 계곡으로 가자고 장딴지에 힘이 들어갔다.

여름빛 완연한 숲에 들어섰다. 생풀 냄새가 가득했다. 잎이 우거질 대로 우거져 햇볕이 거의 들지 않았다.

비탈길을 따라 걸었다. 족히 100년은 됨직한 소나무와 바늘잎나무 숲이 나타났다. 비리비리한 향기가 진동했다. 송이버섯이 자랄 만한 음습한 곳이었다. 민자는 땅을 뒤덮은 솔잎을 들췄다. 습기 머금은 흙을 뚫고 버섯이 머리를 내밀었다. 몸 전체가 핏빛인 이름 모를 버섯과 이보

텐산을 함유한 마귀광대버섯이 무더기로 자랐다. 마귀광대버섯은 착각이나 환각, 평형감각 상실, 근육 경련 등을 일으키는 독버섯이었다. 민자는 발로 버섯을 마구 뭉개며 한숨을 토해냈다. 좋지 않은 일이 생길 것 같아 불길했다.

바위가 듬성듬성한 골짜기를 따라 내려갔다. 괴암이 솟은 절벽 아래에서 계곡물 흐르는 소리가 들렸다. 나뭇가지를 쓸고 지나가는 가벼운 바람도 느껴졌다. 민자는 계곡 옆에서 자라는 산뽕나무 그늘에 자리를 잡고 앉아 흐르는 땀을 식혔다. 물속에서 시커멓게 흔들리는 검불이 눈에 띄었다. 손으로 물을 휘저어 검불을 들어 올렸다. 낡은 밀짚벙거지였다. 그녀는 벙거지를 둘둘 뭉쳐 뒤쪽으로 휙 던졌다. 벙거지가 떨어진 곳에서 파리떼가 붕붕 날아올랐다. 악취도 심했다.

남자 시체가 보였다. 이목구비가 낯설지 않은 허연 얼굴이었다. 눈, 코, 입, 귀 할 것 없이 구멍 난 곳은 구더기 천지였고, 피부는 한여름 뙤약볕에 노출돼 메말라 있었다. 복부에는 구멍 뚫린 상처가 선명했다. 땅바닥은 복부에서 흘러나온 피가 단단하게 뭉쳐 굳었다. 즉사한 시체는 아니었다. 남자가 구물구물 발버둥 친 흔적이 땅바닥에 가득했다.

관자놀이에서 식은땀이 주르륵 흘렀다. 민자는 그 자리에 털썩 주저앉아 온몸을 오들오들 떨었다. 숨이 차고 다리가 후들대 움직일 수 없었다. 신고하려고 주머니에서 휴대전화를 꺼내다 몇 번을 놓쳤다.

마비된 지성과 신체 능력이 제자리로 돌아온 건 사복 경찰과 제복을 입은 수색대가 현장에 도착했을 무렵이었다. 30분 정도 산바람을 쐬자 비로소 정신이 들었다.

민호가 겁에 질린 민자의 목소리를 듣고 현장에 도착했을 때는 경찰이 이미 폴리스라인을 치고 현장을 감식하는 중이었다. 윤 기자도 뒤늦게 소식을 듣고 현장을 찾았다. 민호는 죽은 사람이 김민식 기자라는 생각을 하지 못했다. 담당 형사도 묵묵부답이고었고, 폴리스라인 안쪽 진입도 어려워 남자의 얼굴을 확인하기 어려웠다.

민자는 간단한 조사를 마치고 민호와 함께 집으로 돌아갔다. 민자는 집으로 가는 내내 환청에 시달렸다. 절규하는 남자의 목소리가 귓가에서 메아리치는 듯했다. 그녀는 머리를 연신 갸우뚱했다. 이상하리만큼 유난스러운 신경과민이었다. 남자의 죽음에 왜 이렇게 예민하게 반응하는지 의문이었다.

남자의 신원은 다음 날 밝혀졌다. 이름은 김민식, 민호의 형이자 민자의 사촌 오빠였다. 그는 행방불명된 지 30년 만에 주검으로 집에 돌아왔다.

수사는 진전이 없었다. 결정적인 단서가 발견되지 않아 누가, 왜 민식을 죽였는지 미궁에 빠졌다. 형사들은 야인이나 다름없던 그를 죽일 이유를 찾지 못했다. 혹시나 하는 마음에 민호 집을 샅샅이 뒤졌지만 사건의 단서를 찾을 수 없었다.

민호는 영장도 없이 쳐들어와 집안을 수색하는 형사들이 어이없어 피식 비웃음을 흘렸다.

윤 기자는 형사가 건넨 사건기록을 열람했다. 국과수 부검 결과 사망 시각은 삼일 전이었다. 사인은 흉부 총상이었다. 콜트 M1911 권총 총탄이 사건 현장에서 발견됐다. 1899년 미국이 필리핀 독립군과 전쟁할 때 처음 사용한 자동권총이었다. 이 총은 제1차 세계대전을 비롯해 한국전쟁, 베트남전쟁 등에서 사용됐다.

윤 기자는 머릿속이 혼란스러웠다. 범행동기를 유추하기 어려웠다. 만약 누군가가 민식을 죽일 작정이었다면 진즉 죽여야 했다. 30년은 너무도 긴 은둔이었다. 범인이 총기를 사용한 점도 의아했다. 한국은 총기 소지가 금지돼 구하기 어려웠고, 범행에 사용된 콜트 M1911은 시중에서 암암리에 유통되는 속사 권총도 아니었다. 이미 사라진 기종이었다. 한국전쟁 때 사용했던 총기를 고히 보관한 것이 아니고서는 설명이 불가능했다.

민식의 죽음과 관련된 모든 조사가 끝났다. 민호와 민자는 시신을 수

습해 장례를 준비했다. 필요한 건 모두 장례식장에 구비됐지만 영정사진은 구하기 어려웠다. 민자는 사진 대신 그림으로 하자고 민호에게 권했다. 마침 시신을 발견했을 때 찍어 뒀던 현상 사진이 휴대전화에 몇 장 남아 있었다. 돈 벌기 위해 영정을 그리는 화가들은 선수였다. 말로 이목구비 윤곽을 설명해도 실물과 비슷한 인물을 그려냈다.

민자는 민호에게 현장 사진을 전송했다. 민호는 사진을 보고 머릿속이 증발한 것처럼 새하앴다. 사체 옆에 사탕 그림이 선명했다. 다른 사람은 몰라도 민호만큼은 확실하게 알았다. 사탕 그림은 어렸을 때 가족끼리 쓰던 암호였다.

▷○◁

사탕 그림은 픽토그램처럼 단순했다. 동그라미 양옆에 세모 두 개를 모서리가 닿도록 그린 그림이었다.

형사들은 현장을 감식할 때 사탕 그림을 발견했지만 피해자가 남긴 다잉 메시지라고 생각하지 않았다.

41

장례는 간소하게 치렀다. 습속에 따라 장례를 진행하기 어려웠다. 불행하고 끔찍한 삶을 살았고, 갑작스럽게 비참한 죽음을 맞았다. 살해로 밝혀졌지만 범인은 찾지 못한 상태였다. 더군다나 부모가 아니라 형제의 상이었다. 형식보다 마음이 우선이었다.

민호는 염과 입관을 끝내고 빈소를 마련했다. 제사상은 간단하게 준비했다. 꽃과 향불 말고는 아무것도 올리지 않았다. 음식은 준비하지 않았다. 제사상에 영정마저 없었으면 망자에게 소홀했다는 소릴 들을 만했다.

새어머니는 장례식장에 나타나지 않았다. 산에 오르다 넘어져 허리를 삐끗했다. 그녀는 치매에 걸린 뒤 가끔 민호조차 알아보지 못했다. 살아온 세월도 모두 잊었고, 말도 제대로 하지 못했다. 잊지 않은 건 한국전쟁의 기억이었다. 전쟁이 부른 기아와 살육의 공포가 눈앞에 생생했다. 새어머니는 치매를 앓은 뒤 한국전쟁이 발발했던 1950년으로 돌아갔다. 목숨을 부지하기 위해 하루하루 초긴장이었던 마음으로 현실을 살았다. 그녀가 음식을 싸들고 산에 오르거나 동굴에 들어가는 것도 전투기 폭격을 피해 도망쳤던 경험 때문이었다.

민식의 유해를 화장하는 날이었다. 민호는 새어머니 머리맡에 묽게 쑨 흰죽을 올렸다. 입맛을 돋울 된장과 풋고추, 풋마늘로 담근 장아찌도 준비했다. 삶은 감자, 방울토마토, 사탕도 소반에 올려 놓고 집을 나섰다. 화장한 골분을 뿌리고 돌아오려면 시간이 좀 걸렸다. 늦은 오후까지 새어머니 혼자 시간을 보내야 했다.

새어머니는 며칠째 움쩍달싹 못하고 가만히 방에 누워 있었다. 매사가 귀찮다는 듯 두 눈은 힘이 풀렸고, 목을 제대로 가눌 수 없을 정도로 기력은 딸렸다. 귓가에 스르륵 거실 문이 열리는 소리가 들렸다. 그녀는 살짝 열린 방문 틈으로 눈길을 돌렸다. 민호 방으로 들어가는 남자가 보였다. 철우였다.

"왔냐?"

새어머니는 마른기침을 콜록이며 말했다. 철우를 민호로 착각했다. 철우는 굼벵이처럼 몸을 굼지럭거리며 일으키는 그녀를 응시했다. 머리가 하얗게 세고, 얼굴은 말라 수척한 노인이었다. 위협이 되진 않았다. 어르고 협박하면 민식이 숨어 지내던 곳을 순순히 불 것 같았다. 그곳에 가야 캐서린이 부탁한 문서를 찾을 수 있었다.

"어디야? 민식이 숨어 있던 곳."

철우는 새어머니의 목을 움켜쥐며 위협했다.

"흐미 불쌍한 것."

새어머니는 상황파악을 하지 못하고 눈물을 흘리며 말했다. 치매를 앓은 뒤부터 낯선 사람을 보면 늘 하던 말버릇이었다. 철우는 전후 사정을 몰랐다. 그녀가 치매인지 눈치 채지 못하고 새어머니를 계속 닦달하며 호령했다.

"어디냐구?"

새어머니는 손가락으로 서낭당을 가리켰다.

철우는 회심의 미소를 지었다. 어떤 감정도 느낄 수 없이 건조한 얼굴로 부엌에 들어갔다. 그는 민호의 지문이 묻은 라이터와 담배꽁초, 손에 쥔 흔적이 남은 종이컵과 사탕을 비닐봉지에 담아 챙겼다. 고기를 저밀 때 사용하는 큰 식칼도 신문지에 둘둘 말아 양복 안주머니에 넣었다. 지문을 채취하는 키트로 티브이 리모컨에서 지문도 떴다.

42

하늘은 창창했고 바람은 시원했다. 네다섯 명 정도 탈 수 있는 작은 영구차가 화장터로 들어갔다. 영구차에는 민호와 민자, 민자의 두 아들이 탔다. 화장터 입구에는 부모형제를 잃어 눈이 퉁퉁 부은 사람들이 웅성웅성 모여 있었다.

관이 조심스럽게 화구 속으로 들어갔다. 가스불이 타올랐다. 민호와 민자는 아무 말이 없었다. 모든 것을 달관하고 체념한 표정이었다. 민식은 이미 죽은 육체였다. 보고 싶고, 정을 나누고 싶어도 되돌릴 수 없었다.

한 시간 남짓 묵언의 기다림이 끝났다. 화장터 직원이 유해함을 건넸다. 민호와 민자는 민식의 유해함을 들고 사건 현장으로 향했다.

사건 현장은 쓸쓸하기 그지없이 고요했다. 그 많던 사람도, 폴리스라인도 보이지 않았다. 생명력 넘치는 건 오직 하나였다. 백합이 만발해 일대가 화원이 됐다.

민호는 유해함을 품에 안고 수없이 혼잣말을 되뇌었다.

'형 잘못이 아니야.'

불그레한 햇살이 계곡에 깔렸다. 서로 마주치며 흐르는 물소리가 경쾌했다. 민호는 계곡에 뼛가루를 훌훌 뿌렸다. 민식의 혼령이 이승과 저승의 경계를 무사히 넘어 안식하기를 기원했다. 그는 민식이 생전 즐겨 먹었던 사탕도 계곡물에 던졌다. 사탕은 계곡을 타고 내려가다 물에 가라앉았다.

'뼛가루는 계곡을 타고 강을 휘돌아 바다로 흘러가겠지. 삶의 종착점이 하나이듯이.'

민자는 담담하게 뼛가루를 뿌리는 민호를 지켜보다 머리를 조아렸다. 묵념하는 마음으로 숙연히 눈을 감으며 흐느꼈다.

철버덩철버덩. 물수제비 뜨는 것 같은 소리가 들렸다. 배 부분이 붉게 변한 연어가 몸을 흔드는 소리였다. 연어는 허공으로 힘차게 차오르며 계곡물을 거슬렀다.

민자는 어안이 벙벙했다. 아직 연어가 오를 만한 시기가 아니었다. 한 달은 지나야 본격적인 연어 산란철이었다. 그녀는 기후변화가 생태계 질서마저 파괴한 것 같아 마음이 무거웠다.

민호는 명치끝이 아팠다. 신물이 울컥 넘어왔다. 갈등과 다툼으로 박터지는 인간사가 구역질이 났다. 연어는 산란을 위해 재귀했다. 필사의 역류를 펼치며 모천으로 모여들었다. 한갓 미물도 고향을 잊지 않고 찾는데 최고등 동물이라고 불리는 인간은 어려웠다. 민호는 의미심장한 눈빛으로 자리를 털고 일어났다.

"어딜 가려고?"

민자는 민호를 쳐다보며 말했다.

"서낭당에."

"왜?"

"사탕 그림은 서낭당으로 가라는 신호야. 아버지는 집안에 무슨 일이 생기면 마당이나 문밖, 아무튼 눈에 잘 띄는 곳에 사탕 그림을 그려라, 사탕 그림을 보면 서낭당으로 가서 몸을 숨기라고 가르쳤어. 형은 죽으면서 사탕 그림으로 나한테 신호를 보낸 거야. 서낭당으로 가라고."

민호는 민자에게 사탕 그림 얘기를 꺼냈다. 민자는 그 그림을 어렴풋이 기억했지만 그것이 다잉메시지인지, 그 그림 속에 어떤 함의가 있는지 몰랐다.

43

시원한 바람이 살살 불었다. 코끝에 텁텁한 냄새가 느껴졌다. 팔을 들어 겨드랑이에 얼굴을 갖다 댔다. 새크무레한 땀내가 코를 찔렀다.

'조금만 참자. 민식이 거처했던 곳만 알아 내면 된다.'

철우는 서둘러 서낭당으로 향했다. 마음이 급해 발걸음은 무거웠다.

정훈은 최종보고서 작성을 마치고 테라스에 앉았다. 어지럼증이 가시고 몸에 활기가 돌았다. 인터뷰를 글로 정리하는 일이 쉽지 않아 지끈지끈 두통이 심해지고 있었다. 그는 휴식 없는 노동이 얼마나 일의 능률을 떨어뜨리는지 알았다. 그러나 일을 마칠 때까지 리듬을 깨고 싶지 않아 이틀 밤을 새다시피 했다.

'현대인은 건강할 수 없는 걸까.'

노동과 휴식이 적절하게 뒤섞어야 건강이 유지됐다. 그러나 노동과 휴식의 균형을 맞추려면 우선 먹고 사는 문제가 해결돼야 했다.

정훈은 머리가 복잡했다. 음악이 필요했다. 그는 휴대전화에서 유튜브 앱을 열었다. 평소 자주 듣던 노래가 상위에 진열됐다. 가장 위에 걸린 노래를 손가락으로 눌렀다. 질퍽한 색소폰 음색이 귓가를 자극했다.

울타리 너머로 눈에 익은 행색의 중년 사내가 눈에 띄었다. 며칠 전 늦은 밤에 오줌을 누다 마주쳤던 철우였다.

민호 집에서 서낭당으로 가려면 영화 집을 거쳐야 했다. 영화 집은 마을을 관통하는 요지였다. 앞으론 강이 흐르고 뒤론 산이 솟은 배산임수 남향집이었다.

'이 남자가 나타난 뒤 마을에 살인사건이 났다.'

정훈은 의구심이 들어 조심조심 철우의 뒤를 밟았다. 수상한 점이 한두 가지가 아니었다. 늦은 밤까지 마을을 돌아다니는 이유가 무엇인지, 양복 안주머니에 숨기고 다니는 게 무엇인지 도통 알 수 없었다. 가장 의심스러운 것은 철우가 김민식 살인사건의 유력한 용의자로 지목되지 않은 점이었다.

기괴한 살풍경이 마을을 발칵 뒤집었다. 듣도 보도 못한 권총살인이었다. 주민들은 마을을 돌아다니던 낯선 사내를 신고했다. 여기저기에서 사내를 봤다는 제보가 잇따랐다. 그러나 경찰은 사내를 유력한 용의자로 지목하지 않았다. 신분이 확실했다. 그는 30년 전 강물에 빠져 익사했던 철준의 형, 철우였다. 그는 마을에 아버지에게 물려 받은 땅과 집이 있었고, 어렸을 때부터 친하게 지내던 친구들이 살았다. 게다가 철우는 경찰서장의 초등학교 선배였다. 도시와 달리 시골은 선후배 사이에 유난히 서열이 확실했고, 예절이 엄격했다.

위패 앞에 놓인 향로에서 향 연기가 춤을 추듯 피어올랐다. 무당의 정성에 감복한 영령이 제삿밥을 먹고 가려고 내려온 듯 드스한 공기로 꽉 찼다. 무당이 친구 희와 그녀의 아들 민식을 위해 정성스럽게 마련한 제사상이었다. 그녀는 촛불과 꽃신, 과일과 사탕, 종이와 헝겊으로 장식한 제단 앞에 멍석을 깔고 앉아 손을 비볐다.

철우는 양복 안주머니에서 식칼을 꺼냈다. 날카로운 날을 손으로 만지작거리며 음흉한 미소를 지었다. 그는 흙발로 서낭당에 들어가 무당의 쪽머리를 손으로 움켜쥐고 고개를 뒤로 꺾었다.

무당의 목에 날카롭고 차가운 금속이 닿았다. 살짝만 힘을 줘도 살이 베일 만큼 예리한 칼날이었다.

"민식이 살았던 곳이 어디지?"

철우가 무당의 목에 칼을 대고 말했다. 무당은 칼을 쥔 철우의 손목을 양손으로 움켜 잡았다.

"넌 누구냐? 그런 거 모른다."

무당의 얼굴은 겁에 질렸다. 미간은 잔뜩 접혔고 눈꺼풀은 파르르 떨렸다. 무당은 공포심을 숨기려고 의연한 척 눈을 크게 뜨고 입술을 깨물었다. 양손에는 힘을 주고 혹시라도 모를 공격에 대비했다.

철우는 무당의 반응이 같잖았다. 왼손으로 무당의 어깨를 세차게 내려쳤다. 순식간에 몸의 힘이 쭉 빠졌다. 무당은 옆구리가 접히며 뒤로 나자빠졌다.

"어서 얘기해."

철우는 무당의 멱살을 잡고 일으키며 말했다.

무당은 눈만 껌뻑였다. 아무 말도 하지 않는 게 차라리 나았다.

철우는 잠시 생각에 잠겼다. 문서의 존재 여부는 중요하지 않았다. 민식의 거처가 밝혀지지 않으면 문서도 세상에 나올 일 없었다. 그때였다. 무당은 오른손으로 손목을 비틀고, 왼손으로 칼을 뺏어 철우의 허벅지를 찔렀다. 철우는 비명을 지르며 한 발 뒤로 물러섰다. 순식간에 벌어진 일이라 속수무책으로 당할 수밖에 없었다. 무당의 손바닥에 피가 흥건했다. 칼을 뺏을 때 베인 상처에서 피가 뚝뚝 떨어졌다.

서낭당에서 비명소리가 들렸다. 정훈은 서낭당으로 급히 달려갔다. 무당은 독기를 품은 눈으로 남자를 쳐다보고 있었고, 남자는 권총으로 무당의 가슴을 겨누고 있었다. 정훈은 생명의 위협을 느꼈다. 이러지도 저러지도 못하고 두 사람을 지켜보기만 했다.

탕탕.

철우가 방아쇠를 당겼다. 총알이 무당의 심장을 관통했다. 구멍 난 상처에서 분수처럼 피가 콸콸 솟구쳤다. 정훈은 총소리에 놀라 몸을 숨기고, 호주머니에서 휴대전화를 꺼내 영상을 찍었다.

철우는 무당을 발로 툭툭 차며 멍석말이했다. 멍석 안에는 민호 집에서 가져온 라이터와 담배꽁초를 넣었다. 종이컵과 사탕은 바닥에 아무렇게나 던졌다. 민호에게 살인죄를 뒤집어 씌워 경찰 수사에 혼란을 주려는 계책이었다.

띠딩. 정훈의 휴대전화에 문자메시지가 왔다. 영화였다. 다행히 철우는 휴대전화 알림 소리를 듣지 못했다. 민호의 지문과 족적을 서낭당 곳곳에 남기는 작업에만 열중했다.

띠리리리. 곧이어 벨소리가 허공을 갈랐다. 답장이 없자 걸려 온 전화였다.

'들켰구나.'

정훈은 직감했다. 시간이 없었다. 영화에게 조금 전에 찍은 영상을 보내고 영상을 삭제한 뒤 몸을 일으켜 뒤돌아 섰다. 철우가 이마에 총부리를 겨누고 있었다. 정훈은 움찔움찔 뒷걸음치다 돌부리에 걸려 뒤로 나자빠졌다. 바닥에 머리를 부딪쳤다. 두 눈에 불똥이 튀었다.

철우는 정훈을 성큼성큼 따라와 눈동자를 희번덕거렸다. 정훈의 휴대전화를 뺏어 들고 여러 군데를 눌러보다 산 아래로 힘껏 던졌다.

정훈은 겨우 정신을 차리고 두 손을 번쩍 쳐들었다. 철우는 총구로 정훈의 등을 콕콕 찌르며 서낭당 안으로 몰아 앉혔다. 서까래 위 산자에 내걸린 오색천으로 정훈의 눈을 가렸다. 발목과 손목도 칭칭 감았다.

"이걸 어쩌나. 보지 말아야 할 것을 봐 버렸네. 너도 곧 죽게 될 거야. 내가 아니고 민호가 죽인 걸로."

철우가 비아냥거렸다.

"김민식 기자도 니가 죽인 거냐?"

정훈은 무턱대고 물었다. 김민식 살인 사건의 유력한 용의자로 철우를 의심하고 있었다.

"그. 래."

철우는 멸시에 찬 말투도 한 자 한 자 끊어서 말했다.

"하지만, 왜?"

"어차피 죽을 거니까 좀 알려 줄까."

철우는 비열한 목소리로 말했다.

"민식을 죽인 이유는 두 가지야. 하나는 내 동생 철준에 대한 복수고, 또 하나는 민족의 운명을 위해서지. 그 놈이 아주 중요한 사실을 알고 있었거든."

"민식이 당신 동생을 죽인 증거가 있어?"

정훈은 말을 더듬었다.

"산속에서 30년 동안 야인처럼 살았어. 세상이 변한지도 모르고 구시대에 갇혀 살았지. 왜? 내 동생을 죽이지 않았다면 과연 그랬을까?"

"세상이 변했어. 이제 와서 왜 죽이려는 거지."

"우린 서북청년회 후손들이야. 지금까지 존속해서 비밀결사 하고 있지. 빨갱이는 모두 죽여야 해. 민식처럼 위험한 놈들은 더더욱."

"비밀결사?"

"쉬운 말로 사람 죽이는 거. 쥐도 새도 모르게 의문사 시키는 거지. 서북청년회 비밀회원들이 각계각층에 포진해 있어. 조직에서 결정하면 바로 시행해. 절대 발각될 일 없고, 발각될 것 같으면 증거를 조작하거나 힘으로 뭉개고."

"거짓말."

정훈은 강하게 부정했다.

철우는 정훈의 거침없는 말대답을 신경 쓰지 않았다.

"민식 일가는 대대로 평안남도 남포와 황해도 신천에 살았어. 한국전쟁 때 우익 청년들에게 모조리 죽임을 당하고 말았지. 동란 전 월남한 가족들도 미군의 학살로 대부분 죽었고. 민식은 기자가 된 뒤 그 사실을 세상에 알리려고 했어. 분노 때문은 아니야. 가슴 아픈 일이지만 고개를 끄덕일 수 있었지. 이미 40년이나 지난 일이고, 한국전쟁 때는 좌우가 서로를 죽이는 살육전이 한반도 곳곳에서 벌어졌으니까. 민식은 더는 그런 일이 벌어지지 않길 바랐을 거야. 당시 민식이 쓴 기사를 보면 이런 대목이 나오거든. 숭고하고 존엄한 이념이라 할지라도 그 대가로 인간의 생명을 요구할 수 없다."

철우는 잠시 설명을 멈추고 숨을 골랐다. 그의 얼굴은 무덤덤했다. 의식을 거행하기 전 해야 할 일을 의무적으로 하는 것처럼 무성의했다. 한편으로는 썩 내키지 않아 하는 표정 같기도 했다.

"민식을 죽음으로 이끈 것은 다른 이유야. 민식이 1급 보안 정보를 알게 됐거든. 보안사에서 민식을 잡아다 좀 다그쳤어. 가족들도 적당히 겁줘서 조용히 살도록 하고. 근데 갑자기 민식이 사라진 거야. 내 동생을 죽이고 말이지. 당시 미국 CIA가 민식을 찾으려고 혈안이 됐어. 민식이 가지고 있는 문서 때문에."

'나도 곧 죽게 되겠군.'

듣지 말아야 할 진실이었다. 진실을 알게 된 자의 운명은 정해졌다. 죽음이었다. 그러나 두려움 대신 고개를 내민 건 깊은 슬픔이었다. 정훈은 민식의 가족들이 겪은 고초가 어느 정도였을지 짐작조차 하지 못해 깊은 비애감에 사로잡혔다.

"이제 죽을 때가 됐지."

철우는 총구를 정훈의 이마에 바싹 갖다 대고 방아쇠에 걸은 손가락에 천천히 힘을 줬다. 정훈은 차가운 총구가 이마에 닿자 섬뜩한 기분이 들면서 주뼛 머리카락이 섰다.

퍽. 기다랗고 단단한 몽둥이가 철우의 뒤통수로 날아왔다. 민호가 휘두른 몽둥이였다. 철우는 고개가 뒤로 휙 돌아가면서 털퍼덕 소리를 내며 바닥에 쓰러졌다.

민호는 정훈을 결박한 오색천을 풀었다. 조금만 늦었어도 죽음을 면치 못했다. 정훈은 그 자리에 주저 앉아 망연스레 하늘을 쳐다봤다.

경찰들이 서낭당에 들이닥쳤다. 정신이 들어오기 시작한 철우를 일으켜 세우고 손목에 수갑을 채웠다. 경찰을 뒤따라 온 영화는 안도의 숨을 내쉬며 정훈을 껴안았다.

"박 경감님. 꼭 배후를 밝혀 주세요. 혼자 저지른 일이 아닙니다. 뒤에 어마어마한 조직이 있습니다."

정훈은 수사를 지휘하는 경찰 지구대장에게 다가가 말했다. 지구대장은 무슨 말인지 몰라 어리둥절한 표정을 지었다.

"서북청년회가 활동하고 있다고요."

44

민호는 보름 가량 문을 걸어 잠그고 두문불출했다. 대낮에 권총으로 천연덕스럽게 형과 무당을 쏴 죽인 철우의 실체는 충격이었다. 형이 사탕 그림으로 알렸던 서낭당에도 가지 못했다. 서낭당은 살인사건 현장이 정리되지 않아 출입이 금지됐다.

폴리스라인이 걷히고 민간인 출입이 풀렸다. 민호는 한밤중 손전등을 들고 서낭당으로 향했다. 서낭당 주변은 별스럽게 한적했다. 굿을 하는 무당이 환영처럼 눈앞에 어른거릴 뿐이었다.

서낭당 안에는 아무것도 없었다. 검붉은 핏자국만 바닥에 남아 있었다. 민호는 발로 마룻바닥을 퉁퉁 굴렀다. 손으로 벽을 두드렸다. 어딘가에 비밀 통로가 있을 듯했다. 마룻바닥은 꿈쩍하지 않았다. 벽에서도 이상한 흔적을 발견하지 못했다. 벽은 나무로 지은 집을 오래전에 시멘트로 처덕처덕 보수해 매우 견고했다.

마지막으로 확인할 곳은 제단 뒷벽밖에 없었다. 민호는 향로와 위패가 놓인 제단을 앞으로 쭉 당겼다. 제단 뒷벽은 신문지로 말끔히 도배돼 있었다. 신문지는 살짝 얼룩져 들떠 있었다. 날짜를 보니 석 달 전 발행된 신문이었다.

신문지를 뜯어내자 작은 중창이 나타났다. 민호는 중창을 밀고 들어 갔다. 안쪽에서 시원한 바람이 쌩 불어왔다. 서낭당이 여름에도 유독 시원한 이유였다. 그는 손전등을 비췄다. 어딘가로 이어진 통로가 보였다. 자연적으로 생긴 건 아니었다. 연장으로 커다란 바위를 뚫은 흔적이 외벽 곳곳에 가득했다. 민호는 미지의 공간을 탐험하는 것처럼 캄캄한 통로를 따라 걸었다.

100m 정도 들어갔다. 50명 정도가 충분히 앉을 수 있는 천연 동굴이 나타났다. 민호는 손전등을 비춰 동굴 안을 찬찬히 살폈다. 동굴에는 사람이 살았던 흔적이 가득했다. 바닥에는 거적이 깔렸고, 벽에는 누더기나 다름없이 해진 옷이 걸렸다. 석불과 촛불, 양은냄비와 볼펜 같은 생필품도 즐비했다. 모두 오래된 것이라 제 모양은 아니었다. 금이 가거나, 깨지거나, 곰팡이가 끼거나, 너덜너덜했다. 거기에는 새어머니가 집에서 즐겨 먹던 사탕도 있었다.

'여기서 살았구나. 형이.'

반대쪽에는 기어야 나갈 수 있는 좁은 통로가 있었다. 돌로 가리면 누구도 모를 통로였다. 민호는 손전등을 입에 물고 살살 기어 통로를 빠져

나왔다. 비닐과 덤불로 출입구를 막아놓은 동굴 입구가 눈에 띄었다. 마을 뒷산 쪽으로 나가는 문이었다.

완벽한 벙커였다. 지하에 갇혀 있는 생각이 들지 않는 천혜의 요새였다. 내폭이 가능한 바위와 만약의 사태에 대비해 탈출할 수 있는 출구가 두 개나 됐다. 내부 공간은 넉넉했다. 식수도 충분했고, 기온도 적당했다. 곰이나 박쥐, 지네나 개미 같은 동물이나 곤충도 없었다.

동굴 막다른 곳에 생김새가 참으로 기묘한 바위가 있었다. 그 바위 위에는 거무스름한 나무 상자가 하나 놓여 있었다. 민호는 무심코 상자 안에 손을 넣었다. 봉투 한 묶음이 손에 잡혔다. 민호는 환호성을 지르고 싶었다. 가족이 불행해진 원인을 밝힐 수 있는 문서가 확실했다.

봉투에는 발신인 조지프 니덤, 수신인 김민식, 배송 접수 날짜 1990년 9월 30일이 적혀 있었다. 그는 봉투에서 조심스럽게 문서를 꺼냈다. 문서 앞장에는 BIDS, confidential document화생방방호중대, 비밀문서라고 쓰여 있었다.

민호는 문서를 읽는데 오랜 시간이 걸리지 않았다. 흥분한 나머지 단번에 모든 문서를 읽었다. 문서에는 미국이 1960년 대부터 화학무기시스템을 가동한 사실과 주한미군기지에 BIDS 창설을 위한 가이드라인이 담겼다. 그는 생각에 잠겼다. 2015년 탄저균 때문에 전 국민이 불안에 떨었던 사실을 상기했다.

'형이 알리려고 한건 미군의 세균전이었어.'

미국은 북한이 1985년부터 영변 원자력연구소에서 5메가와트급 원자로를 가동한 뒤 본격적으로 화학무기 프로젝트를 준비했고, 미 오산 공군기지에 BIDS를 창설했다. 이후 주피터 프로그램을 가동하고 한국에서 생화학무기 실험을 자행했다.

민호의 가슴속에서 절망과 분노, 증오와 공포가 소용돌이쳤다.

45

마을은 뒤숭숭했다. 유해 발굴부터 권총살인까지 듣기만 해도 살 떨리고 머리털이 곤두서는 사건이 연이어 벌어졌다.

민자는 술 한잔이 생각났다. 민호를 비롯해 유해 발굴로 연을 맺은 사람들을 집에 초대할 계획을 세웠다. 영화의 머리끄덩이를 잡은 일도 사과할 겸 서둘렀다. 누구보다 정훈과 술을 마시고 싶었다. 그에게 호감이 있었다. 민자는 테라스에 앉아 기타를 치며 노래를 흥얼거리던 정훈의 모습이 정겨웠다. 어딘지 모르게 판에 박힌 교회 오빠의 포스였지만 옛 친구들을 만난 것처럼 반가웠다. 가끔 말 상대도 하고, 함께 술도 마시면서 친하게 지내고 싶었다. 시골 생활은 감옥에서 구류를 사는 것처럼 답답하고 무료했다. 모처럼 쉬는 날에도 마땅히 할 게 없어 방구석에 웅크리고 앉아 텔레비전을 보는 게 다였다.

음식은 백숙을 준비했다. 여름철 몸보신하는데 백숙만한 게 없었다. 살코기는 깔끔한 안주가 됐고, 닭죽은 해장국 역할을 했다.

민자는 두 아들을 보내 연통을 넣었다. 영화 집에는 막둥이를 보냈다. 큰아들보다 얼굴도 잘생기고 말하는 품새가 차분했다. 영화에게 좋은 인상을 심어주려는 것은 아니었다. 아들을 자랑하고 싶은 마음이었다. 민자는 아들이 있어 행복했다. 자신의 피와 살을 뜯어 먹으며 자라는 자식이지만 삶을 지탱하게 만드는 힘은 두 아들에게서 나왔다.

영화는 썩 내키지 않았다. 민자의 아들이 다녀가자마자 투덜거렸다. 시골에 이사 와서 처음 초대받은 자리인데 뭘 들고 가야 하나 고민하는 것부터 성가셨다. 민자와의 악몽 같은 첫 만남도 떠올랐다.

민자는 볏을 세우며 달아나는 토종닭 네 마리를 잡았다. 놓아서 키우는 닭이라 고생할 것 같았는데 아니었다. 날씨가 더워서 그런지 닭의 몸놀림이 생각보다 둔했다. 그녀는 한 손으로 닭의 날개와 목을 비틀어 잡고 칼로 멱을 땄다. 닭은 몸을 부들부들 떨다 채 일 분도 되지 않아 발톱을 오무렸다. 민자는 깃털을 뽑으려고 펄펄 끓는 가마솥에 닭을 집어넣고 집계로 이리저리 뒤젓다 꺼냈다.

두 아들이 깃털을 뽑겠다고 나섰다. 혀로 사탕을 굴려 먹으며 신이 난 표정을 지었다. 뜨거운 닭을 잡고 깃털을 뽑는 일은 생각보다 역겨운 일이었다. 그러나 두 아들은 닭고기를 포식할 마음에 들떴는지 땀에 흠뻑 젖은 줄도 모르고 닭털을 뽑았다.

민자는 가마솥을 깨끗이 씻어내고 다시 물을 채워 끓였다. 거기에 배를 갈라 내장을 꺼낸 닭과 통마늘 네 주먹, 엄나무 여덟 토막을 넣고 솥 뚜껑을 닫았다. 백숙을 끓일 때 인삼이나 황기, 영지버섯 같은 약재를 넣는 사람도 있지만 민자는 마늘과 엄나무만 넣어 푹 끓였다. 닭 고유의 맛을 유지하려고 비린내 잡을 만큼만 부재료를 넣었다. 닭을 삶아낸 뽀 얀 육수에 넣을 찹쌀은 따로 준비했다. 찹쌀은 사람들이 도착할 즈음 넣 어야 퍼지지 않았다.

민호가 제일 먼저 왔다. 곧바로 영화, 정훈, 캐서린, 부안댁이 도착했 다. 윤 기자는 숙소에서 슬리퍼를 끌고 나타났다.

영화는 어색한 표정을 지으며 평상에 앉았다. 악의는 없었다. 불편한 감정을 숨기면서까지 인사치레하고 싶지 않았다. 덤덤하게 자신의 모 습을 그대로 보여주고 싶었다. 정훈은 사람들에게 먼저 나서서 악수를 청했다. 형식적이고 의례적인 행동이 아니라 평소 몸에 밴 습관이었다.

민자는 푹 익은 닭을 건져 큰 쟁반에 담았다. 가마솥에는 미리 준비해 놓은 찹쌀을 넣었다. 약한 불에서 뽀글뽀글 끓이려고 장작은 더이상 넣 지 않았다.

"닭 삶는 냄새 죽이네요. 공기도 좋고. 술이 술술 들어갈 것 같아요."

정훈이 눈을 크게 뜨며 장난스럽게 말했다. 민호는 화통하게 웃으며 술을 돌렸다.

민자는 술자리가 즐거웠다. 눈을 흘기며 흉봤던 영화까지 떡하니 앞에 앉아 있으니 술맛이 저절로 났다.

민호는 시골에 살면서 겪었던 갖가지 얘기 보따리를 풀었다. 뿐만 아니라 농촌의 현실이 얼마나 어려운지, 그러한 현실을 타개하기 위해 얼마나 노력하고 있는지 일장 연설을 늘어 놓았다. 이번에 새로 심은 옥수수 종자 이노콘이 대기업의 상술이 아닌지 미심쩍다는 속마음도 털어 놓았다.

영화는 민호 얘기에 맞장구를 쳤다. 이노콘 때문에 문제가 발생하면 인맥을 총동원해 도와주겠다고 약속했다. 그녀는 막상 술이 들어가니 마음이 편안했다. 기분이 알딸딸하니 좋았다. 선입견을 버리고 마주 앉아 얘기해보니 모두 선량한 사람들이었다. 달빛 아래에서 술 마시는 운치도 대단했다. 날이 샐 때까지 마셔도 취하지 않을 것 같았다.

정훈은 계속 술을 들이켜는 영화에게 곁눈질했다. 정말 이 자리에 오기 싫어했던 사람이 맞는지 의심하는 눈빛을 보냈다. 술을 좋아하는 사람은 마실 때 보면 바로 티가 났다. 며칠째 계속되는 폭주로 속이 쓰려도 몇 잔 마시면 제 흥에 겨워 술을 단물처럼 꿀꺽 넘겼다. 아침에 숙취가 찾아와도 고생으로 여기지 않고 쓰라린 뱃속을 즐겼다. 영화가 그랬다. 영화는 사회생활을 하면서 주당으로 통했다. 곤죽이 되도록 술 마시는 날이 많았다. 술을 조절하지 못해서가 아니라 술을 너무 좋아했다. 술이 만병통치약인 것처럼 기쁠 때나 슬플 때나 술을 찾았다. 그녀는 술을 상대방에게 권하는 것도 낭만으로 생각했다. 사람들이 시대착오적인 생각이라고 한마디씩 해도 풍류를 모른다고 서운해 했다.

"차린 건 없지만 맛나게 드세요잉."

술이 서너 순배 돌고 나자 부안댁이 나섰다. 이 자리를 주선한 사람처럼 닭고기 유럽 레시피를 줄줄 외며 너스레를 떨었다.

"네. 정말."

영화는 닭가슴살을 오물조물 씹으며 건성으로 대구했다. 닭고기는 영화가 워낙 좋아하는 음식이었다. 어떻게 요리하든 다 좋아했다. 가장 선호하는 요리는 닭을 토막 내 기름에 튀긴 프라이드와 숯불에 누르스름하게 구워낸 구이였다. 물에 끓여낸 닭은 기름이 다 빠져나가 맛이 아쉬웠다. 가슴살이 팍팍해져 식감도 별로였다. 그런데도 민자가 끓인 백숙은 굉장히 맛있었다. 개구리나 방아깨비를 잡아먹고 자란 토종닭이라 육질이 돼지고기 못지않게 쫄깃했다.

영화는 술이 몇 잔 들어가자 집에서 가져온 선물을 꺼냈다. 테킬라였다. 시골 사람들은 소주를 마실 때 한두 병씩 마시는 게 아니라 박스째 마신다는 말이 생각나 데킬라를 골랐다. 향을 음미하며 마시는 위스키보다 소주처럼 단숨에 들이켜는 테킬라가 훨씬 나을 듯했다.

마을 사람들은 대화의 화제를 영화와 정훈으로 돌렸다.

"도대체 둘이 왜 같이 살아요?"

캐서린이 대뜸 물었다. 영화와 정훈은 서로 눈을 마주쳤다. 누가 먼저 얘기할지 눈빛으로 교환했다. 정훈이 엉거주춤하자 영화가 나섰다.

"제가 술친구 해달라고 했어요. 집에서 같이 지내자고요. 이상해요?"

"이상한 건 없는데 친구란 얘기요, 애인이란 얘기요?"

부안댁이 고개를 가로저으며 물었다.

"그 중간 사이라고 해두죠."

영화는 아리송하게 말했다. 이래도 저래도 색안경이 난무할 것 같아 얼버무렸다. 정훈과 특별한 관계인 것처럼 암시해도 나쁘지 않았다. 그래야 마을 사람들의 무분별한 접근을 막을 수 있었다. 그녀는 새로운 인생을 시작하려고 귀촌 계획을 세웠다. 주거는 걱정하지 않았다. 문제는 주위 사람들의 눈총이었다. 영화는 함께 귀촌하자고 정훈을 설득했다. 혈연단신인 정훈이 가족으로 가장 안성맞춤이었다. 정훈은 영화의 제안을 거절했다. 동거는 삶의 여정에서 생각해보지 않은 이벤트였다.

"친구라고 얘기 안 하는 걸 보면 애인이네."

부안댁이 껄렁한 표정으로 말했다. 혼인해야 무슨 일이 생겨도 서로에게 책임감을 느낀다며 날짜를 잡으라고 졸랐다.

"남녀가 한집에 사는데 친구가 가능해요?"

캐서린이 정훈과 영화를 번갈아 쳐다보면서 말했다.

"불가능할 게 뭐가 있어요?"

정훈은 끈기 있게 응대했다. 마을 사람들과 가진 첫 술자리인 만큼 말을 아꼈다. 부주의한 말 한마디가 싸움의 불씨가 되고 인간관계를 갈라놓았다. 영화는 시큰둥했다. 삶을 있는 그대로 믿어주지 못하게 만든 세상이 불만스러웠다.

술자리 분위기가 어수선해지자 윤 기자가 나섰다.

"둘이 알아서 하겠지요. 타인의 삶에 이래라저래라할 필요 있나요. 어린애들도 아니고."

윤 기자의 말 한마디에 술자리는 다시 화기애애하게 바뀌었다.

영화는 무너졌다. 술의 힘은 대단했다. 불순하게 생각했던 민자가 달라 보였다. 비록 성격이 드세고 말끝마다 비위를 건들어도 정이 많았고 교만하지 않았다. 민자도 마찬가지였다. 영화가 의외로 소탈하고 푼수 같아 조금, 아주 조금 친하게 지내보기로 했다.

정훈은 만취한 영화의 팔을 붙잡고 집으로 향했다. 영화는 몸을 휘청거리며 심하게 지척거렸다. 입에서는 술 냄새가 지독하게 풍겼다.

"왜 이렇게 많이 마셨어?"

정훈은 영화가 술을 많이 마신 이유가 궁금했다.

"살다 보면 용기로 이겨내지 못할 때가 와. 그럴 땐 가만히 견디고 버티는 게 용기라고 쉽게 말하지. 불행은 계속되지 않을 거야, 언젠가는 나아지겠지 하면서. 근데 그런 날은 오지 않아. 타인의 불행에 관심 두는 사람도 없고. 이혼서류를 매만지는 변호사는 좋아하더군. 돈이 생기니까. 변호사는 사회에서 존경받는 직업이지만 알고 보면 참 박복한 직업이야. 불행이나 분쟁을 훔쳐 먹고사는 사람들이잖아. 그래도 나 어떻게든 살아보려고 버티는 중인데, 이쯤 술 좀 마셔도 되는 거 아냐."

영화는 집으로 가는 내내 꺽꺽 소리를 내며 눈물을 흘렸다.

정훈은 마음이 아팠다. 그토록 씩씩하게 사는 영화의 속이 그렇게 곪아 있었는지 생각하지 못했다.

"홧김에 마시는 술은 안돼. 괴로워서 마시는 술도 금물. 기분이 좋지 않을 때 술 마시면 정신 건강을 해쳐."

정훈은 영화의 어깨를 토닥이며 말했다.

"내가 이 시골에 온 진짜 이유가 뭔지 알아?"

영화가 쉰 목소리로 나직이 물었다.

46

이노콘이 싹을 틔운 지 두 달이 흘렀다. 옥수수 종자를 잘 선택했다는 생각이 싹 사라졌다. 옥수수가 무릎 크기밖에 자라지 않았는데 수술대가 올라왔다. 웃자란 것처럼 키가 훌쩍 크더니 잎이 누렇게 변했다.

민호는 뭔가 잘못됐다고 직감했다. 그래도 기다려 보기로 했다. 유노스팜은 중소기업이 아니었다. 외환위기 때 부도위기에 처한 흥농종묘와 중앙종묘를 인수해 한국 종묘시장의 80%를 장악하고, 세계 종묘시장의 25%를 점령한 미국의 다국적 기업이었다. 유노스팜은 1990년대 세계 종자시장에 공격적으로 뛰어 들었다. 종자가 팔릴 때 받는 로열티와 종자 관련 산업이 거둬들이는 수입은 과히 천문학적이었다.

민호는 이삭이 여물어 살이 차기 시작한 옥수수 몇 개를 꺾어 확인했다. 대부분 알곡이 맺히지 않았다. 알곡이 맺혀도 드문드문 착과되거나 기형이었다.

'불량 종자 때문에 농사를 망쳤다.'

민호는 망연자실했다. 마을 사람들도 넋 나간 얼굴로 하늘을 쳐다보며 이죽거렸다. 더 늦기 전에 밭을 갈고 다른 농작물을 심어야 본전이라도 건졌다. 이노콘을 가장 많이 심은 이장은 속이 시커멓게 탔다. 그는 농업기술센터에 연락해 현장 조사를 부탁했다. 추후 벌어진 소송을 대비해 전문가의 의견이 필요했다.

이노콘 기형 현상은 맨눈으로도 확인됐다. 동일한 밭에 심은 찰옥수수는 착과율이 90%에 육박했지만 이노콘은 5%도 되지 않았다. 마을 사람들은 유노스팜피해보상대책위원회를 결성하고 이노스팜에 공개 사과와 피해보상금 1억원을 요구했다. 종자 구입금액 2천6백만원에 소작료, 인건비, 비료, 정신적인 피해금까지 합치면 1억원도 부족했다.

농민들의 항의가 거세지자 유노스팜 연구원이 마을에 들어와 자체 조사에 착수했다. 연구원들은 농업기술센터와 다른 말을 했다. 이노콘 기형의 원인을 잘못된 농사법과 기후 탓으로 돌렸다.

"다섯 차례 걸쳐 식재해 연구했는데 생육과 수확에 문제가 없었어요. 종자 문제가 아니라 농민들이 재배를 잘못했거나 이상고온, 가뭄 때문에 벌어진 일이에요."

민호는 영업사원에게 받은 이노콘 광고지를 꺼냈다. 광고지에는 과일맛 사탕 두 개와 명함이 여전히 붙어 있었다. 그는 연구원 앞에 광고지에 적힌 문구를 들이밀며 피해보상을 요구했다. 그러나 연구원들은 어떤 근거도 내놓지 않고 무조건 회사의 잘못이 아니라고 발뺌했다.

민호는 밭두렁에 앉아 의심 가득한 눈초리로 이노콘을 쳐다봤다.

'뭐가 다르긴 다른데.'

이노콘은 평범한 옥수수로 보이지 않았다. 보통 옥수수와 달리 세로 줄 무늬가 짙고 겉가지가 많이 올라왔다. 키도 컸으며, 병충해에도 강했다. 살충제를 뿌리지 않았도 조명나방 애벌레가 아예 보이질 않았다. 비료에도 민감했다. 이삭이 패기 전 웃자라면서 알곡이 맺히지 않은 이유가 비료 때문인 듯했다.

민호는 이노콘이 유전자가 변형된 옥수수 같았다. 일명 괴물작물, GMO였다. 그는 며칠 전 술자리에서 옥수수 종자에 문제에 생기면 인맥을 총동원해서 돕겠다는 영화의 얘기가 떠올랐다. 막상 부탁하려고 하자 그동안 영화에게 눈을 부라리고 입술을 비죽거린 게 미안한 마음이 들었다.

'괜찮을 거야.'

민호는 휴대전화로 이노콘을 사진으로 남겼다. 심고 남은 씨앗도 챙겨 집을 나섰다.

47

'한국말을 이렇게도 못하다니.'

영화는 죽을상을 하고 책상에 앉아 있었다. 어찌할지 몰라 모니터 화면만 뚫어지게 쳐다봤다. 자꾸 졸려 하품을 연발했다. 그녀는 국어보다 영어가 쉬웠다. 오랫동안 미국에서 살아 한글보다 알파벳이 편했다. 그래서 가끔 아르바이트로 한글을 영어로 바꾸는 일을 했다. 돈이 필요해서가 아니라 인간관계 때문이었다. 출판사를 경영하는 지인이 싼 가격에 영작을 맡기곤 했다. 겉으론 흔쾌히 원고를 받았지만 마음속은 항상 꿍했다. 도울 만큼 도와주었는데도 계속 채근하는 게 부담스러웠다.

공복에 머리를 굴리다보니 저혈당이 찾아왔다. 영화는 사탕을 입에 넣었다. 전신에 긴장이 풀리며 머리가 픽픽 돌아가기 시작했다.

딩동딩동. 초인종 소리가 들렸다. 문밖에 민호가 서 있었다. 민호의 얼굴은 다급해 보였다. 뛰어왔는지 숨도 헐떡거렸다.

"영화 씨 우리 좀 도와주세요."

"무슨 일이에요?"

"술자리에서 했던 옥수수 종자 이노콘 기억하시죠?"

"네."

"이노콘이 이제까지 봐왔던 옥수수 종자와 완전히 달라요. 잘 모르지만 GMO 옥수수 같아요. 불량종자 문제로 종묘회사에 피해보상을 요구하고 있는데 미국 쪽에 확인해 줄 수 있어요?"

영화는 민호를 급히 집에 들였다. 민호의 얘기가 사실이라면 물심양면으로 도울 일이었다. 영화는 곤충의 소화기관을 파괴하는 구충제를 스스로 생산하는 옥수수 얘기를 듣고 기겁한 적이 있었다. 미국 기업 몬산토가 바실러스 튜링겐시스Bacillus thuringiensis:Bt라는 미생물의 유전자로 개발한 GMO 옥수수였다. 이 옥수수를 먹은 곤충은 소화흡수를 못해 굶어 죽었다.

영화는 GMO 반대운동을 펼치는 두 단체에 이메일을 보냈다. 민호에게 전달받은 사진들을 첨부해 GMO가 맞는지 확인을 부탁했다.

미국은 시민단체 시에라클럽과 그린피스가 GMO 반대 운동을 주도했다. 두 단체는 미국 식품회사에 항의하는 엽서, 전화, 이메일 보내기 운동을 전개하며 GMO 불사용을 유도했고, 전 세계인을 대상으로 반GMO 활동을 벌이며 공청회와 심포지엄, 홍보전 등을 펼쳤다.

"바로 회신이 올 거예요. 한국에서 반GMO운동을 위해 도와 달라고 초청하면 언제든지 올 사람들이에요. 정부와 기업이 주도하는 GMO는 오직 전 세계인의 연대로만 막을 수 있거든요."

영화는 목에 핏대를 돋우며 말했다. 의로운 사람들의 분노만이 인류의 미래를 열 수 있다는 확신이 그녀의 얼굴에 가득했다.

민호는 눈가가 촉촉이 젖은 채 가만히 앉아 있었다. 아무 말도 하지 않고 영화의 목에 걸린 낯익은 활동목걸이를 뚫어지게 쳐다보며 사색에 잠겼다. 어머니가 남긴 목걸이와 똑같이 생긴 목걸이였다. 검은옷을 입은 영화를 처음 보던 날, 그녀에게서 어머니의 모습이 겹쳤던 이유를 이제야 알 듯했다.

20분도 되지 않아 회신이 왔다. 영화는 흥분한 얼굴로 이메일을 열었다. 지구 건너편이 아주 가깝게 느껴졌다.

'GMO라고 확신할 수 없다. 일반 옥수수 겉모습이 다른 건 분명하다. 이벤트나 후배교배종으로 생산한 옥수수 종자 같다. 현지에서 유전자 검사를 직접 해 보라. 농촌진흥청, 기업, 대학에 문의하면 된다. 한국 농촌진흥청은 GMO 벼를 연구개발하고 시험재배까지 했다.'

영화는 이메일을 읽으면서 분노가 치밀었다. 농촌진흥청의 행태는 안전한 농작물 생산을 바라는 시민사회의 바람을 우롱하는 처사였다.

농촌진흥청은 2011년 벼 20종, 닭 7종, 사과 6종, 돼지 5종 등 50

개 GMO 연구개발을 시작했다. 시민사회는 안전성 검증이 되지 않은 GMO상용화를 추진하는 국가기관에 반대 의사를 꾸준히 피력했다. 끝내 농촌진흥청은 2017년 GM작물개발사업단을 해체했다. 그러나 GMO 상용화는 멈추지 않았다. 농촌진흥청은 이듬해부터 77종에 대한 GMO연구개발사업을 계속 이어 나갔다.

영화는 국립종자원에서 근무하는 농대 후배를 떠올렸다. 종자 싸움을 제대로 한판 벌이려면 정확한 검사가 필요했다.

"이 분야를 잘 아는 후배가 있어요. 알아보고 얘기해 줄게요."

영화는 모처럼 신이 나서 얘기했다. 뇌세포가 팔팔하게 살아나 마구 요동치는 듯 했다.

민호는 의외의 조력자가 생겨 기쁨을 감추지 못했다. 그러나 영화를 제대로 쳐다보지 못했다. 영화는 민호가 자신과 눈을 제대로 마주치지 못하는 이유를 몰라 어리둥절했다.

48

영화는 적극적으로 민호를 도왔다. 피는 못 속였다. 그녀는 아버지의 성품을 쏙 빼닮아 정의롭고 미래지향적인 구석이 있었다. 그러나 어머니와는 달라도 너무 달랐다.

영화 아버지는 합리적이고 실용적이었다. 지식의 계발이나 학문의 목적도 실용에 있었다. 처세도 유연했다. 타인과 척짓지 않는 선택을 했다. 아버지는 건강한 비판과 인간미 넘치는 집단지성을 추구했고 착취와 억압의 사슬을 깬 평등 세상을 꿈꿨다. 그러나 그 열망은 아주 드세고 강력한 힘에 좌절되면서 본의 아니게 미국으로 떠나야 했다.

박정희는 4.19혁명 정신을 5.16쿠데타로 무화하며 정권을 잡았고, 집권하는 동안에는 곡필과 불언을 강요하며 민중의 사고를 억압했다. 영화 아버지는 1964년 한일협정 반대투쟁에 참여해 수배를 받았다. 박정희 정권은 불법적인 학원사찰을 수시로 벌였고, 학생단체 활동을 중지했다. 강의실에 난입해 학생들을 구타하고 연행하는 만행도 저질렀다. 데모 주동자에게는 불순분자, 좌경용공분자라는 딱지를 덧씌웠다.

할아버지는 모든 정보력을 동원해 아버지를 빼돌렸다. 자신의 지위를 이용해 아들의 수배를 풀었고, 강제로 미국에 보냈다. 그 덕에 아버지는 미국에서 공부하고 돌아와 서양사학과 교수가 됐다. 아버지가 할아버지를 막 대하지 못하는 것도 세상을 보는 관점이나 이데올로기와 관계없이 자신을 보살핀 노력에 대한 예의였다. 영화는 항상 아버지가 도미하지 않았다면 재야정치인이 됐을 것으로 생각했다. 대화를 나눌 때마다 그때 그 시절에 대한 대단한 자부심을 아버지에게서 느꼈다.

영화 어머니는 남자라면 누구나 반할 만한 미녀였다. 미스코리아 선으로 뽑혀 방송인으로 활동하다 결혼과 동시에 은퇴했다. 영화가 잠시나마 미스코리아를 꿈꿨던 것도 어머니의 영향이었다. 영화는 얼굴이 작고 눈코가 커 높게 올린 머리도 잘 어울렸고, 허리가 잘록해 어떤 드레스도 훌륭하게 소화했다. 그러나 어머니만큼 키가 크지 않아 미인 대회에 나갈 생각은 하지 않았다. 정작 미스코리아감이라는 소리를 들은 사람은 영화의 언니였다. 언니는 초등학교에 들어갈 때부터 또래보다 키가 크고 날씬했다.

어머니는 유독 심하게 자매를 비교했다. 대부분 외모가 비교대상이었다. 공부는 영화가 더 잘했기 때문에 얘기를 꺼내지 않았다. 어머니의 외모 자랑과 극단적인 애착은 언니가 대학에 진학한 후에도 멈추지 않았다. 사사건건 간섭하며 언니에게 순종을 강요했다. 언니는 주위의 관심이 커질수록 가부장제에 인순하려는 결벽증과 어머니의 애착을 거부하는 반항 장애를 마음속에 키웠다.

언니의 억눌린 감정은 대학을 졸업하면서 폭발했다. 결벽증과 반항 장애가 어머니에 대한 적대감으로 돌변했다. 어머니의 인형으로 살지 않으려는 자기보호였다. 언니는 타인의 이목이나 각별한 애정에 심한 부담감을 느꼈다. 아무도 모르는 곳에서 완벽하게 홀로 살기를 꿈꿨다.

영화 어머니는 시집온 그해 딸을 낳았다. 유복하고 학식 높은 가문이었지만 아들을 낳지 못하는 며느리에 대한 시어머니의 푸대접은 똑같았다. 그러나 영화의 할머니는 못된 시어머니처럼 어머니를 들들 볶지 않았다. 대신 쌀쌀맞은 헛기침 한 번으로 어머니를 다그쳤다. 어머니는 할머니의 범접할 수 없는 기품에 눌려 살았다. 할머니의 인기척만 들려도 화들짝 놀라곤 했다.

할머니는 고전적 교양과 미모를 두루 갖춘 구한말 신여성이었다. 시어머니가 며느리를 앙칼지게 닦달하고, 며느리가 시어머니에게 경망스럽게 앙앙거리는 것을 천박한 구태라고 여겼다.

그 무렵 영화 아버지는 유명한 한식집에서 일하던 여자에 빠졌다. 여자의 풍모는 의연하고 기품이 넘쳤다. 백설의 살결과 날렵한 눈썹, 갸름한 턱선과 침착한 목소리가 평범하지 않았다. 무엇보다 어려운 주제로 대화를 나눠도 잘 통했다. 대학교수와 견주어도 빠지지 않은 식견을 지녔다. 아버지는 여자에게 홀딱 반했다. 반강제로 살림을 차리고 아이까지 낳았다. 여자는 아이를 낳은 뒤 산후풍을 앓다 죽었다. 아버지는 밖에서 낳은 딸을 집에 데려왔다. 누가 봐도 시댁 씨를 그대로 이어받은 핏덩이였다. 아이의 목에는 생모가 유품으로 남긴 황동 목걸이가 걸려 있었다. 이 아이가 바로 영화였다.

어머니는 바람을 피운 아버지가 미웠지만 한마디 말도 하지 못했다. 가부장적인 가풍과 아들을 낳지 못했다는 이유만으로 할머니의 기세에 눌려 찍소리도 못했다. 몇 날 며칠을 방 안에 들어박혀 대성통곡했다. 할머니는 울고 있는 며느리를 보고 은근 편잔을 줬다.

"나에게 석고대죄를 하는 것이냐, 위력 시위를 하는 것이냐?"

어머니가 시집온 뒤 할머니에게 처음 들은 꾸지람이었다.

그 뒤로 어머니는 할머니 앞에서 절대로 울지 않았고, 첫째 딸만 정성스럽게 키웠다. 외가를 닮아 무척 예쁘게 생긴 데다 집안에 기둥이 될 장녀라며 귀하게 여겼다. 다리가 날렵하게 뻗으라고 시도 때도 없이 종아리를 주물렀고, 씩씩 코를 골며 잘 때도 눈을 떼지 못했다. 옷도 레이스가 풍부한 분홍색 옷만 입혔다. 분홍색이 공주의 상징이나 되는 것처럼 스웨터도, 스커트도, 드레스도 모두 분홍색이었다.

어머니는 아침마다 언니의 머리를 두 갈래로 땋았다. 천하일색으로 키워 좋은 가문의 아들과 결혼시킬 테니 아프지만 말고 자라라며 귀밑 머리까지 지성스럽게 모아 리본을 묶어 주었다. 영화의 머리는 땋아주지 않았다. 시댁 핏줄을 그대로 물려받아 고집 세고 못생겼다며 천대했다. 자기를 봐 달라고 까르륵 웃을 때도 고사리 같은 손에 방울 장난감을 쥐어 주거나 사탕을 입에 물려 놓고 신경조차 쓰지 않았다. 할머니가 주는 눈치가 모두 영화 때문이라고 생각해 관심조차 두지 않았다.

어머니는 7년 뒤 늦둥이 아들을 낳았다. 어머니의 사랑은 모두 아들로 향했다. 아들을 돌보다 잠시 여유가 생길 때에는 첫째 딸만 챙겼다. 영화는 밥만 먹여 학교에 보냈고, 사춘기 때에는 거의 방치하다시피 했다. 집안 사정을 모르는 사람이 봐도 영화를 주워온 자식으로 알 정도로 차별했다. 영화는 어머니가 자신을 왜 미워하는지 그때까지만 해도 전혀 몰랐다.

사랑의 결핍은 영화에게 좌절과 조숙을 선물했다. 영화는 어머니의 사랑을 갈구했다. 남동생이 태어나자 갈구는 점점 커졌다. 그러나 어머니는 영화에 정겨운 눈길 한 번 주지 않았다. 영화는 사랑받지 못하는 것이 얼마나 큰 아픔인지, 버림받는 것이 얼마나 큰 상처인지 그때 알았다. 일찌감치 사랑받기 위한 노력을 정리하고 홀로 서는 법을 터득하기 시작했다. 살길은 공부밖에 없었다. 예쁜 언니와 비교당하고, 어머니의 관심이 남동생에게만 쏠리자 영화는 학업에 전념했고 스스로 지성에 목말라해 더욱더 열중했다.

영화는 아버지를 닮아 똑똑하고 이지적이었다. 술 담배를 좋아하는 것까지 판박이였다. 영화는 아버지의 대를 이어 내로라하는 대학에 합격했지만 어머니의 마음은 돌아서지 않았다. 영화가 언니나 남동생보다 공부를 잘한 것이 두고두고 마땅찮았다. 기뻐한 사람은 아버지뿐이었다.

영화는 남동생과 다투다 어머니에게 참으로 놀라운 얘기를 들었다. 외갓집에 갈 때마다 받은 눈총과 왠지 모르게 느껴야 했던 불편한 감정의 원인을 그때 알았다.

"어디서 내 아들하고 싸워. 밖에서 들어온 시댁 핏줄이. 넌 내 딸 아니니까 내 아들 건들지 마. 나한테 딸 대접 받을 생각도 하지 말고."

영화는 더는 어머니의 얼굴이 보고 싶지 않았다. 그녀가 한 번도 보지 못했던 생모의 고향으로 귀촌을 결정하게 된 이유도 그 때문이었다.

49

민호는 밭두렁에 앉아 이노콘을 바라보며 생각에 잠겼다. 유노스팜과 어떻게 싸워야 이길지 머리를 짜냈다.

아무리 생각해도 뾰족한 수가 떠오르지 않았다. 유노스팜은 증거를 조작할 능력이 있었다. 자본과 정계 연줄도 있었다. 농민이 개별적으로 대기업을 상대해 피해보상을 받기는 어려웠다. 명확한 피해원인 규명도 힘들었고, 막대한 소송비용도 댈 수 없었다. 방법은 하나였다. 농민회의 힘이 필요했다. 민호는 농민회에서 꾸린 유노스팜피해보상대책위원회에 참여했다.

대책위원회는 피해 농민들과 함께 투쟁 선포식을 열었다. 농민들은 기자들 앞에서 트랙터 10여 대를 동원해 줄기가 웃자라 이삭이 제대로 차지 않은 옥수수 밭을 갈아엎었다.

민호는 주먹을 그러쥐고 추락사한 베트남 청년 따이를 떠올렸다. 그의 억울한 죽음이 가슴을 짓눌러 삶의 의욕까지 상실했던 때를 상기했다. 민호는 이노스팜과의 싸움에서는 지고 싶지 않았다. 적절한 보상이 이뤄지기 전까지 자신이 가진 모든 것을 바칠 생각이었다.

농민회는 농민들에게 전세버스를 빌려 상경투쟁에 나서자고 제안했다. 이 분야는 농민회의 의견을 따르는 게 나았다. 농민회가 제일 잘하는 일이었다. 대화와 타협 같은 단어가 여론전에 꽤 먹혔지만 현실에서는 통하지 않았다. 다소 과격하고 살벌한 폭력을 동반한 의사표현이 효과적이었다. 마을 사람들은 모두 상경투쟁에 동의했다. 민호는 상경투쟁에 필요한 물품을 챙기는 일을 맡았다.

프락치가 있었다. 끄나풀을 심어 기밀을 염탐하는 방법은 상투적이지만 주민 동향을 파악하는 데 최고였다.

유노스팜은 농민들의 상경투쟁 소식을 사전에 알아내고 뒷구멍으로 작업에 들어갔다. 군청과 경찰에 협조 공문을 보내 마을 주민들의 상경을 막아달라고 요청했다. 농민들이 서울에 올라와 폭력시위를 벌인다는 이유였다. 경찰은 이노스팜 선동에 동조했다. 일어나지도 않은 일을 빌미 삼아 농민들을 잠재적 범죄자로 취급하고, 지배 계급의 이념에 적극적으로 보조를 맞추는 행태였다.

상경투쟁은 쉽지 않다. 경찰들은 여행사를 압박해 전세버스를 대여하지 못하도록 손을 썼다. 마을 길목마다 형사들을 배치해 농민들의 동향을 감시했고, 만약을 대비해 농민들이 고속도로 톨게이트에 진입

하지 못하도록 병력을 배치했다.

농민회는 어쩔 수 없이 날짜, 시간만 문자로 공지하고 개별적으로 유노스팜 서울 본사 앞에 모이라고 지시했다.

마을 사람들은 경찰의 방해 공작에도 불구하고 기적처럼 상경에 성공했다. 120여 농가에서 한 명도 빠짐없이 상경 투쟁에 참여했다.

유노스팜 본사 앞은 하루 종일 농민들로 북적댔다. 다른 지역에서 올라온 농민들과 대학생들까지 합세해 발 디딜 틈조차 없었다. 유노스팜은 정공법으로 맞설 수 없었다. 농민들의 의지가 강해 유혈충돌이 벌어질지 몰랐다. 회사 이미지 관리도 필요했다. 유노스팜은 일단 물러서는 전략을 펼쳤다. 일주일 내 피해보상을 해주겠다고 약속하고 농민들을 돌려보냈다. 마을 사람들은 유노스팜 본사 앞에 천막을 치고 대표 몇 명만 남긴 뒤 모두 고향으로 돌아갔다. 민호도 서울에 남아 농민회 깃발을 지켰다.

모두 계략이었다. 열흘이 지나도록 깜깜무소식이었다. 유노스팜은 처음부터 농민들의 요구를 들어줄 생각이 없었다. 종자는 문제가 없는데 농민들이 흉작의 책임을 유노스팜으로 돌려 돈을 뜯어내려 한다고 언론플레이를 했다.

농민들은 다시 상경했다. 본사 앞마당을 비롯해 1층 로비를 점거하고 무기한농성에 들어갔다. 혹시나 모를 경찰의 침탈에 대비해 돌아가면서 출입문 당번을 서며 흔들림 없이 대오를 사수했다. 저녁에는 차가운 시멘트 바닥에 앉아 구호를 외치고 촛불을 들었다. 농민들은 방송국과 신문사 기자들이 유노스팜 본사 앞에 나타나자 듬성듬성 알맹이가 박힌 옥수수 이삭을 바닥에 쏟아붓고 불량 종자의 피해를 직접 눈으로 확인시켰다.

다른 지역 농민들도 불량 종자 투쟁에 나섰다. 농민들은 SNS로 유노스팜 불매운동을 전개했고, 유노스팜 대리점을 항의 방문해 피해보상을 촉구했다.

결정적인 한 방이 필요했다. 농민들은 본사 앞마당 한편에 거대한 가마솥 두 개를 걸고 불을 땠다. 밥을 짓고 돼지고기를 통째로 삶으며 투쟁 분위기를 고조했다.

가마솥 뚜껑이 벌룽거리며 김이 났다. 농민들은 땅바닥에 비닐을 깔고 잘 익은 통돼지를 꺼내 식칼로 살코기를 숭덩숭덩 썰었다. 이 모습을 지켜본 유노스팜은 바로 손을 들었다.

농민들은 애초에 요구한 피해보상금은 받지 못했지만 종자를 구매한 돈과 위자료 일부를 더해 받았다. 유노스팜은 이노콘에 대한 과대선전과 사전판매, 등록상 표기 잘못에 대한 종묘관리법 위반으로 15일 영업

정지 처분을 받았다.

불량 종자 투쟁은 전국으로 번졌다. 이노콘을 심은 전국 농가들의 피해액은 추산이 불가능할 정도로 엄청났다. 그러나 유노스팜은 책임을 인정하지 않았다. 종자 문제가 아니라 생육 과정에 오는 바이러스와 재배 방식, 환경의 문제라며 농민들의 문제 제기를 무시했다.

최후 일격은 영화가 맡았다.

영화는 국립종자원에 근무하는 후배를 만났다. 그전에 먼저 우편으로 이노콘 샘플을 보내 DNA검사를 부탁했다.

국립종자원은 인적 드문 교외에 널찍이 자리 잡았다. 건물 주위 너른 들녘은 바둑판처럼 쪼개져 논과 밭, 아파트 단지로 개발됐다. 네모반듯하게 구획정리가 돼 효율적으로 보였지만 따뜻하고 인간적인 느낌은 없었다. 영화는 마을의 개성을 파괴하는 신도시 개발이 생산성을 높이려고 유전자를 조작한 작물과 비슷해 보였다.

'인류의 지속가능한 영속을 위해 열성 종자를 멸종시킨다?'

접견실에서 앉아 후배를 기다렸다. 테이블 위에는 동글동글한 과일 향 사탕이 나무상자에 소복하게 담겨 있었다. 영화는 무의식적으로 비닐을 벗겨 사탕을 입에 넣었다. 다디단 침이 두세 번 목구멍으로 넘어갈 무렵 후배가 서류 뭉치를 들고 나타났다.

웃음기가 사라진 후배 얼굴은 자못 심각해 보였다.

"종자원에 옥수수 품종 식별 DNA가 데이터베이스로 구축돼 있는데 이노콘은 없어. 새로운 종자야."

후배는 아랫배에 힘을 주고 말했다. 약간 흥분한 어조였다.

"이노콘은 수확할 때 씨를 받아 심어도 싹이 나질 않을 거야. 싹이 나도 열매를 맺지 못해. 이노콘은 채종이 불가능하게 만든 종자야. 씨받이가 되면 돈벌이가 안되니까 그렇게 만든 것 같아."

"GMO라는 거야?"

영화는 소리 높여 물었다.

"이노콘은 교배종이야. 쉽게 얘기하면 GMO 혼혈이지. 이노스팜이 달콤한 말로 농민들을 속인 것 같아. 대규모 시험재배 자료를 손쉽게 얻으려고 농민들에게 판매 허가도 나지 않은 품종을 싼값에 내다 팔고 심게 했으니 그렇게 유추할 수밖에 없어."

후배는 거침없이 말했다.

"유노스팜이 독자적으로 한 걸까?"

"2015년 정부는 GMO 벼 상용화를 추진하려다 못했어. 시민사회단체와 농민들의 반발이 거셌거든. 정부가 나서서 주곡을 GMO로 대체할 생각을 하다니. 아마 세계에서 유일한 나랄걸. 완전 미친 나라야. 식약청은 GMO의 안정성을 홍보하고, 농업진흥청은 유전자조작 벼 개발에 나섰으니 말 다 했지. 박근혜 정부가 물러난 뒤 GM 작물개발사업단이 해체됐는데 아직도 GMO 상용화를 추진하려는 세력이 있어."

영화는 눈을 동그랗게 떴다. 세계 최대 GM농산물 수입국인 것도 모자라 국내에서 시험 재배를 했다는 것 자체가 깜짝 놀랄 일이었다.

"배후는 미국일 거야. 한국 정부는 미국 말이라면 꼼짝 못하거든."

후배는 성질을 누르지 못하고 큰 소리로 말했다.

영화는 집에 돌아와 유노스팜에 이메일을 보냈다. GMO 시험재배와 관련한 의문점을 제기하며 국립종자원 유전자 검사표를 첨부했다.

영화가 이메일을 보낸 뒤 불량 종자 싸움은 일주일 만에 싱겁게 끝났다. 유노스팜은 무슨 이유인지 순순히 물러섰다. 농민들이 다시는 이의 제기를 하지 않는 조건으로 전국 모든 농가에 400억원 가까운 피해보상을 하고 입을 다물었다.

영화는 불량 종자 싸움을 전개하면서 알 권리의 중요성을 깨달았다. GM작물 재배는 막을 수 없어도 GMO로 만든 식품은 알고 먹어야 했다. 방법은 GMO 완전표시제밖에 없었다. 유럽은 강력한 의무표시제를 시행하지만 한국은 그렇지 않았다. 그나마 제도가 있지만, 예외 조항이 많아 마트 식품코너에서 볼 수 없었다.

50

민호는 민주일보를 찾았다. 민식이 남긴 다잉메시지를 세상에 알리려면 윤정천 기자의 도움이 필요했다.

미국은 사실이 알려져도 어떻게든 진실을 은폐하려고 모략을 꾸미거나 미꾸라지처럼 미끈둥미끈둥 빠져나갈 궁리를 할 게 틀림없었다. 민호는 신경 쓰지 않았다. 진실을 교묘하게 감추고 범죄와 파괴를 일삼는 미국의 속내를 들춰낸 것만으로도 의미는 충분했다. 신변의 안전도 크게 걱정하지 않았다. 이미 30년이나 지난 과거였고, 국민들의 피와 땀으로 민주화가 어느 정도 안착돼 있었다. 세상이 변할 줄 모르고 과거에 머물러 살다 죽음을 맞이한 민식과 그 그림자를 쫓으며 살았던 철우가 불쌍할 따름이었다.

윤정천 기자는 긴장한 표정으로 문서를 받아 들었다.

문서 제목은 JUPITER주피터였다. JUPITER는 Joint USFK Portal and Integrated Threat Recognition의 약자로 쉽게 얘기하면 주한미군의 생화학무기 대응을 뜻했다.

'미국의 세균전은 오래 전부터 계획한 일이었어.'

윤 기자는 주한미군기지에서 생화학무기 실험이 벌어진 사실을 망각하고 지낸 자신이 원망스러웠다.

2015년 경기도 오산 미군기지에 페덱스 택배로 살아있는 탄저균이 송달됐다. 탄저균은 대표적인 세균전 무기였다. 치사율이 97%에 달했다. 주한미군은 세균실험을 부인했다. 탄저균 반입도 처음이라고 공언했다. 이 사실은 금방 거짓으로 드러났다. 조사 결과 2009년부터 용산 미군기지에 탄저균이 15차례 반입됐고, 페스트균도 한국에 들여와 실험한 것으로 밝혀졌다. 밝혀진 것만이 정도였다.

용산과 오산에서 은밀하게 진행된 세균실험은 주피터 프로그램 중 하나였다. 평택, 군산 등 한반도 전역의 미군기지에서 이 프로그램은 운용됐다.

미군은 세균 반입이나 실험을 하지 않겠다고 약속했다. 그러나 주한 미 해군 사령부는 2016년 부산항 8부두 세균실험실에 맹독성 생화학물질인 리신, 포도상구균, 보틀리눔을 국제우편으로 반입했다. 미군은 방어용 세균실험이며, 어떠한 검사용 샘플도 사용하지 않겠다고 밝혔다. 이 역시 거짓이었다. 세균실험도 진행됐고, 북한 지역에 침투해 세균전을 수행하는 모의 시가전 훈련까지 벌였다. 모의 시가전 훈련은 세균실험이 방어용이 아니라 공격용이라는 반증이기도 했다.

미군은 1998년 9월 세계에서 처음으로 주한미군기지에 생화학무기 실험시설을 갖췄다. 한국에 반입된 탄저균은 미국 서부 유타주 허허벌판에 위치한 더그웨이연구소에서 생산됐다. 더그웨이연구소는 일제가 잔혹한 인간 생체실험을 자행했던 731부대의 연구자들과 자료를 토대로 설립됐다. 미국은 인명피해를 최소화하기 위해 사막 한가운데 연구소를 차렸고, 외부로 나가는 세균을 막기 위해 이중삼중으로 밀폐장치를 설치했다. 한국에서는 달랐다. 아파트와 학교, 사람들이 밀집한 상업 지역 인근에서 밀폐장치도 제대로 설치하지 않고 극소량으로도 수백만 명을 살상할 수 있는 맹독성 세균실험을 자행했다.

미군은 2018년 주피터 프로그램을 완료했다. 주피터는 생화학전 대응 체계인 센토CENTAUR 프로그램으로 통합돼 운용됐다.

2020년 미국의 여러 군수업체 홈페이지에 '표본 수집·분석, 위험경보 대응, 장비교정, 예방유지보수'를 담당할 전문인력 채용 공고가 났다. 근무지역은 용산, 동두천, 부산, 대구, 평택, 진해 등 주한미군 주둔지였다. 채용 공고는 한반도에서 여전히 세균실험이 벌어지고 있으며, 센토 체계가 전방위적으로 운용되는 정황을 보여주는 증거였다.

김민식 기자는 1990년 미국이 주한미군기지에 생화학무기 실험실을 설립하려는 계획을 알게 됐다. 그 사실은 조지프 니덤 박사가 알렸다.

생화학자 조지프 니덤은 1952년 제3국 과학자들의 현지 조사와 미군의 자필 진술서, 세균폭탄 투하 지역 등이 상세히 기록된 보고서를 만들었다. 한국전쟁 당시 일본 731부대 전범들을 이용해 미군이 벌인 세균전을 폭로한 일명 '니덤보고서'였다.

미국은 빠르게 대처했다. 니덤보고서를 중국공산당의 프로파간다로 규정하고 맹비난했으며, 니덤을 중국에 속은 멍청한 공산주의자라고 힐난했다. 미국의 주장은 자유진영 국가들에 지지를 얻었고, 니덤보고서는 폐기됐다.

2013년 니덤보고서 원본이 공개됐다. 그동안 일부 내용이 알려지긴 했지만 원본이 공개된 것은 처음이었다. 보고서 원본은 임종태 영화감독이 경매회사 코베이에 매물로 내놓으면서 세상에 나왔다. 보고서에는 미국의 세균전과 관련한 실상이 670쪽에 걸쳐 자세하게 담겼다.

과연 진실은 무엇일까?

1998년 엔디컷 요크대학 교수는 미국의 기밀문서들을 분석한 결과 미국이 한국전쟁 당시 세균전을 벌였다는 결론을 내렸다. 2011년 카타르 위성방송 알자지라는 미군 지휘부가 세균전 실험을 명령한 1951년 9월 21일 자 문서를 공개하기도 했다.

설사 니덤보고서가 미국의 주장처럼 공산주의자들의 흑색선전이라고 해도 '주피터'는 부인할 수 없었다. 주피터는 미군이 생화학무기방어 체계를 구축하기 위해 마련한 프로그램 중 하나였다.

니덤은 2차 니덤보고서를 작성했다. 미국이 탄저균, 두창, 페스트, 야토, 보툴리눔 등 10여 종의 맹독성 세균에 대한 실험을 본토 대신 한국에서 실행할 첩보를 중국 정보당국에 전달받아 보고서를 작성했다. 그러나 보고서를 세상에 공개하지 않고 김민식 기자에게 보냈다. 자신이 나서면 또다시 매카시즘 광풍이 몰아칠 게 뻔했고, 주한미군기지에서 벌어지는 세균 실험은 한국 국민이 스스로 해결할 일이기도 했다.

2차 니덤보고서에 따르면 주피터의 전신은 존 F. 케네디 대통령이 극비리에 진행한 프로젝트 112였다. 미 합동참모본부는 1962년 봄 데서렛 실험센터를 신설해 세균전을 준비했고, 이후 미국 정부는 생화학무기를 실험할 장소로 한국을 낙점했다.

미군은 한국 정부 몰래 생화학무기로 사용되는 병원균을 주한미군기지에 들여와 실험했다. 병원균에는 탄저균과 페스트균을 비롯해 청산가리보다 30만배 강한 보툴리눔 에이형 독소와 지카 바이러스도 포함됐다.

김민식 기자는 2차 니덤보고서를 인용해 미국이 한국을 생화학무기 실험장소로 결정한 이유를 분석했다. 소련과 중국, 북한으로 둘러싸인 한국의 지정학적 요소도 있지만 SOFA주한미군지위협정과 미국에 대한 한국 정부의 무한한 사대주의 때문이라고 기사를 썼다.

SOFA주한미군 주둔군 지위협정 규정상 주한미군이 기지에 위험물을 반입해도 한국은 미군의 화물을 검사할 수 없어 비밀보장이 용이했다. 게다가 한국 정부는 주한미군에 매우 협조적이었다. 주한미군 범죄와 천문학적인 주둔비용 요구에도 굴욕적인 태도로 일관하며 저들의 말 들어주기에 바빴다.

김민식 기자는 식민 지배와 다름없는 현실에 분개했다. 데스크에 미군의 세균전 계획을 고발하는 기사를 송고하고 정부의 반응을 기다렸다. 그러나 기다림의 끝은 보안사의 취조와 고문이었다.

윤정천 기자는 기가 막혀서 입을 다물지 못했다.

'이 사실이 1990년에 알려졌다면 주한미군기지에서 생화학무기 실험은 벌어지지 않았다. 도대체 보안사는 누구를 위해 일하는 곳이란 말인가. 미국놈들 뒤나 닦아주는 곳인가……'

윤 기자는 가슴이 아팠다. 지난 30년 동안 김민식 기자의 절망이 어떠했을지 느낌이 왔다. 그는 무슨 일이 있어도 김민식 기자의 분노를 세상에 알리겠다고 결심했다.

미군이 점령군으로 이 땅에 들어온 지 77년이 됐다. 미군은 친일 세력을 앞잡이로 내세워 식민 지배체제를 그대로 유지하고, 친일 세력을 대거 기용한 이승만 정부를 옹립해 친일 청산과 민족 번영을 막았다.

그뿐인가. 미군은 한국에 주둔하면서 상해, 강간, 방화, 살인 등 수많은 범죄를 저질렀다. 한반도의 환경을 상습적으로 파괴했고, 남북화해와 협력교류를 방해했으며, 한반도에 전쟁 위기를 조장했다.

미군의 악행은 한반도에서 그치지 않았다. 미국이 지구상에서 저지른 침략전쟁과 제재, 수탈, 범죄, 파괴는 글로 다 나열하기가 어려울 정도로 많았다.

어느 누가 미국에 이런 권한을 줬을까.

아무도 주지 않았다.

SOFA 전면 개정이 필요했다. 그래야만 한반도가 미군의 실험실로 전락하는 것을 막고, 민족 자주와 한반도 평화를 실현할 수 있다.

'과연 SOFA 개정은 가능할까?'

윤 기자는 머리가 지끈지끈 쑤셔 두통약을 찾았다.

잔혹한 미군 범죄가 이어지고, 기지 환경오염이 심각해도 소용 없었다. 미군 장갑차에 효순이 미선이가 죽고, 생화학무기 실험이 버젓이 벌어져도 SOFA 조항은 한 글자도 바뀌지 않았다.

2장 장애물

인생은 장애물 달리기다.
삶이 끝날 때까지
생존의지를 꺾는 장애물이 줄기차게 나타나
앞을 가로막는다.

영화의 남자

　영화는 정훈을 볼 때마다 첫 남편 수영이 떠올랐다. 두 사람의 외모가 매우 비슷했다. 그녀는 수영과 성장기에 겪었던 아픔을 서로 확인하면서 사랑의 감정을 키웠다.

　수영의 삶은 운명과 의지의 싸움이었다. 수영은 맨주먹으로 자수성가한 고아였다. 부모를 잃은 슬픔과 친인척의 무관심에 웃음을 잃었고, 굳은 얼굴을 펼 여유도 없이 먹고살려고 앞만 보며 살았다. 정해진 운명을 뒤집기 위해 전력전심을 다했다. 영화는 가슴이 메말라 버린 수영에게 마음을 내줬다. 수영이 상처받은 모든 것을 용서하도록 따뜻한 애정을 쏟았다. 그럴수록 수영에게 더욱더 많은 사랑을 갈구하고 집착했다.

　수영은 영화의 애정을 연민이나 호의라고 생각해 청혼을 연거푸 거절하다가 마지못해 결혼했다. 그러나 일과 돈, 출세에 미쳐 영화를 등한시했다. 욕심이 눈을 멀어 남의 재물까지 탐냈다.

　두 사람은 자연스레 의견충돌이 잦아졌다. 상처의 근본이 달라서 벌어진 일이었다. 영화의 아픔은 수영과 원천적으로 달랐다. 어머니에게 사랑받지 못한 서러움이 쌓인 것일 뿐 가족의 부재로 생긴 상처는 아니었다.

수영은 겉으로 보기엔 멀쩡했다. 머리도 좋았고, 수완도 뛰어났다. 사업가로서 전도가 유망했다. 사업은 IMF가 터지고 거래 업체가 도산하면서 위기를 맞았다. 경기가 좋지 않을 때도 흑자를 이어가던 회사가 자금 유동성에 문제가 생기면서 사업을 강제로 접다시피 했다. 그는 다시 의료기술 아이디어로 벤처기업을 세워 성공가도를 달렸다. 결혼한 뒤에는 처가 덕분에 사업에 탄력을 받았다. 무역의 날에는 정부에서 주는 수출의 탑을 수상했고, 장래가 기대되는 기업 CEO로 신문에 소개됐다. 장인의 영향력이 막대해 기술과 자본, 부동산 등 여러 방면에서 투자 유치도 활발하게 이뤄졌다.

수영은 성장의 고삐를 늦추지 않았다. 하루라도 빨리 회사를 세계적인 기업으로 키우기 위해 무엇이든지 했다. 부정한 짓도 서슴지 않았다. 정치권력과 몰래 결탁해 이권을 챙겼고, 경쟁 기업들의 판로를 끊어놓고 망할 때가 되면 인수해 시장을 독점해 나갔다. 돈 좀 쓰는 남자라면 누구나 가지려고 하는 애인 겸 비지니스 파트너도 만들었다. 짜릿한 하룻밤의 쾌락이 필요해서가 아니었다. 함께 어울리는 신진 재벌들과 수준을 맞추려면 애인은 필수였다.

수영의 애인은 재능과 용모가 뛰어났고, 자신의 분수를 알았다. 자기가 경영하는 회사를 키우기 위해 능력 있는 남자의 돈과 배경을 원했지만 함부로 조강지처 자리를 탐하지 않았다. 사치스럽지도 않았고, 자기가 원하는 만큼만 실속을 채웠다.

수영과 애인이 만나는 횟수가 많아질수록 부부관계는 급격하게 소홀해졌다. 수영은 봉건 시대 사람처럼 부부의 정신적 유대감을 무시했다. 쾌락과 이용가치, 자신의 명예를 지키는 일 이외에는 크게 의미를 두지 않았다.

영화는 결혼한 지 3년 만에 합의 이혼했다. 수영에 대한 분노와 원망이 사무쳐 이혼 결정은 쉬웠다. 이혼은 결혼생활이 짧은 데다 자식이 없어 재산분할이나 위자료 같은 잡음 없이 일사천리로 진행됐다. 더 깊은 상처를 만들지 않기 위해 서로 묵인하며 덮어버린 측면이 컸다.

영화는 수영과 갈라선 뒤 한동안 솔로로 지내다 중매쟁이의 소개로 동갑내기 이혼남을 만났다. 국내 100대 재벌가의 자제였다. 조용한 성격에 외모도 수려하고 성실한 남자였다. 영화는 첫 결혼에 실패한 뒤 사랑을 바라지 않았다. 성격이나 의견 차이로 옥신각신하고 싶지 않았다. 야망과 정열이 과잉된 남자도 싫었다. 오직 조건이었다. 유복한 집안에서 태어나 단란하고 평탄하게 자란 남자면 충분했다.

그녀는 상견례를 마친 뒤 곧바로 결혼식을 올렸다. 새 남편과 네 번째 만나는 날이었다. 시댁 어르신들의 권유대로 하던 일도 그만뒀다. 돈 많은 집안이니 굳이 영화가 일할 필요는 없었다. 신혼여행도 가지 않았다. 여름휴가로 신혼여행을 대신하기로 했다.

영화는 시부모 집에서 시집살이를 시작했다. 삼 년 동안 시부모와 함께 살면서 시댁의 기풍을 배우는 게 결혼 조건이었다. 그러나 시집살이는 사흘 만에 끝났다.

영화의 새 남편은 낮과 밤이 달랐다. 낮에는 말이 없고 유순한 성격이었지만 밤에는 사디스트였다. 새 남편은 밤마다 저돌적으로 돌변했다. 환락을 위해서는 어떠한 거리낌이 없었다. 내일이 없는 사람처럼 말초적인 도취와 감각적인 탐락에만 목말라 영화를 못살게 굴었다. 그는 여자를 학대하면서 열락을 느꼈다. 영화를 물고 핥으며 손바닥으로 후려갈기다가 손바닥과 피부가 마찰하면서 나는 메마른 소리에 흥분해 분별없이 피스톤운동에 몰두했다. 새 남편은 열심히 허리를 움직이는 와중에도 영화를 괴롭혔다. 영화의 등과 어깨, 엉덩이, 허벅지가 벌겋게 부어오른 자리를 움켜쥐는 행동을 반복했다. 영화는 첫날밤 너무 놀라고 무서워 꼼짝도 못 했다. 새 남편의 손목을 잡고 방어하다가 힘을 모두 소진해 나중에는 될 대로 되라는 식으로 몸을 맡길 수밖에 없었다.

영화는 밤새 잠을 못 자고 벌벌 떨다가 다음날 아무 일도 없었던 것처럼 시부모의 얼굴을 봤다. 이제 갓 시집온 며느리가 시부모 앞에서 남편과의 잠자리 얘기를 꺼낼 순 없었다. 지난밤 같은 일이 일어나지 않기를 바랄 뿐이었다.

새 남편의 가학은 다음 날에도 반복됐다. 새 남편은 섹스 중독이었다. 밥을 먹는 것처럼 섹스를 아주 평범한 일과 중 하나로 생각했다. 절제된 성생활이 일상에 활력을 주는 것을 몰랐다.

영화는 삼 일 만에 시댁에서 나왔다. 귀물스럽고 호화로운 것으로 치장된 집안이 모두 위장과 억지, 가식처럼 보였다. 머릿속에서 그려지는 미래의 부부생활도 뻔했다. 잠자리를 피하려고 할수록 새 남편은 더욱더 성에 집착하고, 듣도 보도 못한 변태 성욕을 충족하기 위해 자신을 괴롭힐 게 뻔했다. 영화의 아버지는 집안 대 집안의 비밀을 지키는 조건으로 두 사람을 이혼시켰다. 이혼했지만 혼인신고를 하지 않았으니 허망하게 끝난 삼일천하였다.

영화는 다시는 결혼하지 않겠다고 결심했다. 두 번의 결혼은 박복한 여자, 사랑받지 못한 여자의 슬픔이 무엇인지 뼈저리게 느끼게 했다. 영화는 무서운 고통과 슬픔을 짓누르는 시간을 보낸 뒤 시골에 들어왔다. 도시를 떠나 속박 없이 조용하게 살고 싶었다.

캐서린의 호더

캐서린의 할아버지는 일제강점기에 일본 동경에서 공부할 만큼 만석 꾼의 자식이었다. 그는 구한말 외세의 일장풍파에도 부과 지위를 유지했다. 영악한 정세 판단과 현대사의 질곡에 따라 시류를 타는 능수능란한 유영술 때문이었다. 해방 후에도 유들유들한 처세술로 출세 가도를 달렸고, 한국전쟁일 발발하기 전 군 장성이 됐다.

할아버지는 일제에 부역했지만 죽을 때까지 반성하지 않았다. 민족 반역자로서 누렸던 온갖 부귀를 타인과 경쟁에서 이긴 것으로 합리화했다. 할아버지의 친일 행각은 도를 넘었다. 그 최대 피해자는 할머니와 이모할머니였다. 할머니는 관동대학살 때 부모와 친지를 잃고 일본인 사회주의 공동체에서 뒷일을 봐주며 여동생과 함께 자랐다. 할아버지는 동경 유학 시절 할머니와 만나 결혼했다.

일본은 조선의 식민통치를 위해 내선일체를 내세우며 일왕에게 충성 맹세를 강요했다. 신사참배를 의무화했고, 창씨개명을 추진했으며, 조선어 교육을 전면 금지했다. 할머니는 문인이었다. 일제에 부역하는 할아버지 뒤에서 신분을 감추고 우리말과 역사, 정신을 계승하고 가부장적 사회의 구속과 억압을 고발하는 작품을 필명으로 발표하면서 반일 독립운동을 펼쳤다. 그러나 할머니의 활동은 할아버지에게 발각되고 말았다. 할아버지에게는 아내를 돕는 처제도 눈엣가시였다.

1941년 12월 8일 일본의 진주만 공습이 벌어진 다음 날 할머니와 이모할머니가 사라졌다. 주위 사람들은 누군가의 밀고로 경무국 검열계에 잡혀가거나 독립운동하러 만주에 갔을 거라고 쑥덕였다.

일본이 태평양전쟁에서 패하고 한국은 해방을 맞았다. 독립했지만 할머니와 이모할머니는 집에 오지 않았다. 1946년 할아버지는 홍콩과 상하이를 오가며 무역업을 하다 미군정이 들어서자 지인들의 권유로 군에 입대해 소령으로 임관했다. 한 달 후 중령으로, 이듬해 대령으로 진급해 요직을 두루 거치다 한국전쟁 직전 육군본부 정보국장으로 임명됐다. 한국전쟁 때 북한 전차대의 공격으로 육군본부가 와해돼 은신하다 1950년 9월 28일 연합군의 서울 수복 이후 군에 복귀해 준장으로 진급했다.

할아버지는 미군정이 공산당 활동의 불법화 조처를 하자 부하들에게 창고 안에 있던 항아리 두 개를 비우라고 명령했다. 출입문이 자물쇠로 단단하게 물려 있어 그동안 누구도 들어가지 못한 창고였다.

창고 안은 발 디딜 틈 없이 쓸모없는 물건들로 가득했다. 낡은 바구니부터 이 빠진 사기그릇까지 버려도 될 만한 물건들이 빼곡하게 들어찼다. 제일 안쪽 귀퉁이에 놓인 항아리 두 개에는 간장이 반쯤 차 있었다. 그 속에는 홀연 종적을 감춘 할머니와 이모할머니의 시신이 각각 들어 있었다. 그는 사회주의자들이 두 사람을 죽였다며 사건 무마를 시도했다. 어느 누구도 그 말을 곧이곧대로 믿지 않았지만 국군 고위 간부인 그의 말에 토를 다는 사람은 아무도 없었다.

할아버지는 일제의 황국신민화 정책에 적극적으로 부응했다. 구국의 일념으로 암암리에 독립운동을 벌이던 할머니와 이모할머니를 죽여 친일에 앞장섰다. 다행히 두 딸은 죽이지 않았다. 아직 어려서 아무것도 모를 거라고 생각했다.

그는 두 사람의 시신을 땅에 파묻지 않고 항아리에 넣어 보관했다. 할아버지는 집착의 일종인 호딩증후군을 앓고 있었다. 창고 안에 쌓인 물건을 바라보며 위안과 편안함을 느끼는 저장강박증 환자였다. 두 사람의 시신마저 자신의 소유물로 생각해 차마 버리지 못했다.

할아버지는 항아리를 비운 뒤 곧바로 재혼했다. 한물간 여자도, 시골 여자도 아니었다. 인텔리 냄새가 풀풀 나는 젊은 여자였다. 당시엔 좀처럼 보기 힘든 세련된 양장에 절제된 교태로 품위와 위엄을 느끼게 하는 신여성이었다.

할아버지가 재혼할 당시 큰딸의 나이는 열세 살이었다. 큰딸은 여름날 한밤중에 열린 문틈으로 아버지와 새어머니가 성교하는 모습을 본 뒤부터 벌거벗은 남자 그림만 그리는 호더가 됐다. 아버지에게 버림받을지 모른다는 불안과 어머니처럼 죽을 수도 있다는 공포에 짓눌려 청소년기를 보냈다. 할아버지는 딸에게서 자신과 같은 집착의 징후를 발견하고 사랑을 쏟았다.

치료는 쉽지 않았다. 그 어떤 관심도 결핍되고 박탈된 마음을 채워주지 못했다. 방법은 그냥 놔두는 거였다. 스스로 변해야 살았다. 큰딸은 성인이 되고 생존에 대한 두려움이 없어지면서 벌거벗은 남자에 대한 집착을 버렸다.

큰딸은 바로 캐서린의 어머니였다.

민자의 외로움

동식은 민자가 뚱뚱하다고 무시했다. 애교 없고, 손발이 거칠고, 뙤약볕에서 일만해 시커멓게 타버린 아내를 못마땅해했다. 민자는 애써 담담하려고 노력했다. 어떻게든 동식의 마음을 돌려놓겠다고 다짐했다. 서로 사랑해서 결혼했다는 믿음이 그 뿌리에 있었다.

얼굴에 향긋한 냄새가 나는 하얀 분부터 발랐다. 민자는 자신의 외모 중 까만 피부가 가장 마음에 들지 않았다. 백설처럼 피부가 하얘야 더 여성스럽고 예쁘게 보인다고 믿었다. 그녀는 난생처음으로 야시시한 빨간색 속옷도 사 입었다. 빨간 립스틱을 입술에 조금씩 발라 혈색이 돌아보이게도 했다.

민자는 다이어트에 도전했다. 두꺼운 뱃살을 없애려고 훌라후프를 열심히 돌렸다. 허벅지를 늘씬하게 하려고 스테퍼를 열심히 밟았다. 그녀는 매일 밭에 나가 일을 했기 때문에 운동을 대수롭지 않게 생각했다. 일도 힘들어 죽겠는데 억지로 땀을 빼는 운동이 왜 필요하나 싶었다. 하지만 나이가 들수록 점점 뱃살은 늘어졌고 팔뚝은 두꺼워졌다. 운동과 노동은 확실히 달랐다. 운동은 건강과 미용을 위한 것이었고, 노동은 사람의 골수를 빼먹는 것이었다. 일은 하면 할수록 몸이 가볍고 유연해지는 것이 아니라 양어깨는 무겁고 사지는 뻐근해졌다.

삶은 생각처럼 호락호락하지 않았다. 세상은 갖가지 살기로 뒤엉켜 민자를 벼랑 끝으로 내몰았다. 동식은 혼자 즐기기 바빴고, 지인들은 뒤돌아 앉아 편히 쉴 자리를 내주지 않았다.

민자는 외로웠다. 그럴 때마다 기름이 지르르 흐르는 동식의 얼굴이 보였다. 가슴이 선득했다. 생사마저 알 수 없는 동식을 언제까지 기다려야 하는지 답답했다. 한편으로는 독수공방하는 자신의 처지가 한없이 처량해 코끝이 찡했다. 부부는 잘살든 못살든 살 부대끼며 살아야 미운 정도 쌓이는 법이었다. 민자는 10년 가까이 지지고 볶으며 살았던 동식이 눈앞에서 사라지자 적적함을 견디지 못했다. 혼자만 덩그러니 남은 것 같아 밤낮으로 눈물을 흘렸다. 며칠이 지나자 다른 생각이 들었다. 너무 편안했다. 서로 돕고 의지하지 못하는 가족은 짐일 뿐이었다. 남편은 자신을 하찮은 일로 괴롭히고 불쑥불쑥 화를 돋게 만드는 숙주였다. 조강지처를 버젓이 놔두고 바람피운 치욕까지 안겼다.

민자는 두 아들 앞에서 조금도 찡찡한 내색을 하지 않았다. 단 한 번도 남편을 원망하거나 욕하지 않았다. 너희들 때문에 참고 산다는 식의 표현도 하지 않았다. 아들 앞에서 아버지를 비난하면 나중에 어른이 돼서 아버지 역할을 무의식적으로 거부할 수 있었다. 또 왜곡되고 부정적 감정을 심어준 엄마를 평생 원망하며 안정적인 가정생활을 영위하지 못할 수 있었다. 무엇보다 아비 없는 후레자식이라는 소리를 듣게 하지 않으려면 정신적으로 아이들을 건강하게 키워야 했다. 타인을 존중하는 마음은 가정환경과 성장기의 훈육이 많은 영향을 미쳤다.

　민자는 두 아들에게 바람이 있었다. 특별한 건 아니었다. 사람들은 결혼하고, 자식을 낳아야 철이 들었고, 부모의 마음을 알았다. 그때서야 부모를 챙기며 노고에 감사했다. 민자에게 그런 건 다 소용없었다. 철이 들지 않아도, 부모의 마음을 몰라줘도 괜찮았다. 집안일만 잘 도와주면 됐다. 그러나 두 아들은 그야말로 철부지였다. 밖에 나가 놀기 바빴다. 어려운 형편에도 컴퓨터를 사 달라, 스마트폰을 사 달라 조를 정도로 응석이 심했다. 첫째나 둘째나 크게 다르지 않았다. 민자는 자식에 대한 애착심이 남달리 강했다. 두 아들이 아버지를 닮아 그런 거라고 애써 동식에게 원망을 돌렸다. 민자에게 두 아들은 삶의 전부였다. 민자는 두 아들이 곁에 있는 것만으로도 든든했고, 세상 그 어떤 것과 견줄 수 없을 만큼 자랑스러웠다. 칠흑처럼 깜깜한 현실이 다가오더라도 두 아들을 위해서라면 어떠한 희생도 치를 각오를 했다.

다짐과 다르게 마음이 흔들릴 때가 많았다. 슬픔이 북받치고 원망이 가슴속에 뒤범벅되어 심히 괴로웠다. 이불속 사정도 그랬다. 남편의 몸을 잊지 못해 들던 밥숟가락도 놓았다. 민자는 욕정에 겨워 잠 못 이루는 날이면 평상에 앉아 밤하늘을 올려다봤다. 무수한 별들도 자기를 봐 달라고 저렇게 반짝이는데 자신은 한마디 읍소조차 할 데 없어 가슴이 아팠다.

민자는 원망과 그리움이 부질없이 커지는 날에는 산뽕나무가 그늘을 만드는 계곡을 찾아 존재의 이유를 끊임없이 물었다. 그 순간만큼은 삶에 대한 열정이 마음속에서 살아나 꿈틀거렸다. 먹고 사는데 급급한 개나 돼지가 아니라 사람이라는 생각이 들었다. 남자에게 사랑받지 못한 여자도 나름대로 인정받고 살아야 할 가치는 충분했다. 그러나 열정이 그저 붉은 것이라는 사실을 깨닫는 데 그리 오랜 시간이 걸리지 않았다. 열정은 암담한 현실을 견디게 해주는 진정제일 뿐이었다. 잘 될 거라는 희망도 열정이 만들어낸 막연한 환상에 불과했다. 욕망이나 불만족을 채우려는 열정은 오히려 삶에 독이 됐다. 삶은 살아가면서 얻어졌고, 그 시간들이 모여 완성됐다. 자신의 마음에 비추어 부끄러움 없이 살려는 노력과 인내가 열정보다 더욱 필요했다.

정훈의 베토벤

사람들은 대부분 음악을 좋아한다고 말했지만 진정으로 좋아하는 사람은 드물었다. 음악을 진정으로 좋아하는 사람은 악기에 호기심이 많았고, 오선지를 채우고 싶은 욕망으로 일렁였다. 과거의 훌륭한 음악을 찾아 들었고 음악사, 음악가, 음악이론 같은 지식도 넓었다. 정훈은 음악을 진정 좋아했다. 성격도 음악가로 적합했다. 그는 천성이 섬세했다. 감성이 이성보다 발달해 감수성이 풍부했고, 작은 소리에도 귀가 민감하게 반응했다. 시각장애인이 소리와 촉감으로 상황이나 상태를 판단하는 것과 비슷했다. 음악은 순간적으로 감동을 전하는 예술이기 때문에 치밀하고 정교하게 연주하지 않으면 조화로운 소리를 내기 힘들었다.

정훈은 어렸을 때부터 기타를 쳤다. 팽팽하게 죄인 줄을 튕길 때마다 각기 다른 음이 나오는 게 신기해서 기타를 가까이했다. 연주 실력은 수준급이었다. 그룹사운드를 한다고 폼 잡고 다닐 만했다. 고등학교 다닐 때는 머리도 길렀다. 학생주임이 가위를 들고 다니며 단속해도 꿋꿋하게 버렸다. 잘리면 잘리는 대로 기른 머리카락이 어느새 어깨까지 내려왔다. 그는 음악을 좋아하는 친구들끼리 '크루새드'라는 팀을 결성하고 활동했다. 가죽 바지에 가죽 재킷, 반짝거리는 금속 찡과 액세서리로 치장하고 무대에 올랐다. 크루새드는 군대에 다녀온 뒤 프로 밴드로 정식 데뷔했지만 히트곡은 없어 아르바이트 하듯 무대에 섰다. 오프닝 때 바람잡이를 하고, 유명 가수의 세션으로 활동하고, 심지어 어르신 회갑이나 칠순 잔치에도 불려가 트로트 가락을 뜯었다. 크루새드는 생계에 쫓겨 바둥대다 5년 만에 소리 소문 없이 가요계에서 사라졌다.

정훈은 클래식을 즐겨 들었다. 베토벤의 음악에 유독 애착이 심했다. 유년 시절 그의 우상은 베토벤이었다. 이삼십 년 전 초등학교에 다녔던 아이들 대부분은 의사나 판검사가 되는 것이 꿈이었다. 당찬 아이들은 대통령을 꿈꾸기도 했고, 선생님을 존경했던 아이들 몇몇은 교사가 되길 원했다. 정훈은 곧 죽어도 베토벤 같은 작곡가가 되고 싶었다. 유려하지만 결코 가볍지 않았던 베토벤의 교향곡에 마음을 빼앗겼다. 특히 교향곡 9번 합창을 편애했다. 불우하고 힘겨웠던 삶의 짐 때문이었다. 베토벤은 죽는 날까지 가혹한 운명과 부정한 세상에 맞섰다. 젊은 시절 피아니스트로 귀족들의 환대를 받았지만 한 번도 공직에 나가지 않았다. 그들에게 종속돼 사는 것보다 자신의 음악에 최선을 다하고 싶었다. 배고픔이 베토벤의 가족을 나락으로 떠밀었을 때에도 궁정 연주가의 안락을 거부하고 끝까지 작곡가의 길을 걸었다. 베토벤은 서른 살이 되기 전에 시작된 난청으로 귀가 멀면서 엄청난 고통과 고독에 빠졌다. 하지만 그는 시시각각 엄습해오는 병마에도 아랑곳하지 않고 운명을 개척해 심오한 음악들을 인류의 자산으로 남겼다. 베토벤의 삶은 그야말로 저항과 투쟁의 연속이었고, 운명의 고통을 창작 하나로 이겨낸 인간승리 그 자체였다. 정훈은 어렸을 때 베토벤 위인전을 읽으면서 눈시울을 적셨다. 고된 노동과 인내를 감내했던 베토벤이 그 어떤 사람보다 더욱 위대하게 보였다.

정훈은 불혹의 나이가 되도록 하나의 목표를 위해 완벽하게 헌신한 적이 없었다. 베토벤처럼 자신의 모든 것을 걸고 완전하게 동화돼 살아보지 않았다. 그는 더 늙기 전에 자기 삶을 살고 싶었다. 하지만 그것이 무엇인지 자신도 정확하게 알지 못했다.

3장 기억

한국전쟁은 여전히 진행 중이다.
이데올로기 대척점에서 서로 다르게 과거를 기억하며
삼팔선을 사이에 두고 전쟁을 벌이고 있다.

할아버지의 기억

　1945년 9월 8일 인천항은 인산인해였다. 인천항에 입항하는 미군을 환영하러 나온 인파였다. 해방 후 치안은 일본 경찰이 맡았다. 일본 경찰은 미국의 명령에 따라 인천항 전역에 통제령을 내렸다.

　미국은 일본총독부에 밀사를 보내 당분간 지휘체제를 그대로 유지할 것을 명령했고, 일본은 조선 건국준비위원회에 모든 권한을 이양하겠다는 약속을 취소했다.

　조선인들은 한 손에 태극기, 한 손에 성조기를 들고 환호성을 준비했다. 미군을 해방군으로 알았다. 민호 할아버지도 지역 상인들과 함께 미군을 보기 위해 인천항에 나왔다.

　바다 멀리서 미군 전투기 편대가 폭음을 내며 날아왔다. 금방이라도 공습을 하려는 것처럼 인천항 상공을 빠르게 선회하며 조선인들을 위협했다. 민호 할아버지는 불안한 눈빛으로 전투기를 주시했다. 해방 직후 한반도를 분할 점령한 미소 양군이 일본의 자리를 대신하지 않을까 의심했다. 할아버지는 평안남도 남포에 거주하다 생계를 위해 친척들이 모여 사는 인천으로 이주했다.

1945년 2월 미국은 얄타회담에서 소련에게 대일본전쟁 참여를 요청했다. 이를 받아들인 소련은 8월 9일 만주로 진격한 뒤 이틀 만에 한반도에 입성했다. 소련이 파죽지세로 남하하자 미국은 다급해졌다. 미국의 목적은 조선의 해방이 아니라 점령이었다. 소련이 한반도에 진입한 날 미 국무성은 긴급회의를 소집하고 딘 러스크 소령에게 대책을 맡겼다. 그는 지도를 펼치면서 서울이 있는 남쪽은 우리가 갖고, 소련한테는 북쪽을 주자는 의견을 냈고, 이내 삼팔선이 그어졌다.

미국 정부는 인천항으로 향하는 미군에게 조선의 국민을 적국의 국민으로 간주하라는 명령서를 전달했다. 한반도 전역에는 비행기로 맥아더 포고령 1호를 배포했다. 맥아더는 포고령에서 스스로 점령군이며 조선을 점령하기 위해 이 땅에 들어왔다고 밝혔다. 그러나 인천항에 모인 조선인들은 이 사실을 몰랐다.

미군 장교들은 인천을 향하는 배 안에서 두 개의 기밀문서를 읽었다.

'제니스 75' 문서에는 한반도의 정치·경제·사회·문화에 대한 내용은 물론 조선인과 일본인을 구별하는 방법까지 담겼다.

'조선의 육·해군 정보조사서' 문서에는 미군의 한반도 점령 때 필요한 국민들의 정서나 태도 등과 주둔 전 일본총독부를 통해 김구, 유억

겸, 김성수 등에 대해 얻은 구체적인 정보가 기록됐다.

미 제24군단 7사단이 일본경찰의 호의를 받으며 인천에 상륙했다. 조선인들은 태극기와 성조기를 흔들며 해방군 만세, 미군 만세를 외쳤다. 일본 경찰은 폴리스라인을 넘지 말라고 조선인들을 총으로 위협했다. 민호 할아버지는 일본 경찰에게 항의했다. 패전국이 된 일본 경찰의 기고만장한 모습을 보고만 있을 수 없었다. 그때 함성소리를 뚫고 총성이 들렸다. 일본 경찰이 조선인들을 향해 무차별 총격을 가했다. 민호 할아버지는 그 자리에서 총탄을 맞아 즉사했고, 14명의 조선인 사상자가 발생했다.

미군은 일본 경찰의 편을 들며 총격을 옹호했다. 조선인들 사이에서 미군에 대한 부정적 여론이 일어났다. 식민지 조선의 운명이 일제를 거쳐 다시 미제로 넘어가는 것이 아니냐고 우려했다. 미군정은 뒤늦게 사태의 심각성을 인식했다. 미 육군 소속 방첩부대 CIC를 시켜 사건 전말을 조사하도록 했고, 조선 건국준비위원회가 일본관헌에 전달한 항의의 뜻도 받아들이며 인천항 총격사건을 무마했다.

다음 날 미군 7사단은 17보병연대만 인천에 남겨놓고 서울로 향했다. 이날 일본군은 미군에 공식 항복했고, 조선총독부 건물에는 일장기 대신 성조기가 걸렸다.

할머니의 기억

민자 할머니는 한국전쟁이 벌어지기 1년 전 생계 때문에 월남했다. 식량부터 잠자리까지 도움 받을 수 있는 친척들이 인천에 살았다.

1950년 9월 10일. 맑은 강물이 퍼렇게 흔들리며 물안개를 만들어내는 초가을 새벽이었다. 곤한 잠에 빠져 있던 할머니는 어딘가에서 귀청을 때리는 굉음에 놀라 잠에서 깼다. 마을회관 인근에 떨어진 네이팜탄이 몇몇 주민들의 사지를 찢어놓은 후였다. 두 번째 폭탄은 집 위로 떨어졌다. 그 자리에서 아버지가 숨을 거뒀다.

마을은 삽시간에 불바다가 됐다. 거동이 불편하거나 다친 주민들은 미처 피하지 못하고 불에 타 숨졌다.

폭음에 놀란 주민들은 속옷 바람으로 뛰쳐나와 아이를 둘러업고 달리기 시작했다. 얼마나 무서웠는지 파편이 몸에 박힌 사람들도 아픈 줄 모르고 도망쳤다.

미군 전투기는 저공비행을 하며 주민들을 향해 무차별 기총사격을 가했다. 육안으로도 충분히 민간인이라고 식별할 수 있었지만 사격은 멈추지 않았다. 총탄은 달리는 사람들의 몸속으로 파고들었다. 심지어 파편에 맞아 신음소리를 내며 바닥에 쓰러진 사람에게도 총탄은 계속 날아들었다. 야만에 가까운 학살이었다. 야만성은 적대감을 가지고 있을 때만 표출되는 감정이 아니었다. 미군의 눈에 비친 마을 사람들은 인간 이하의 비루한 생명체였다.

할머니는 큰 충격을 받았지만 눈물 흘릴 여유는 없었다. 오직 살아야 한다는 일념으로 가족들을 챙겼다. 그녀는 한 손으론 여동생의 손을 잡고, 한 손으론 어머니를 부축한 채 달렸다.

나이 어린 여동생과 지팡이에 의지하는 어머니를 총탄에서 지켜내는 것은 역부족이었다. 몇 발의 총탄이 점선을 그리면서 할머니의 양옆을 스쳐 지나갔다. 다행히 총탄이 빗나가면서 목숨을 건졌지만 여동생은 아랫도리가 없어졌다. 할머니는 그것도 모르고 여동생 몸통을 들고 뛰었다. 손을 놓친 어머니는 총탄에 맞아 외마디 비명조차 지르지 못하고 절명했다. 할머니의 뒤를 쫓던 남동생도 머리에 총탄을 맞아 쓰러졌다.

미군 전투기가 하늘을 크게 선회하다 사라졌다. 슬픔 그 이상의 고통이 할머니의 가슴속에 파고들었다. 머릿속이 핑 돌고 다리에 힘이 풀려 가만히 서 있을 수 없었다. 무릎걸음으로라도 가족들의 시신 앞으로 달려가고 싶었지만 도저히 몸에 힘이 들어가지 않았다.

할머니는 가끔 큰 소리가 들릴 때마다 그날의 기억이 생생하게 떠오르는지 몸서리를 치며 중얼거렸다.

'허리 아래가 없어졌어. 머리가 터져 하얀 것이 흘러내리는 것도 모르고 뛰다가 얼마 못 가 푹 쓰러졌어. 그렇게 죽었어.'

민자는 어렸을 때부터 할머니의 넋두리를 자장가처럼 들으며 자랐다. 해쓱하고 파리한 낯빛으로 울음 반, 절규 반 하소를 쏟아 내는 할머니가 면괴스러워 고개를 돌리곤 했다.

할머니의 고통은 자식 걱정으로 이어졌다. 몸이 약해서 걱정, 밥을 안 먹는다고 걱정, 옷이 변변치 않다고 걱정, 집에 늦게 들어온다고 걱정, 그냥 둬도 별로 달라지지 않을 일에 별걱정을 다했다. 민자는 속박에 가까울 정도로 자신을 구속하는 할머니에게 불만이 많았지만 싫은 표정을 지을 수 없었다. 30여 명의 가족을 한순간에 잃은 슬픔은 민자에게 할머니의 모든 사고와 행동을 이해하도록 했다.

인근 마을에도 미군의 폭격이 벌어졌다. 마을 어귀에는 이웃 마을로 가는 다리가 놓여 있었다. 자동차와 사람들이 함께 지나갈 수 있을 만큼 3m 이상 되는 큰 폭의 다리였다. 다리 건너에는 80~90가구가 거주하고 있었다. 그중에는 민자의 친족도 20여 명 살았다. 이곳에는 여관과 수영장을 비롯해 각종 위락시설이 조성돼 있었다. 해변이 가까워 휴양지로 제법 알려진 곳이었다.

구름 한 점 없이 푸르게 타오르는 하늘 위로 미군의 전투기 5대가 편대를 지으며 나타나 네이팜탄을 촘촘히 퍼부었다. 마을은 일순간에 불바다가 됐다. 화염이 하늘로 솟구치며 하늘은 번갯불처럼 번쩍거렸다. 사람들은 폭격에 맞아 불더미에서 나뒹굴었다. 학살은 폭격으로 끝나지 않았다. 폭격을 피해 달아나는 민간인들을 향해 저공비행을 하면서 기관총을 난사했다. 이 학살로 마을 주민 100명가량이 외마디 비명조차 지르지 못하고 절명했다.

마을 왼편에는 드넓은 서해 갯벌이 있었다. 미군의 폭격 당시 해변은 간조 때여서 물이 빠진 상태였다. 폭격을 피해 도망 나온 주민들은 갯벌로 몸을 숨겼다. 가파른 언덕 위, 작은 숲에 몸을 숨긴 주민들도 탄환이 계속 날아오자 갯벌로 뛰었다. 그러나 주민들은 갯벌에 닿기도 전 마을 어귀에서, 다리 인근에서 미군의 총탄에 맞아 피를 흘리며 쓰러졌다. 다행히 갯벌에 도착한 주민들은 개흙을 서로 몸에 발라주고 몸을 바짝 엎드려 은폐했다. 카멜레온이 천적으로부터 자신을 보호하려고 색을 바꾸듯이 벌거벗은 몸에 개흙을 발라 피부색을 없앴다. 그러나 이곳에도 전폭기의 기총소사는 계속됐다. 갯벌을 뒤덮은 소금 거품은 이내 피로 뒤범벅됐다.

곧이어 2차, 3차 폭격이 이어졌다. 이 폭격으로 1차 폭격에서 폭파되지 않은 건물 서너 채까지 차례로 무너졌다. 바다 밑으로 가라앉은 왕국처럼 그렇게 마을은 완전히 자취를 감췄다. 마을 외곽에 살고 있던 민자의 외삼촌은 외할아버지와 함께 갯벌에 숨어 살아남았다. 외할아버지는 작은 배로 고기를 잡고 살았다. 물이 들어오자 배에 가족들을 태우고 바로 피란을 갔다. 가족들은 황금빛 맑은 가을하늘을 보면서 피눈물을 뚝뚝 흘렸다. 숫자를 셀 엄두가 나지 않을 만큼 많은 사람이 물 위에 둥둥 떠 있었다.

살아남은 사람들은 갯벌에 물이 불어나자 뭍으로 올라와 숲에 숨어 있다 어스름 녘이 돼서야 마을에 돌아갔다. 종일 굶었던 사람들은 먹을거리가 폭격으로 다 타 먹을 수 없게 되자 텃밭의 감자를 캐 허기를 달래고, 언제 또 전투기가 들이닥칠지 몰라 옷을 입은 채로 잠을 청했다.

외갓집에 머물던 민자 큰 외할머니는 폭격 소리를 듣고 남편을 찾아 한달음에 달려왔다. 하지만 생지옥이 따로 없는 마을을 바라보면서 그 자리에 주저앉았다. 집은 온데간데없이 다 타버렸고, 여기저기 널린 시신들은 누가 누군지 알아볼 수 없을 정도로 훼손돼 있었다. 그녀는 여러 시신의 입을 벌려보고 나서야 남편을 찾을 수 있었다. 양쪽 덧니가 심했다. 큰 외할머니는 눈물을 뚝뚝 흘리면서 절을 두 번 올린 뒤 남편을 이

불로 말아서 가묘를 하고 급하게 몸을 피했다.

다음날은 잠잠했다. 생존자들은 슬프고도 슬픈 하루를 눈물로 보냈다. 가족을 잃은 이들은 허물어진 건물에서 불에 탄 시신을 찾아 땅에 묻었고, 길에 쓰러져 있던 희생자들의 시신도 수습했다.

심장이 터질 것 같은 분노를 억누르는 것도 잠시였다. 이틀 동안 폭격이 이어졌다. 민자의 일가는 친가와 외가를 합쳐 칠십 명 넘게 죽었다. 살아남은 사람은 겨우 십여 명 정도였다.

일가는 송도로 피란했다. 그러나 이곳에 주둔해 있던 미군들은 밤이 되면 마을로 내려와 부녀자들을 강간하러 다녔다. 문도 없는 방에서 거적때기를 걸어놓고 살았던 피란민들은 속수무책이었다. 할머니는 밤에 군인들이 나타나면 삼남매를 꼬집어 깨웠다. 미군은 아이 셋이 울면 어떻게 하지 못하고 그냥 돌아갔다. 가끔 무슨 일이 생길지 몰라 머리맡에 낫을 갖다 놓고 잠을 잤다.

미군은 인천상륙작전 후 민간인 거주 지역을 미군기지로 사용하려고 폭격을 감행했다. 그곳에 가매장된 폭격희생자들의 묘지를 불도저로 밀어버리고 기지를 세웠다. 민자의 가족은 부모형제의 시신을 거두지 못했다.

미국의 계획적인 살인은 은폐됐다. 미군의 전쟁범죄는 한국전쟁사 어디에도 기록되지 못하고 잊혔다. 반백 년이 넘어서야 진상이 서서히 세상에 드러났다. 혈맹으로 알려진 미국이 한국 민간인에게 저지른 짓이어서 놀랍다는 반응도 있었다. 그러나 정부는 한국전쟁 중 벌어진 모든 과오를 북한으로 돌렸다. 미군의 잘못을 입 밖으로 내기만 해도 빨갱이로 몰았다.

민자 할머니는 정부와 우익 세력의 보복이 두려워 입을 꿰매고 살다 숨을 거뒀다.

아버지의 기억

민호 일가는 고향을 떠나 인천항 일대에 터를 잡았다. 민호 증조할아버지는 남포에 남아 마지막 뒷정리를 하고 따라갈 예정이었다. 한국전쟁이 날지 꿈에도 상상하지 못했다.

남포는 동서를 관통하는 도로를 따라 바다를 빙 둘러싸고 형성됐다. 원래 신록이 도시를 휘감고, 고깃배가 고적한 풍광을 연출하는 작은 어촌마을이었다. 이곳은 청일전쟁에 승리한 일본이 들어오면서부터 도시가 형성돼 북한 최대 무역항으로 발전했다.

한국전쟁이 발발했다. 미군의 폭격으로 남포는 초토화됐다. 걸어 다닐 수도, 잘 곳도 없었다. 상상을 초월하는 학살과 파괴였다. 미군의 전략폭격으로 남포뿐만 아니라 북한 전역이 불바다가 됐다. 수많은 민간인이 목숨을 잃었고 석유정제소, 철도, 공장 등 산업 기반 시설이 모두 사라졌다.

증조할아버지는 목선을 타고 황해도 앞바다를 거쳐 가족들이 정착한 인천으로 내려왔다. 인천항 인근 마을은 이미 미군 폭격으로 줄초상이었다. 가족들 대부분은 죽었고, 살아남은 가족들마저 집을 잃고 임시 숙소에서 지냈다. 증조할아버지는 인천에 더는 미련이 없었다. 가족들을 데리고 동란을 피해 서울로 떠났다.

중공군이 한국전쟁에 참전해 전선이 점점 남하했다. 차가운 서리가 내리기 시작하더니 큰 눈과 함께 혹독한 추위가 찾아왔다. 조금만 바람이 불어와도 볼이 찢어지는 것 같은 아픔이 느껴질 정도였다. 1951년 1월 민호 가족들은 다시 피란길에 올랐다.

피란민들은 사나운 날씨와 피로에 지쳐 쉴 곳이 필요했다. 원주민들이 모두 피란을 떠난 마을로 들어갔다. 마을에는 북쪽에서 내려온 피란민들이 많았다. 대부분 이북 사람들이었다. 피란민들은 폐허나 다름없는 주택과 면사무소, 양곡창고에 몸을 숨기고 짐을 풀며 잠시나마 안도의 숨을 골랐다. 꽁꽁 얼어붙은 길을 쉼 없이 걸으면서 마지막 힘까지 소진한 상태였다.

오후가 되자 하얀 진눈깨비가 바닥에 쌓이기 시작했다. 추위를 참지 못한 피란민들은 몸 녹일 방법을 간구했다. 남자들이 나서 장작과 마른 풀을 그러모아 불을 지폈다. 모닥불은 뿌연 연기를 뿜어내며 활활 타올랐다. 너무도 온화한 열기였다. 오그라들었던 피란민들의 몸이 서서히 녹으면서 이들의 입가에도 환한 미소가 주렁주렁 매달렸다.

멀리서 불쾌한 소음이 들렸다. 미군 전투기 엔진 소리였다. 피란민들은 불안감이 엄습했지만 '설마'하는 마음에 별다른 대응을 하지 않았다.

예상은 빗나갔다. 미군 전투기가 피란민들이 거주하던 건물에 항아리 크기의 폭탄 2개를 떨어뜨렸고, 잠시 후 귀를 찢는 굉음과 함께 흙더미와 불기둥이 높이 솟아올랐다. 건물은 산산조각 부서졌고, 잿더미처럼 힘없이 무너져 내렸다. 건물 안에 있던 피란민들은 신음소리 한 번 내지 못하고 그 자리에서 죽었다. 몸과 팔다리는 갈기갈기 찢어졌고 형체조차 알아볼 수 없을 정도로 불에 탔다. 심한 상처를 입은 이들도 고통을 참지 못하고 차례차례 숨을 거뒀다. 민호 가족들도 시커먼 핏덩이를 토하면서 두 눈을 치켜뜬 채 죽음을 맞았다.

양곡창고는 평소에도 피란민들이 밥을 짓기 위해 자주 불을 피우던 곳이었다. 하지만 미군은 아무런 사전 예고 없이 폭탄을 떨어뜨렸다. 사이렌 소리도 없었고, '인민군으로 오해받을 수 있으니 불을 꺼라'는 경고도 없었다. 단지 차가워진 몸을 데우는 민간인들에게 미군은 잔혹한 죽음의 전령을 보냈다.

지독한 폭음과 함께 의식을 잃은 민호 아버지는 기적처럼 깨어났다. 칠흑 같은 어둠이 밀려온 뒤였다. 천지는 쥐죽은 듯 조용했고, 드문드문 사나운 바람 소리만 윙윙거렸다. 그는 뭔가 무거운 것에 짓눌려 쉽게 움직일 수 없었다. 폭격으로 무너진 잔해더미였다.

몸 위에 쌓인 건물 잔해를 걷어내고 가까스로 빠져나와 주위를 둘러보았다. 사람들이 불에 타거나 피투성이가 된 채 쓰러져 죽어 있었다. 어림잡아도 그 수는 300여 명이 넘었다. 다행히 먹을거리를 구하러 갔던 아버지와 어머니가 살아 있었다. 이들은 살아남기 위해 곧바로 몸을 피했다. 한 달 동안 산속에서 머무르며 심한 폭격 후유증을 이겨냈다. 음식을 제대로 먹지 못하고 토하기 일쑤였다.

새어머니의 기억

1950년 9월 2일. 구름 한 점 없이 화창한 초가을이었다. 투명한 햇살과 뒷산 그루터기에서 풍기는 감미로운 흙냄새가 유난히 잘 어울리는 날이었다. 새어머니는 소에게 여물을 먹이고, 아직 거둬들이지 않은 감자를 수확하러 밭에 나갔다. 아침부터 포탄 소리가 들렸지만 평범한 농촌마을의 일상은 변함없었다.

오후 2시경 인민군 1개 여단이 미군과 전투를 마치고 마을로 들어왔다. 오랜 전쟁으로 지친 이들은 주민들에게 인사한 뒤 곧바로 잠을 청하러 마을 뒤편에 있는 무기굴로 들어갔다. 무기굴은 일본군이 일제강점기에 탄약 저장고로 사용하려고 만들었다. 마을 주민들은 폭격이 있을 때마다 피란 가지 않고 굴에 들어갔다.

이튿날 오전 인민군은 마을에 내려와 회의하자고 남자들을 굴로 불러들였다. 회의에는 몇몇 젊은 여자들도 참석했다.

열띤 토론이 벌어질 때였다. 짙푸른 하늘 위로 미군 전투기 B-19기 5대가 편대를 지어 나타났다. 전투기들은 조금의 머뭇거림 없이 여자,

노인, 아이들만 남은 마을에 폭탄100여 개를 촘촘히 퍼부었다. 마을은 그야말로 아비규환의 생지옥이었다. 기름을 붓고 불을 붙인 것처럼 순식간에 불바다가 됐다. 여자들은 갈기갈기 찢겨 무너진 가옥에 깔렸다. 노인과 아이들도 집에서 빠져나오지 못하고 불에 타 숨졌다. 등허리가 다 타거나 얼굴만 빼고 사지가 전소해버린 시체도 있었다.

1차 폭격에서 살아남은 주민들은 손으로 입을 틀어막고 집 밖으로 나왔다. 어린 자식을 안고, 늙은 부모를 업고, 검은 연기에서 빠져나와 무기굴을 향해 필사적으로 뛰었다. 얼마나 빨리 뛰었는지 얼굴에 경련이 일 정도였다.

전투기들은 큰 원을 그리며 돌아와 저공비행하며 마을 사람들을 향해 기관총을 난사했다. 사람, 가축 할 것 없이 살아 움직이는 모든 생명체를 쏴 죽이고 사라졌다. 몇몇만 겨우 목숨을 건졌다. 숨만 쉬다 뿐이지 송장과 다르지 않았다. 새어머니는 밭이랑에 몸을 숨겨 살아 남았다. 새어머니의 언니는 폭격으로 다리를 저는 장애인이 됐다. 그녀는 불편한 다리를 볼 때마다 죽음과 맞닥뜨리는 전율을 느끼며 평생 치를 떨었다. 그 무렵 담배도 배웠다. 가슴을 짓누르며 잔기침이 나도 죽는 날까지 담배를 끊지 못했다.

굴에 갔던 남자들은 반쯤 미친 얼굴로 소리를 지르며 마을에 내려왔다. 사람들이 불에 타고 있었다. 새까맣게 모두 타서 흙으로 만든 인형 같은 시신도 있었다. 가옥도 온전한 것이 없었다. 벼락에 맞은 듯 산산이 무너졌다.

남자들은 핏기 없는 입술을 부들부들 떨며 가족의 시신을 부둥켜안고 울부짖었다. 처참하게 훼손된 시신을 거적에 말아 옮겨 묻으면서 오열하고 또 오열했다.

살아남은 사람들은 당장 먹을 게 없었다. 어떻게든 먹을거리를 찾아야 했다. 불에 탄 곡식도 먹고, 먹을 수 있는 건 다 캐서 먹었다. 그것도 안 되면 여기저기에 밥을 얻어먹으러 다녔다. 입을 옷도 없었다. 아버지조차 발가벗겨놓고 옷을 빨아 입혔다.

마을 사람들은 폭격 이후 30가구가 같은 날 제사를 지냈다.

폭격 이전에도 미군의 무자비한 학살이 있었다. 마을 주민이 가마솥을 어깨에 들쳐 메고 무기굴로 피란가다 미군이 쏜 총에 맞아 죽었다.